琉歌の表現研究

和歌・オモロとの比較から

ヤナ・ウルバノヴァー Jana Urbanová

森話社

序　文

ヤナさんはスロバキアから来た留学生です。私はこれほど熱心に勉強・研究する学生を知りません。そして、学会等の手伝いにも率先して参加し、常に自然体で明るい性格に加えて、ユーモアを解せるヤナさんは誰からも好かれる人柄です。ヤナさんは二〇〇八年四月に大使館推薦の国費留学生（研究生）として、私が担当する授業を一年間休むことなく聴講しました。二〇〇九年四月に法政大学大学院人文科学研究科日本文学専攻の修士課程に入学、二〇一一年四月に博士課程に進学、二〇一四年三月に博士課程を修了しました。修士に入学してから最短五年での進学・修了・博士号取得ということになります。これは文部科学省の奨学金が五年間という期限付きであるために、修士二年・博士三年で修了しなければ、奨学金が切れてしまい、スロバキアに途中帰国しなければならないという背水の陣で研究に臨み、頑張った結果です。現在、ヤナさんは法政大学ＨＩＦ招聘研究員・法政大学沖縄文化研究所国内研究員です。二〇一四年一〇月二四日には、法政大学沖縄文化研究所の総合講座「沖縄を考える」の講師として、「琉歌の世界」というタイトルで、九〇分の授業を行い、受講した方々から良い評価をいただきました。

本書は、琉歌が『おもろさうし』を母体にして生まれたのか、和歌の影響を受けて成立したのかという、これまで対立・議論されてきた問題に新たな視点を導入し、琉歌の形成過程について論究したものです。ヤナさんはこの問題を解決するため、琉歌の表現をオモロや和歌の表現と徹底的に比較し、表現上、オモロと和歌のどちらとの関係が、より濃厚かということを地道に検証することで、実証的に問題の解明に努めました。この問題に対して、ヤナさんが採った方法は極めて正攻法なもので、終始一貫しており、琉歌の研究に一石を投じるものとなっています。いずれの論考も全例を集めて、単語の使用状況・語義・表現の類型等々、様々な観点から分析し、いまだ調査の及んでいない膨大な歌を対象として考察することで、これまで本格的に論じられず、断片的な指摘に過ぎなかった改作琉歌（元の歌があって作られた琉歌）を新たに数多く見出した点は、こうした問題に関する従来の水準を明らかに超える斬新な研究として独自の成果を上げたものと認められます。

本書でヤナさんは、琉歌の表現面に関しては、オモロよりも和歌との共通点が一層多く見られることを明快に論証しました。加えて、改作琉歌の単なる指摘に留まらず、琉歌の文学作品としての質にも十分配慮しつつ、豊かな鑑賞を丁寧に試みています。この研究により、琉歌は和歌の影響を大きく受けながら形成されてきたことが、多数の改作琉歌の存在から判明しました。今後は和歌だけでなく、物語や日記の表現との比較も積極的に進めて、中世・近世の歌謡や謡曲などとの関係も視野に入れた調査を行ってほしいと思います。それから、改作琉歌の元になった和歌は、『明題和歌全集』や『類題和歌集』等々の歌集から学んだとヤナさんは推考していますが、それらが流布した時代を考慮し、和歌が琉歌に改作された年代の確定と、さらに、どういう人達が何のために改作琉歌を作成するに至ったのかという歴史的背景の解明についても、考究を重ねる必要があるでしょう。

なお本書は、法政大学大学院博士論文出版助成金制度の助成を受け、博士論文『琉歌の表現研究―和歌やオモロとの比較―』を補訂して、森話社から出版されることになりました。

二〇一四年一二月

間宮　厚司

琉歌の表現研究

――和歌・オモロとの比較から

＊

目次

序文　間宮厚司

＊

序章

これまでの琉歌研究

現代の沖縄は日本の四七都道府県の一つとなっているが、一四二九〜一八七九年の四五〇年間は琉球王国として、大和《やまと》とは違う歴史を歩む独立した国家であった。その時代の代表的な文学作品として、『おもろさうし』と琉歌が挙げられる。

『おもろさうし』は、一五三一年から一六二三年にわたり（第一巻が一五三一年、第二巻が一六一三年、第三〜二二巻が一六二三年）、琉球王国の首里王府によって編纂された沖縄最古の歌謡集で、神祭りの場で歌われていた神歌オモロを一五五四首収集している。叙事歌であるオモロの形式は不定型とされているが、中には八・六音律を組み合わせた句も見られる。

琉歌は、定型化された抒情歌で、沖縄本島で生まれ、琉球諸島や奄美諸島へ普及していった。琉歌という名称は、中国の唐歌に対して大和の歌を和歌と称するようになった状況に似ており、薩摩藩の琉球入り（一六〇九年）に伴い入ってきた和歌に対して、それと区別するために名付けられたものだと考えられている。外間守善は、「奈良朝の貴族たちが唐歌に対して和歌を意識したように、琉球王朝の首里貴族たちが和歌に対して琉歌を意識したものであろう」〔一九九五　九頁〕と述べている。元来、琉歌は沖縄では単に「ウタ」と呼ばれるものであった。「琉歌」という単語を記録した最も古い文献は、おもろ語辞書『混効験集』（一七一一年）である。また、座間味景典の家譜には、一六八三年冊封正使の汪楫が、琉球人によって作られた琉歌の形式を持つ歌四首が菊花・松・竹の絵と共に揮毫された屏風一双を、土産として持ち帰ったことが記されている〔池宮 一九九二、嘉手苅 二〇〇三〕。さらに、この四首のうちの一首は『古今和歌集』の源宗于の次の歌を改作したと思われる琉歌である。「常磐なる　松のみどりも　春来れば　今一しほの　いろ増さりけり」という和歌に対し、琉歌のほうは「常磐《トゥチワ》なる《ナル》松《マツィ》の《ヌ》　かはる《カワル》事《クトゥ》な《ネ》いさめ《サミ》　いつも《イツィン》春《ハル》来《ク》れば《リバ》　色《イル》ど《ドゥ》まさる《マサル》」となっている。このような記録が残されているにもかかわらず、琉歌が基本的には三線《サンシン》などの楽器で伴奏されて歌われ、口承されるためか、その誕生の時期は確定しづらく、未詳である。琉歌は、古くから沖縄の人々の生活の中に息づいており、中国の冊封使を歓待するために、琉球王朝の宮中で古典音楽や組踊の歌として演奏された歴史もある。なお、琉歌の基本的な形式は、和歌の五・七・五・七・七と異なり、八・八・八・六の四句で、合わせて三〇音から成る偶数の音数律である。

琉歌の読み方（発音）は、主に沖縄の首里方言を用いるため、大和の言葉と違い、理解するのが難しい。基本的には、沖縄語では短母音がa（ア）、i（イ）、u（ウ）の三母音しかない。そのために、大和の発音が沖縄では変化する場合がある。大和のe（エ）は、沖縄でi（イ）と発音され、大和のo（オ）は、沖縄でu（ウ）の発音に変わる。この原則は以下の通り簡潔に図示できる。

大和言葉　　**沖縄の首里方言**

a（ア）——a（ア）
i（イ）—┐
　　　　├—i（イ）
e（エ）—┘

u（ウ）——u（ウ）
o（オ）／

ただし、e（エ）とo（オ）の発音が沖縄語に存在しない訳ではない。ae（あえ）、或いはa・i（あい）という平仮名の組み合わせの場合、発音はe（エ）になる。また、ao（あお）、もしくはau（あう）はo（オ）になる。これらを伸ばしたまま発音するか、或いは短く発音するかについての見解は研究者によって異なるが、外間守善は伸ばしたまま、つまり「アー」および「オー」として発音するのが正しいと主張している〔外間 一九九五〕。

また、沖縄語の首里方言の発音にはそれ以外にも多様なルールがあるので、ここでいくつか例示してみる。

大和		沖縄
ki（キ）	→	chi（チ）
gi（ギ）	→	ji（ジ）
tsu（ツ）	→	tsi（ツィ）
ka, ke（カ・ケ）	→	kwa, kwe（クヮ・クェ）

これらのルールを踏まえ、具体的な単語の例を挙げると、発音の変化は次のようになる。

大和			沖縄	
無い（ナイ）	nai	→	（ネー）	ne

お願い（オネガイ）o-ne-gai　→（ウニゲー）u-ni-ge
馴れし（ナレシ）na-re-shi　→（ナリシ）na-ri-shi
面影（オモカゲ）o-mo-ka-ge　→（ウムカジ）u-mu-ka-ji

沖縄語には、大和言葉と違う発音の単語だけではなく、不規則な読み方の単語（例：大和「ばかり」→沖縄「ビケイ」）や独特の表現（大和「蝶」→沖縄「ハベル」）も多い。それ故に、琉歌は理解するのが難しいとされるのであろう。では次に、琉歌とはどのようなものであるか、具体的な例を挙げて見てみよう（現代語訳は原則として『標音評釈琉歌全集』『琉歌大成』によったが、必要に応じて、表現を多少変えた場合もある。以下同じ）。

『標音評釈　琉歌全集』（一七九九・読人知らず、以下『琉歌全集』）

表記	**読み方**
遊び面影や	（アスィビ　ウムカジヤ）
まれまれど立ちゆる	（マリマリドゥ　タチュル）
里が面影や	（サトゥガ　ウムカジヤ）
朝も夕さも	（アサン　ユサン）

現代語訳――一緒に遊んだ人の面影は、たまに思い出されるが、恋人の懐かしい面影は、朝も晩もいつも思い出され、忘れる時はない。

琉歌はそもそも口承されたものであるため、その起源については未解決の点が数多くあるが、成立に関する説は大きく分けて二つある。
まず一つ目の説は、薩摩藩が琉球入りした一六〇九年以降、琉球王国が本土の文学的影響を受ける中で、琉歌は基本的に本土の小唄に影響され成立したという説であり、田島利三郎、世礼国男、小野重朗などがこれを支持する。もう一つは、琉歌は昔から琉球で伝わっていたオモロという叙事的な神歌を母体としながら、琉球文化の独特のものとして成立したのだという、伊波普猷、仲原善忠、比嘉春潮、金城朝永、外間守善などの説である。後者は、前者の後に出された説であるが、通説となっている〔比嘉 一九七五〕。

それでは、それぞれの説を以下に詳しく紹介する。まず、オモロを母体に琉歌は誕生したと考える後者の説から取り上げる。

沖縄学の父と言われている伊波普猷は、その師であった田島利三郎の説を批判し、このように述べている。

田島氏は八八八六の四句三十音説を以って繰りなした所謂琉歌なるものが慶長前後世に行はれ、内地との交通が頻繁になってから、大に流行したやうだといはれたが、私はこの説の全部を信ずることは出来ない。なるほどこれが内地との交通が頻繁になってから、大に流行し出した事は、事実であらう。けれども、それが慶長前後に発生したといふことには、どうしても賛成することが出来ない。〔伊波 一九七五 三九頁〕

伊波は、琉歌が慶長年間（一六〇九年の島津氏の琉球入り前後）よりもっと古くに誕生したものだと主張し、その証拠の一つとして、第二尚氏の大祖、尚円王（一四一五—一四七六）によって詠じられたと古くから伝わる琉歌を紹介し、「どう疑っても疑へない本人の歌である」〔前掲 四〇頁〕と論じた上で、「〈八・八・八・六調の短歌（琉歌）のような——筆者注〉詩形がずっと前から沖縄一般に流行してゐたことが明になって来る」〔前掲 四〇頁〕と述べている。さらに、

「オモロの中には、まま八八八六調の琉歌に近いのがある」〔前掲 四〇頁〕と述べ、二首のオモロの例を挙げながら、一首目のオモロにおける最後の句を取り去ったら、立派な八・八・八・六調の琉歌（短歌）となり、二首目のオモロは八・八、八・八、八・六調の長歌に近くなっていると説明している。このように、「この二首は兎に角琉歌への推移を示す過渡時代のオモロと見て差支あるまい」〔前掲 四一頁〕と、琉歌はオモロ（の形式）を母体にしながら誕生したと結論付けている。

比嘉春潮も伊波と同様の意見で、形式の観点から琉歌はオモロを母体にして生まれたと考えている。また、比嘉は、

> 琉歌が現在のような上句八八、下句八六の型にきまったのは、三味線の伝来以後だろうといわれている。おもろやくわいにゃのような昔の歌にも八八の句が多く、この八八八六の詩型を形成する可能性を沖縄語が持っているように思われるが、これに対する学問的説明はまだなされていない。〈中略〉この三味線の伝来が琉歌の詩型に革命的な影響を与えただろうといわれている。というのは歌を歌うのに手拍子から鼓で拍子をとるようになっても、歌の形には別にかわりはなかったであろうが、三味線を伴奏することになると、どうしても、歌が短くなり型も固定するようになる。それで琉歌の定型が形成されただろうというのである。
>
> 〔傍点原文〕〔比嘉 一九七一 四一〇—四一一頁〕

とも加えている。

このように、琉歌もオモロもその形式に関しては同様の起源でありながら、三味線の伝来によって琉歌のほうは、その形式が八・八・八・六音のように決まった形に固定したことが述べられている。

仲原善忠は「琉歌は周知のごとく三〇字で八八、八六と上下二句からなっている。その発生についてはまだ定説が

ない」〔仲原 一九六九 七三頁〕と多少曖昧に述べているが、「はっきりいえることは、〈琉歌は――筆者注〉オモロの慣用手段である」〔前掲 七三頁〕とも加えており、結局琉歌をオモロに関連付けている。

琉歌の誕生に関して、仲原と比べてよりはっきりとした意見を有するのは金城朝永である。金城は、琉歌に非常に似ているオモロ三首を取り上げ、琉歌はそれらのオモロの焼き直しであることが確かであると述べながら、「かように、オモロから琉歌への改作は、しばしば行われたようであります」〔金城 一九七四 四五四頁〕と推定している。また、それに加えて、

ここに挙げたわずかな例〈右の三首のオモロ――筆者注〉によってでも気づかれたように、オモロから琉歌への作りかえが、割合手軽にできたことや、これがしばしば行われたらしいということは、オモロから琉歌への移り変りが、容易であるという証拠の一つにはなると思います。また、次に挙げているように、オモロには、八・八・八・六語調の、やや定型化しつつあった一群があり、その終句を六語に改めれば、ただちに、現在見受ける八・八・八・六語(三〇音)の琉歌が得られることなどを、あわせ考えますと、正確な年代(絶対年代)は、いえませんが、大体、琉歌の起源もオモロの古さと、それ程違うものではないということだけは、考えてみることができましょう。〔金城 一九七四 四五五頁〕

との見解を示している。

金城は、琉歌に似通っていることが明確な三首のオモロを紹介し、さらに、オモロの句をうまく区切ったり、囃子言葉などを取り去ったりすれば、八・六調になるオモロも何首かあると示すことによって、琉歌の誕生をオモロに求めていることが分かる。それとは逆に、和歌からの影響については「和歌に接した琉球の文人たちは、それに刺戟さ

れ、オモロを母体にして、この和歌と形式のよく似通う琉歌も盛んに詠んでいます」〔前掲　四五九頁〕と述べている。さらに、

琉歌と和歌そのものにも、互いに（事実は一方的で、琉歌は受身の立場にありましたが）交流作用の行われる要素を、多分に持ち合わせているともいえましょう。しかしながら、かような現象を基にして、ただちに、琉歌は和歌に真似て作り出されたものだという結論を下すのは、いささか見当違いといわねばなりません。たしかに、和歌は琉歌などに比べてその起りも古く、また琉歌の中には、和歌の影響を受けたものと認めるべき作品が、特に後代になるに従って、数多く見受けられますが、これは単に技術上の問題で、琉歌そのものの発生とは直接の関係はありません。これを譬えてみますと、和歌と琉歌の関係は、親子の間柄ではなく、兄弟同士の貸借の問題に過ぎません。琉歌の起源は、やはり、琉歌のオモロの中に求めるのが正しいことを、力説したいと思います。

〔傍点原文〕〔前掲　四六〇頁〕

のように、琉歌の誕生そのものに和歌が影響を及ぼしたことを、強く否定している。

外間守善も、昔から沖縄で独特の叙事歌謡として存在しているオモロやウムイ、クェーナには琉歌の音数律と共通しているものが見られることから、琉歌の発生をそれらの歌謡と関係付けている。その関係については、

クェーナからウムイへの変容、クェーナやウムイを母体にして『おもろさうし』に記録されたオモロという歌形が生まれてくる歌謡発展の姿を認めるとすれば、クェーナやウムイやオモロの中に八音律が育っていくことは、心の律動が歌形をととのえだしてきたわけであり、抒情的なウタ（琉歌）を胚胎したもの、いいかえれば、抒情

のひこばえだということを認めることができると思う。〔外間　一九九五　三三四頁〕

と述べている。

また、具体的な例として八・八・八・六・八・八・八・八・六・八音の形式を有するオモロを紹介し、オモロは、「しだいに五・三音という結合を好む傾向をみせ、ついには、文節的に八音に安定しだし、八・八・八・六から成る三十音数の叙情歌に移り変わること」〔外間　一九六五　二四頁〕になり、また、この「オモロの中に、移り変わりの一端が窺えるものと思う」〔前掲　二四頁〕と、オモロから琉歌への移り変わりを説明している。さらに、お互いに似ているオモロと琉歌を二首ずつ〔金城によって紹介されたオモロ三首の中の二首と同様のもの〕取り上げながら、「例のように、オモロから琉歌へ〔逆のこともあり得る〕改作された例もあることは、両者の関係になんらかの紐帯を想像させるものである」〔前掲　二五頁〕と述べている。

このように、伊波、比嘉、仲原、金城、外間らの説は、琉歌はオモロを母体にして成立したことを主張している。根拠として、まずオモロ三首と表現の似通った琉歌三首の用例も取り上げられてはいるが、説の中心は形式面にあり、数首のオモロに見られる八・六調の形式が琉歌と強い関連を持つことが主張されている。

それに対し、琉歌の形式はオモロではなく、大和の歌に由来しており、琉球が大和との交流によって盛んに詠まれるようになったという説は、具体的にどのようなものであるだろうか。

まず、田島利三郎は次のように述べている。

普通唯うたといへば、即ち八八八六の四句三十音を以って繰りなしたるものをいふなり。此の体のうた、或は英祖の時代に既に行はれたりといふものあれども、余は之を信ずる能はず。尚寧前後世に行はれ、内地との交流頻

繁になりてより、大に流行せしが如し。〔田島 一九八八 三五頁〕

既に述べたように、田島の説はその弟子であった伊波普猷によって批判された。伊波は、尚円王の作だと思われる琉歌を挙げ、「五百年前既にかういう形式のあったことが知られる」〔伊波 一九七五 四〇頁〕と主張しており、琉歌は一六〇九年の薩摩藩の琉球入り以降入ってきた和歌と関係なく、その前の段階でオモロを母体にしてすでに誕生していたという説を支持している。

しかし、伊波が紹介した当該の琉歌一首に関する説に対しては、世礼国男〔一九七五〕が表現の研究の観点から次のように批判している。「「命がほ願は」〈当該の琉歌――筆者注〉は、伊波先生はおもろ選釈中で、「尚円王が小官であった頃………歌った琉歌の如きは、どう疑っても疑へない同時代の然も御本人の三十字詩なのである」と云ってゐられるが、伝説に執着してゐられるからで、語彙を見ると、ちっとも信じられない語である。命かほといふ語は、おもろくわいにや、に用ゐられない語である。石の身の如に、も新しい表現である」〔傍点原文〕〔一七〇頁〕と伊波説を否定し、尚円王時代より新しい時代のものであるとの考察を示している。

筆者も調査を行ったが、「命果報」という表現はオモロ一例〔巻一〇―五二一〕の中に見られ、「のちかほう」というひらがな表記となっている。しかし、後者の「石の身の如に」という表現はオモロにはなく、琉歌のみに見られ、この表現についてはたしかに新しい表現だと言える。さらに、世礼は当該の一首の琉歌のみならず、伝説等で最も古いと思われる琉歌を挙げながら、それらの歌における用語がオモロやくわいにや〔クェーナ〕に比して非常に新しいと、語彙調査の観点から論じている。また、琉歌の誕生を、尚寧王代から尚益王代〔およそ一六世紀後半から一七世紀にかけて〕、つまり大和の文化が沖縄に入ってきたと思われる薩摩藩の琉球入り前後の時代に設定しており、「此の時代は、本土に於ても元亀天正から元禄にかけて音曲舞踊の隆盛期である。従って本土芸能の移入が盛んに行はれ、其の結果、琉歌八八八六形が発生し」〔前掲 五―六頁〕たと述べており、琉歌の誕生を基本的に大和の歌の影響とみなしている。

小野重朗も琉歌の由来はオモロではないとの見解を示しており、重要視されている伊波普猷、比嘉春潮等の説を批判している。主に形式の問題を考慮しながら琉歌は大和の小唄に関係があることを以下のように述べている。

琉歌の発生については、比嘉春潮、金城朝永、外間守善の諸氏の説がほぼ一致していて、十五世紀頃に、オモロ歌形の第一節が定形化して作られるようになったと説いている。私はこの定説にまだ少々の疑問を残している。よく例として挙げられるオモロは確かに琉歌と同じ八八八六形をもっているが、あれだけ長短自由で音数も変化の多いオモロの中に二、三首同形のものがあるのは偶然と言えないこともない。四句形、しかも終句を六音に変化させるこの琉歌形に落ちつく必然性がないように思う。これだけ短期間に一世を風靡するには、もっと強力な理由がありそうである。私はそれを世礼国男氏の説を借りて、本土の小唄の七七七五形の影響と考えている。クェーナ歌形で定律化していた五・三調が八調と意識されるようになっていて、小唄の七七七五形を八調化して八八八六の琉歌の形が作られたと思う。本土の小唄の七七七五形は更に「三四・四三・三四・三二形」に固化しているが、琉歌の八八八六形は「三五・五三・三五・三三形」への傾斜を示しながらもまだ固化していないのは八八八六形が七七七五形の影響をうけた後の形だという論拠になりうるだろう。もし琉歌の八八八六形が本土小唄形の影響としてはじまったのなら、その母胎を不定形、不定律のオモロに求めず、むしろ五・三調定律的なクェーナ型に求めるのが適当ではあるまいか。沖縄文学研究の課題としてなお残る点であろうと思う。

〔小野 一九七二 一四六―一四七頁〕

以上のように先行研究を見ていくと、琉歌はオモロを母体にして生まれたという通説と、琉歌は大和の小唄や大和文化の影響の下で薩摩藩の琉球侵入時代に成立したという説の両方ともが、主に歌の形式に焦点を当てながら琉歌の成立について論じていることが分かる。

それでは、内容や表現の観点からは琉歌成立の問題はどのように考察することができるだろうか。また、叙事歌から抒情歌への移り変わりが可能であるのか、という疑問も発生する。

西郷信綱〔一九六三〕は、「文学の発生史においては、普通、叙事詩が先行し叙情詩は一足おくれてあらわれる。けれどもこれを、叙事詩のなかから叙情詩がでてきた意に解してはならない」〔七五頁〕と述べている。池宮正治〔一九七六〕も、西郷信綱の論考を引用しながら、抒情歌である琉歌はオモロという叙事歌から発生することが可能かどうか、という疑問を抱き、その後、オモロの中にも抒情的な内容の歌もあるという新たな見解を示し、その代表的な用例としてオモロ一首を紹介しながら、琉歌はオモロを母体にして成立したという外間の通説を認める結論に至った。

しかし、琉歌はオモロを母体にして生まれたという仮説は現在定説化しているにもかかわらず、そこには未解決の問題が多々残っている。池宮は、その問題について次のようにも述べている。

> 琉歌の発生について論理的に把握するのは容易ではない。なぜなら未開拓の分野が多く、いわば仮説の上に仮説を重ねるしかなく、決定論的なことは何も言えそうにないからである。しかも発生論的な研究がこれまであまり活発でないことは致命的である。発生論は少なくとも今の段階ではさまざまな隣接の科学、たとえば言語学、歴史学、社会学、社会諸科学といったものの深化とその摂取が必要だし、またそれらの諸科学の成果を視野に入れつつ、文学研究としての独自な立論も要請される。状況が困難なために議論が振るわないのであろうが、それだけにこの面での活発な研究が切望される。
>
> 〔池宮　一九七六　一四〇頁〕

池宮の言う通り、琉歌の成立に関する研究においては、未開拓の分野が多く残っている。先行研究の蓄積から、これまで琉歌の成立論は、主に形式の方面から展開されてきた。僅かながら内容や表現の観点からの論もあったが、これらは極めて少数の用例にのみ基づいている。琉歌の成立論は、形式の観点からのみならず、それ以外の方面からも徹底的な研究を進める必要があるように思われる。

そこで、本書では、琉歌とオモロ、そして琉歌と和歌の相互関係に関する問題を、表現比較研究の方面から追究していく。形式については、先行研究が根拠とする用例数が極めて少ないという問題はあるものの、琉歌はオモロから多少の影響を受けているという通説を認めうるが、表現については、オモロより和歌の影響を大きく受けていると考えられる。

尚寧王代前後（薩摩藩の琉球入り前後）の時代に入ってきた大和の文学・文化に強い影響を受けたことをきっかけに、抒情歌という意識が強まり、表現が洗練され、和歌に対して八・八・八・六音の琉歌というジャンルが固定化したのではないだろうか。もともとオモロの形式からも影響を受けていた可能性が考えられるウタは、和歌をはじめとする本土の歌の表現の影響を強く受けつつ、現在知られている琉歌の形をとるようになったと考えられる。形式の上では、オモロの影響を認めたとしても、表現や抒情性の観点からは、筆者は田島、世礼、小野の説に基本的に賛同し、大和の文学・文化が流れ込んできた尚寧王代前後（一六～一七世紀）に琉歌の成立を想定する。この想定は、琉歌の、オモロや和歌との表現比較に関する徹底的な調査結果に基づくものである。

本書で行う表現調査について詳しく説明する前に、まず、和歌から琉歌への影響や両歌における表現比較に関する先行研究を以下に紹介したい。

琉歌の成立論に直接結びつくものではないが、薩摩藩の琉球入りに伴って入ってきた和歌や和文学から琉歌への影響は、先行研究でも指摘されている。外間〔一九九五〕によれば、一六〇九年以降は、多くの琉球文人が大和へ行き、そこで積極的に和文学や大和芸能などの教育を受けていたことが知られており、その影響によって作られた新しい琉球文学ジャンルとして、琉球古典劇である「組踊」や琉歌の一種の「仲風《なかふう》」等が挙げられる。「仲風」とは、和歌調の上句、琉歌調の下句を融合した歌であり、七・五・八・六音の四句か、五・五・八・六音の四句のものが最も多く見られる。

「仲風」はその形式面から和歌の影響が指摘されるが、内容・表現の観点からも琉歌には和歌と似ているものが見られる。そのため、これまでも類似内容を持つ歌が紹介され、両歌の関係が様々な研究者によって指摘されてきた〔外間・仲程 一九七四、長友 一九九〇、池宮 一九九二、外間 一九九五、嘉手苅 一九九六、嘉手苅 二〇〇三〕。

外間・仲程〔一九七四〕は、様々な琉歌を紹介する傍ら、似通った概念を詠んだ和歌の例もいくつか取り上げ、和歌と対比しながら琉歌の内容や歌われた背景・生活様式などを詳しく説明している。島袋・翁長〔一九九五〕も、琉歌を紹介すると共に、内容が似通っている和歌も同時にいくつか取り上げているが、その中には内容の概念のみが一致するものもあれば、表現までも琉歌と似通う歌も見られる。また、嘉手苅〔二〇〇三〕は、「桜」「松」「露」「菊」といった基本的な表現の概念や使用状況を比較し、両歌の相違点と影響について述べている。さらに、琉歌の有名な女流歌人「恩納なべ」や「よしや思鶴」が、万葉風や『古今和歌集』以後の歌風の琉歌を詠じた歌人と称せられる〔外間 一九九五〕ことは、琉歌に関する先行研究が和歌を意識している証左と言える。

嘉手苅の「琉歌の展開」〔一九九六〕には、「琉歌の改作和歌」「オモロの改作琉歌」「和歌の改作琉歌」という三つの区分の歌が紹介され、一方の歌を改作する過程で他方の歌が作られたことが示され、琉歌と和歌、また琉歌とオモロの影響関係が具体的に例示されている。それらの具体的な例数は、「琉歌の改作和歌」が一首、「オモロの改作琉歌」が三首、そして「和歌の改作琉歌」が一首となっている。

嘉手苅の論文以外にも、和歌（或いはオモロ）の改作琉歌は、様々な先行研究で提示されているのだが〔外間 一九六五、金城 一九七四、池宮 一九七六、島袋・翁長 一九九五〕、「和歌から学んだ琉歌」「和歌（オモロ）を改作した琉歌」「和歌の翻案」「和歌の焼きなおし」などという表現が用いられており、「和歌の改作琉歌」「オモロの改作琉歌」という名称は嘉手苅の論文のみに見られる。「改作琉歌」を説明する名称は様々ではあるが、先行研究で紹介されている用例の全ては、嘉手苅の「改作琉歌」という区分に当てはまり、和歌（或いはオモロ）の影響を強く受けた琉歌を指していることは明瞭である。しかし、こういった用例が多様な先行研究で示されているにもかかわらず、「改作琉歌」という用語の定義については言及されていない。筆者は、特定の有名な和歌に意図的に倣って、同様或いは類似する表現を用い、同様或いは類似する内容を表し、その和歌が詠まれた言葉を沖縄古語に変えつつ琉歌の形式に合わせたものを、和歌の「改作琉歌」であると理解し、定義したい。

和歌やオモロの改作琉歌について、これまでに先行研究で紹介された用例は多くないので、その全てを以下にまとめて、一覧しておく。

まず、オモロの改作琉歌については、計三首が先行研究で指摘されている。元になったオモロとその改作琉歌は、以下の通りである。

先行研究　外間〔一九六五　二五頁〕、仲原〔一九六九　七―八頁〕、金城〔一九七四　四五五頁〕、嘉手苅〔一九九六　六三頁〕、島袋・翁長〔一九九五　三六三頁〕

オモロ　『おもろさうし』巻九―三五（五一〇）

一　まにしが　まねしふけば　　　北風が、真北より吹けば

あんじおそいてだの　　　按司襲いテダ（王）の

　　おうねど　まちよる　　　　お船をぞ待つ
又　おゑちへが　おゑちへど　　追手風が、追手風が
　　ふけば　　　　　　　　　　吹けば

琉歌　『琉歌全集』（一七三五・尚寧王妃）

真北の真北　（マニシヌ　マニシ）
吹きつめてをれば　（フチツィミティ　ヲゥリバ）
按司添前てだの　（アジスイメ　ティダヌ）
お船ど待ちゅる　（ウニドゥ　マチュル）

先行研究　外間（一九六五　二五頁）、金城（一九七四　四五三頁）、世礼（一九七五　一六五—一六八頁）、嘉手苅（一九九六　六四頁）

オモロ　『おもろさうし』巻一五—一八（一〇六九）

一　ゑぞのいくさもい　　　　　英祖の、いくさもい
　　月のかず　あすびたち　　　月ごとに、遊びをし
　　とももと　わかてだ　はやせ　千年も、若き王を讃えよ
又　いぢへきいくさもい　　　　賢明な、いくさもい
又　なつは　しげち　もる　　　夏は、シゲチ（酒）を盛る
又　ふよは　御さけ　もる　　　冬は、御酒を盛る

琉歌　『琉歌全集』（一六二三・読人知らず）

英祖のいくさもり　（イズヌ　イクサムイ）
夏すぎて冬や　（ナツィ　スィジティ　フユヤ）
お酒もてよらて　（ウサキ　ムティ　ユラティ）
遊びめしやうち　（アスィビ　ミショチ）
※先行研究によっては、四句目が「遊びうれしや」となっているものもある。

先行研究　金城〔一九七四　四五四頁〕、世礼〔一九七五　一六五―一六九頁〕、嘉手苅〔一九九六　六四―六五頁〕

オモロ　『おもろさうし』巻一四―一〔九八二〕　※最後の部分のみが取り上げられている

又　ぢやなもいが　謝名もいが
ぢやなうへばる　のぼて　謝名上原へ登りて
けやげたる　つよは　蹴上げたる露は
つよからど　かばしやある　露さえも香ばしきかな

琉歌　『琉歌全集』〔一七〇三・読人知らず〕

とよむ謝名もゑが　（トユム　ジャナムイガ）
謝名上原のぼて　（ジャナ　ウヰバル　ヌブティ）
蹴上げたる露の　（キアギタル　ツィユヌ）
玉のきよらさ　（タマヌ　チュラサ）

次に、和歌の改作琉歌について、これまでに先行研究で指摘されてきた用例を全て以下の通りに示す。用例数は、和歌七首とその改作琉歌七首である。

先行研究　外間〔一九六五　二六頁〕、池宮〔一九七六　一五四頁〕、島袋・翁長〔一九九五　一九頁〕、嘉手苅〔一九九六　七一頁〕

和歌　『古今和歌集』（二四・源宗于）
ときはなる　松のみどりも　春くれば　今ひとしほの　色まさりけり

琉歌　『琉歌全集』（七六・北谷王子）
ときはなる松の　変ることないさめ　いつも春くれば　色どまさる

先行研究　池宮〔一九七六　一五五頁〕、島袋・翁長〔一九九五　五二頁〕

和歌　『古今和歌集』（三三〇・清原深養父）
冬ながら　空より花の　散り来るは　雲のあなたは　春にやあるらむ

琉歌　『琉歌全集』（二二三五・喜屋武按司朝教）
冬にのが空や　花の散り飛びゆる　もしか雲の中　春やあらね

先行研究　池宮〔一九七六　一五五頁〕、島袋・翁長〔一九九五　三一六―三一七頁〕

和歌　『古今和歌集』（一六六・清原深養父）
夏の夜は　まだ宵ながら　明けぬるを　雲のいづこに　月宿るらむ

琉歌　『琉歌全集』（一五〇五・岡本岱嶺）

宵とめば明ける　夏の夜のお月　雲のいづ方に　お宿めしやいが

先行研究　島袋・翁長〔一九九五　二七七頁〕

和歌　『古今和歌集』（一六六・清原深養父）

夏の夜は　まだ宵ながら　明けぬるを　雲のいづこに　月宿るらむ

琉歌　『琉歌全集』（一三一〇・読人知らず）

宵とめば明ける　夏の夜の月や　白雲にやどる　暇やないらぬ

先行研究　池宮〔一九七六　一五五頁〕、島袋・翁長〔一九九五　一四五頁〕

和歌　『古今和歌集』（一九六・藤原忠房）

きりぎりす　いたくな鳴きそ　秋の夜の　長き思ひは　我ぞまされる

琉歌　『琉歌全集』（六七〇・豊見城王子朝尊）

あまりどく鳴くな　野辺のきりぎりす　まさるわがつらさ　知らなしちゆて

先行研究　池宮〔一九七六　一五五頁〕

和歌　『古今和歌集』（一九三・大江千里）

月見れば　ちぢに物こそ　悲しけれ　わがみ一つの　秋にはあらねど

琉歌　『琉歌全集』（一三八二・読人知らず）

月よ眺めれば　さまざまに物の　思はれて一人　あかしかねて

先行研究　池宮〔一九七六　一五五頁〕

和歌　『古今和歌集』（六〇九・壬生忠岑）

命より　まさりて惜しく　あるものは　見はてぬ夢の　さむるなりけり

琉歌　『琉歌全集』（一四〇〇・与儀朝昌）

命よりまさて　惜さあるものや　見はてらぬ夢の　さめていきゆし

以上が、先行研究で指摘されてきたオモロの改作琉歌三首と和歌の改作琉歌七首をまとめたものである。和歌の改作琉歌については、池宮〔一九七六〕は「この種の移しかえがほとんど古今集からのものである点が注目される」〔一五六頁〕と述べており、琉球文人は和歌について主に『古今和歌集』に学んだことを指摘している。ただし、『古今和歌集』以外にも琉球の士族は和歌や和文学の様々な作品を積極的に受容しており、主に影響を与えた大和の作品は、池宮〔一九七六〕が以下のように指摘している。

一般の（琉球）士族が和文学について何を学んだかを知る上で重要なのは、那覇士族阿嘉直識が一七七六年幼い息子にあてた、いわゆる『阿嘉直識《あかちょくしき》遺言書』である。そこには那覇士族が学ぶべき和文学が詳しく提示されている。それによると阿嘉は、定家の『詠歌大概』『秀歌大略』『百人一首』『和歌の底訓（毎月抄）』、定家の子為家の『為家卿集』、頓阿の『草庵集』『井蛙抄』『愚問賢註』、勅撰集の『古今集』『後撰集』『拾遺集』『千載集』『新勅撰集』『続後勅撰集』、江戸時代の通俗的な和歌の啓蒙書として人気のあった有賀長伯の『初学和歌式』『和歌八重垣』『浜の真砂』『歌枕秋の寝覚』、栗山満光の『和歌道しるべ』、それにこれも和歌の参考書として使われた伊勢、源氏、徒然草などがあげられている。

〔池宮　一九七六　一五〇頁〕

このように、琉歌が、和歌や和文学に影響されたことや、お互いの関係については、様々な先行研究で指摘されている。従来の琉歌研究では、琉球士族が参照した和文学に関する史料の紹介、琉歌やオモロの形式の分析、琉球文学と和文学の内容や背景などについての比較が多く行われ、これからの研究に大変貴重な情報を与えてくれる。しかし、それらは、琉歌と和歌において共通表現が何例見られるかという点や、その表現を詠み込んだ歌の少数例の紹介と両歌の概念の相違点や共通点、また改作琉歌の僅かな例に関する指摘に限定されており、徹底的な調査はいまだなされていない。さらに、オモロと琉歌の共通表現などに関する徹底的な調査も、いまだなされていない。

先行研究ではオモロの改作琉歌三首と和歌の改作琉歌七首という僅かな例しか提示されておらず、それら少数の用例に基づき、琉歌はオモロに由来し、和歌の影響を受けたものの、和歌は琉歌の成立にまでは影響を及ぼしていないという通説には、どうしても疑問を持たざるを得ない。なぜならば、本書で行なう徹底的な調査により、和歌の改作琉歌について、今までの指摘より遥かに多くの例を指摘することができ、和歌の表現や発想が琉歌に与えた影響はオモロより大きいことが判明するからである。

そこで、本書では、まず第一～三章において、それぞれ「面影」「影」「春夏秋冬」という表現を詠み込んだ琉歌を取り上げ、その琉歌を中心に和歌・オモロとの共通点や相違点について考察する。そして、琉歌における表現は、オモロと和歌のどちらと共通点が多く見られるのか、という問題を明らかにしたい。「面影」「影」「春夏秋冬」と呼応する動詞の調査を行い、また、「面影」「影」「春夏秋冬」を取り入れた改作琉歌を指摘し、その結果に基づいて琉歌、オモロ、和歌の相互関係を解明する。

また、第四章では『標音評釈　琉歌全集』三〇〇〇首の中から三六〇首の琉歌を調査した上で、指摘できる改作琉歌を全て紹介する。加えて、第一～三章で指摘している「面影」「影」「春夏秋冬」という表現を取り入れた全ての改作琉歌とあわせ、より広い範囲で改作琉歌の数をまとめて紹介する。琉歌、オモロ、和歌のお互いの影響の程度をより一層明らかにするために、本書で対象にした全ての琉歌の中で和歌やオモロを改作した琉歌がどのくらいの割合で見られるのかについて詳しく述べる。琉歌、和歌、オモロそれぞれの形式面での特徴を考慮しながら、和歌やオモロの表現がどのように琉歌の中に取り入れられ、変形されたのかについても詳しい分析を行う。さらに、和歌の改作琉歌に関しては、主にどの和歌集の影響を受けているのか、という問題についても指摘したい。それと同時に第四章の最後に、琉歌の発生の問題に関わり、和歌の表現がどのような経緯をへて琉歌に流れ込んでいったのかを考察したい。

最後に、第五章では「大和」という表現を歌った琉歌とオモロを比較する。これにより、それぞれの歌における「大和」の異なるイメージや琉歌とオモロの特徴が鮮明に見えてくると考えられる。

調査対象にした琉歌や和歌、オモロは僅かな用例にとどまらず、今まで調査の及んでいなかった広範囲の用例をもとに調査を行う。以下に記す文献の中から「面影」「影」「春夏秋冬」「大和」を詠み込んだ全ての歌を対象にする。徹底的な表現比較の調査結果をもとに、琉歌は和歌やオモロからどこまで影響を受けているのか、という問題をより明確にすることが本書の目的である。

なお、本書で用いたテキストは、琉歌については、島袋盛敏・翁長俊郎『標音評釈　琉歌全集』（武蔵野書院・五版・一九九五年、以下『琉歌全集』と表記）、および清水彰『琉歌大成』（沖縄タイムス社・一九九四年）、オモロに関しては、外間守善校注『おもろさうし　上・下』（岩波文庫・二〇〇〇年）である。それに加えて、外間守善・比嘉実・仲程昌徳『南島歌謡大成Ⅱ　沖縄編』（角川書店・一九八〇年、以下『南島歌謡大成』と表記）も適宜参照した。また、和歌に関しては、『新編国歌大観』（角川書店・CD－ROM版Ver.2・一九九六年、以下『国歌大観』と表記）、三村晃功編『明題和歌全集』（福武書店・一九七六年）、日下幸夫編『類題和歌集』（和泉書院・二〇一〇年）を活用した。

第一章 「面影」をめぐって

琉歌と和歌やオモロの表現比較

一 はじめに

序章で述べたように、琉歌の形式は、オモロという沖縄の伝統的叙事歌謡に由来するという説と、和文学、特に小唄に由来するという説の二つがとなえられてきた。琉歌とオモロの形式はお互いに関係があることは認められるが、ここでは表現の観点から、琉歌はオモロと和歌のどちらからより強く影響を受けたかという問題を、具体的な表現を取り上げながら明確にしたい。

先行研究では、琉歌と和歌の似通った内容に焦点が当てられ、その類似性が紹介されてきた。しかし、両歌の異なる形式を考慮しながら、琉歌と和歌共に見られる表現がそれぞれの歌の中でどのように変形され、詠み込まれているかについては、詳しい分析がなされていない。また、その特定の表現を含む和歌と琉歌全体を対象にした広範囲の徹底的な調査もいまだに行われていない。

そこで、本章では、和歌と琉歌の中に詠まれている「面影」という単語に注目し、両歌の具体的な句（音数律）を分析することによって、和歌の五・七音の句における表現が琉歌の八・六音の句に合わせるためにどのようにアレンジされたのかについての考察を進め、和歌と琉歌の関係性を探っていきたい。また、「面影」と呼応する動詞、両歌の共通表現や類義語を指摘し、改作琉歌については、それがどの時代の和歌の影響であるかの考察も進めたい。つまり、「面影」を含んだ琉歌は、主にどの時代、どの歌集の和歌の影響を受けたのかについて指摘するものである。それと同様に、「面影」を歌った琉歌をオモロとも比較しながら、どの程度の共通点が見られるのかについても詳しく述べたい。そして、最終的には、異なる背景で展開してきた琉歌と和歌における、それぞれの独特の表現についても指摘したい。

二　「面影」と呼応する動詞

「面影」は、『日本国語大辞典（第二版）』によると、「目の前にないものが、あるように目の前に浮かぶこと。また、その姿。記憶に残っている姿。まぼろし。幻影。事が過ぎ去ったあとに残されている気配、影響など。なごり。」などの意味がある。「面影」は二つの語から成り立っており、一つは「影」という、目に映ずる、或いは目に見えない物の姿や形の意味を持つ語、そしてもう一つは「面」という顔付きの意味を持つ語である。『日本国語大辞典（第二版）』によれば、「おも・う［おもふ］【思・想・憶・懐】」という動詞は一説に、「面」に「ふ」を付けて活用させたものとして、原義を「顔に現われる」の意とするのである。よって、「面影」は、単なる「顔や姿」を表すだけでなく、「その（主に愛しい）人の姿を（思い出や夢の中で）想う」という大事な意味をも潜在させた表現であると言えよう。「面影」という表現は琉歌の中にも和歌の中にも、共通して数多く見られるが、果たしてそれらの歌の中で、同じように使われているかどうか、両歌における「面影」と呼応している動詞を中心にその相違点や類似点などについて考察したい。

1　琉歌の「面影」と呼応する動詞

『琉歌全集』『琉歌大成』『南島歌謡大成』の中で「面影」を含んだ歌は、計一九〇首ある（重複歌を除く）。そのうち、同表現と結ばれる動詞は、表①の通りである。

なお、それぞれの動詞が見られる歌数は、全て延べ数であるが、一首の中でも「面影」と呼応する動詞が二つ以上あれば、それぞれの動詞に一首ずつを当てることになる（例えば、同じ一首の中で「面影」が「立ちまさる」場合には、動詞「立つ」も一首、動詞「まさる」も一首と数えるため、動詞が見られる全ての歌数を足すと、合計は一九〇首を越える。同様に「割合」の合計も一〇〇％を越えることになる）。

表①　琉歌における「面影」と結ばれる動詞

動詞	歌数	割合
立つ	八一	四二・六％
まさる	四六	二四・二％
忘る	三三	一七・三％
残る／残す	二二	一一・六％
別る	一九	一〇％
さがる	一〇	五・三％
すがる	九	四・七％

＊「立つ」「まさる」は、複合動詞の「立ちまさる」も含んでいる。

「面影」を含んだ琉歌の中に、最も多く見られるのは「立つ」という動詞である。「別て《ワカティ》面影《ウムカジ》の《ヌ》立た《タタ》ば《バ》きやしゅが《チャシュガ》（別れてから面影が立ったらどうしようか）」、「馴れし《ナリシ》面影《ウムカジ》の《ヌ》立たぬ《タタヌ》日や《フィヤ》ないさめ《ネサミ》（慣れ親しんだ面影の立たない日はないだろう）」等のように、「面影の立つ」と詠まれるパターンが殆どだが、「面影や立つ」や「面影に立つ」等という他のパターンも僅かに見られる。「面影」を含んだ琉歌の中における「立つ」という動詞は他の動詞と比べても圧倒的に多いため、それらの組み合わせは琉歌の独創的な表現であると考えられるが、次では和歌について詳しく検討したい。

2　和歌の「面影」と呼応する動詞

和歌における「面影」と呼応している動詞を、奈良時代から江戸時代にわたって時代別に分類したものが表②のⒶ〜Ⓔである（なお、琉歌と同様に、和歌においてもそれぞれの動詞を含んだ歌の数は、全て延べ数である）。

Ⓐ奈良時代（七一〇―七九四年）：計一四首

「面影」を含んだ和歌は、この時代のものが最も少なく、『万葉集』には存在するが、記紀歌謡には見られない。琉歌に最も多く見られる「立つ」という動詞は、奈良時代の和歌の中には一切出てこない。

Ⓑ平安時代（七九四―一一八五年）：計二九四首

平安時代の和歌では、「面影」と最も多く呼応している動詞として「立つ」が挙げられる。これは琉歌と同様である。また、二番目に多いのは「見ゆ」である。

Ⓒ鎌倉時代（一一八五―一三三三年）：計一四九八首

平安時代に比べて、鎌倉時代では「立つ」という動詞の数はより多く見られるが、その占めている割合は減少している。それでも、平安時代と同じように「立つ」が最も多く、「見る」は二番目に多い。

Ⓓ室町時代［1］**（一三三六―一五七三年）：計一一八七首**

室町時代では「立つ」が三番目に下がり、その用例数も割合も減少する。「見る」や「残る」といった動詞の延べ

表② 各時代の和歌における「面影」と結ばれる動詞

表②—Ⓐ 奈良時代（『万葉集』）

動詞	歌数	割合
見ゆ	八	五七・一%
にして	四	二八・六%
思ふ／思ほゆ	四	二八・六%
去らず	一	七・一%
かかる	一	七・一%
立つ	○	○%

表②—Ⓑ 平安時代（『国歌大観』）

動詞	歌数	割合
立つ	六一	二〇・七%
見ゆ	五九	二〇・一%
添ふ	二七	九・二%
離る	一九	六・五%
忘る	一六	五・四%
見る	一六	五・四%

表②—Ⓒ 鎌倉時代（『国歌大観』）

動詞	歌数	割合
立つ	二一五	一四・四%
見る	一五八	一〇・五%
忘る	一四五	九・七%
残る／残す	一四三	九・五%
添ふ	一一六	七・七%
見ゆ	九四	六・三%
思ふ／思ほゆ	六一	四・一%

表②—Ⓓ 室町時代（『国歌大観』）

動詞	歌数	割合
見る	一六四	一三・八%
残る／残す	一三六	一一・五%
立つ	一二六	一〇・六%
忘る	一一一	九・四%
添ふ	九四	七・九%
思ふ	七〇	五・九%
見ゆ	六〇	五・一%
別る	四八	四・〇%

表②—Ⓔ 江戸時代（『国歌大観』）

動詞	歌数	割合
見る	九八	一五・九%
立つ	八〇	一二・九%
残る／残す	五三	八・六%
添ふ	四九	七・九%
忘る	二九	四・七%
霞む	二七	四・三%

*「歌数」は、当該の動詞が含まれる歌数で延べ数。「割合」は、それぞれの時代の和歌に占める割合。

*「立つ」には、複合動詞も含まれている（「立ち添ふ」「立ち別る」「先立つ」など）。以下同じ。

数が「立つ」を上回っている。

Ⓔ江戸時代（一六〇三―一八六八年）：計六一六首

江戸時代では、「立つ」という動詞の割合は室町時代より増加するが、平安時代や鎌倉時代ほどではない。また、視覚動詞「見る」の延べ数のほうが多い。

さて、「面影」と呼応している「立つ」が、和歌の中でそれぞれの時代においてどのように展開しているのかをまとめたものが、表③とグラフ①②である。

表③やグラフ①によると、「面影」を詠んだ和歌も、その中で「立つ」を同時に詠んだ和歌も、同じ傾向を示していることが分かる。つまり、「面影」の和歌数も、「面影」と「立つ」の和歌数も、奈良時代から鎌倉時代にかけて徐々に増加しており、鎌倉時代の歌数は両者とも最も多い状態にある。その後、両者とも徐々に減少していく。

「面影」と「立つ」の両方を詠んだ和歌は、歌数的には鎌倉時代が最も多いが、グラフ②を見てみると、「面影」の和歌の中に占める割合に関しては、平安時代が最も高いことが確認できる。

表③　「面影」と結ばれる「立つ」の時代別展開

時代	「面影」の歌数	「面影」と「立つ」の歌数	「面影」と「立つ」の和歌が「面影」の和歌に占める割合
奈良時代	一四	〇	〇%
平安時代	二九四	六一	二〇・七%
鎌倉時代	一四九八	二一五	一四・四%
室町時代	一一八七	一二六	一〇・六%
江戸時代	六一六	八〇	一二・九%

以上のように、「立つ」を詠んだ和歌が、「面影」の和歌に最も高い確率で見られるのは平安時代であり、また、最も多く詠まれるのは鎌倉時代であることが判明した。

「面影」を詠んだ全時代の和歌数や、その中で「面影」と最も多く呼応している動詞の歌数や割合をまとめたデータは、表④の通りである（それぞれの動詞を含んだ歌数は全て延べ数である）。

表④から、「面影」と「立つ」の両方を詠み込んだ和歌の割合が、それぞれの時代において必ずしも最も高い位置を占めなくても、全時代の「面影」の和歌においては最も多く見られることが分かる。つまり、「面影」と最も多く結ばれる動詞は「立つ」であり、「面影」と「立つ」が、「面影」と他の動詞よりも強い関係にあることは注目すべき点であると言える。

グラフ①

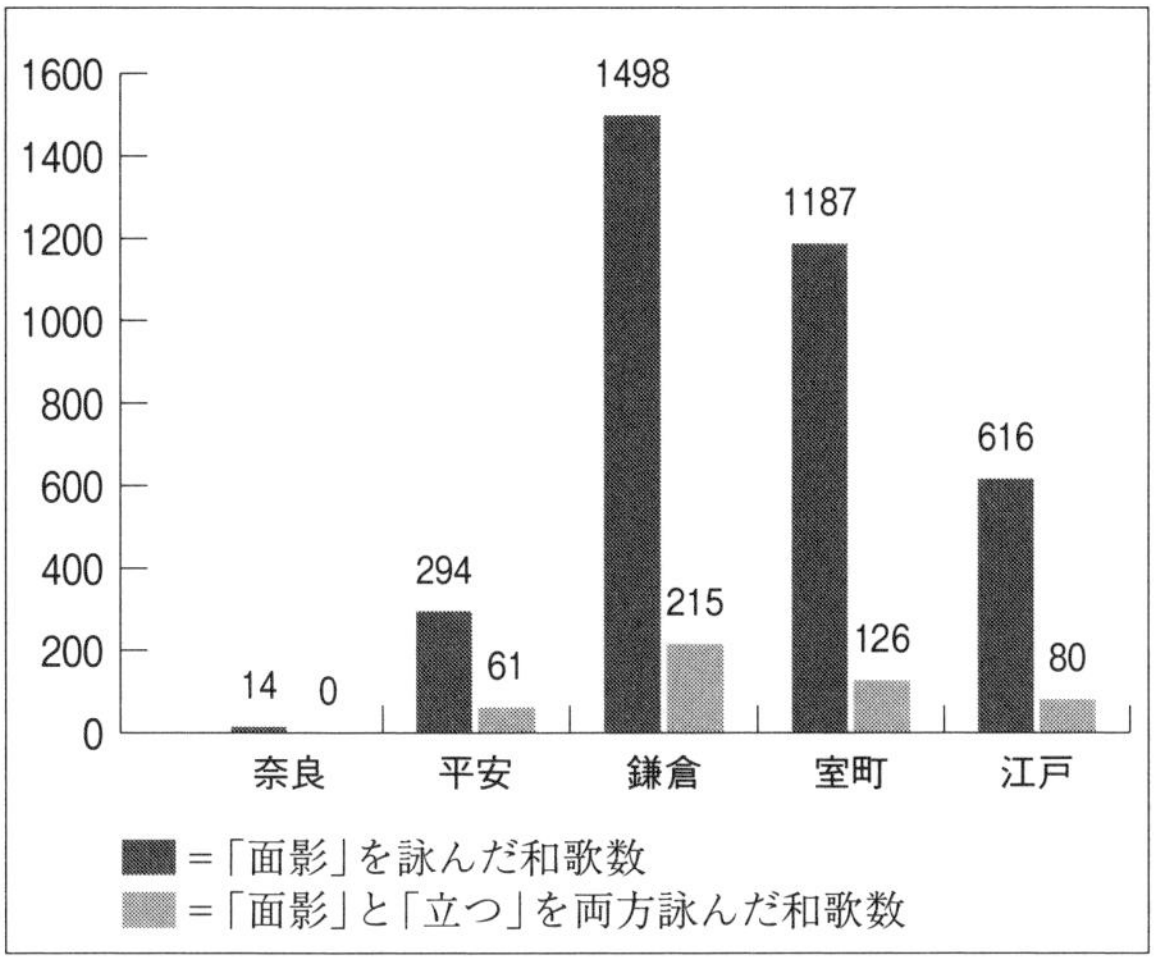

グラフ②

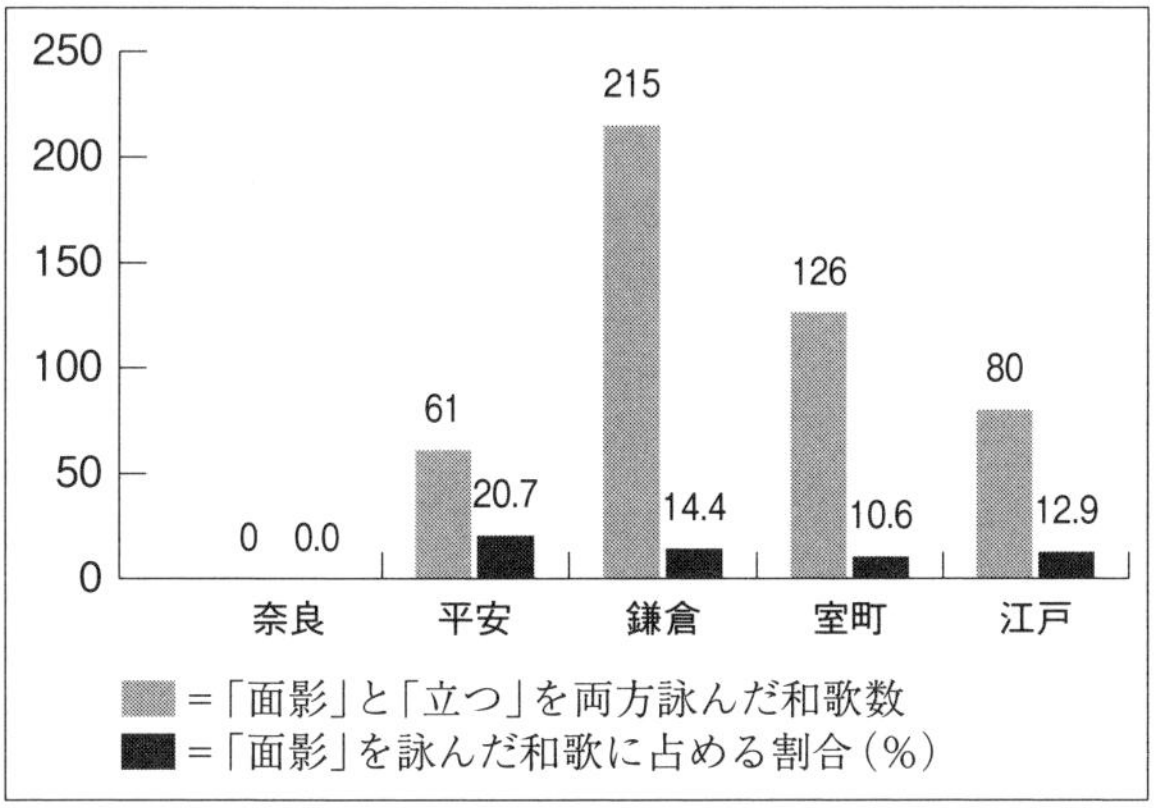

表④『国歌大観』の和歌における「面影」と結ばれる動詞（「面影」を含んだ歌数＝三六〇九首）

動詞	歌数	割合
立つ	四八二	一三・四％
見る	四三六	一二・一％
残る／残す	三四一	九・四％
忘る	三〇一	八・三％
添ふ	二八六	七・九％
別る	一九五	五・四％

表⑤『琉歌全集』等の琉歌における「面影」と結ばれる動詞（「面影」を含んだ歌数＝一九〇首）

動詞	歌数	割合
立つ	八一	四二・六％
まさる	四六	二四・二％
忘る	三三	一七・三％
残る／残す	二二	一一・六％
別る	一九	一〇・〇％
さがる	一〇	五・三％
すがる	九	四・七％

表⑥「面影」の琉歌に見られる主な動詞の、和歌における出現率

動詞	歌数	割合
まさる（「面影」と結ばれない例）	一八	〇・五％
まさる（「面影」と結ばれる例）	六	〇・二％
すがる	一	〇・〇三％
さがる	〇	〇％

＊「歌数」は、当該の動詞が含まれる歌数で延べ数。「割合」は当該の動詞が全体に占める割合。
＊表④の「残る／残す」は平安時代の和歌にも九首に見られるが、少ないため、表②―Ⓑには示していない。
＊共通点③でも触れているように、動詞「別る」は和歌の中にも琉歌の中にも「面影」と直接に結ばれる例は少なく、名詞「別れ」や「別れ路」等の形でよく見られる。動詞の形で見られる例は少ないが、「別れ」は「面影」を含む琉歌・和歌の両方でノスタルジックな雰囲気を醸し出しており、特徴的である。
＊「面影」を詠んだ和歌における「まさる」は、「物思ひ」「色」「雨」等といった名詞と結ばれる。

3　琉歌と和歌における「面影」と呼応する動詞の比較

これまでに紹介した琉歌と奈良時代〜江戸時代の和歌における「面影」と結ばれる動詞を、ここで再度対照させ、表④〜⑥に示す。今までの表を対比しながら、「面影」を詠んだ和歌と琉歌の共通点と相違点について以下のようにまとめて述べることができよう。

共通点①　「面影」と最も多く呼応している動詞は「立つ」である。

共通点②　「面影」と多く結ばれる「残る／残す」と「忘る」の組み合わせによって、ノスタルジックな雰囲気が醸し出される。

共通点③　「立つ」「残る／残す」「忘る」との組み合わせほど用例は多くないが、「別る」との組み合わせもよく見られ、ノスタルジックな雰囲気を醸し出す。ただし、琉歌の中にも、和歌の中にも、「別る」は動詞として「面影」と直接に結ばれる例は少なく、「別る」を動詞として詠み込む場合は、「別れた袖」や「人」、或いは「（お互いに）別れる」場面が出現し、また名詞として詠み込む場合は、「別れ路」や単に「別れ」を使う場面が多い。この点はかなり特徴的であり、「面影」を含んだ歌の切ない雰囲気を大きく醸し出すため、「面影」と（間接的にでも）結ばれる重要な動詞として認識する必要がある。

相違点①

和歌　表④には全ての動詞が示されていないが、「面影」とかなり多く結ばれるのは、「見る」「見ゆ」「見す」や「眺む」という視覚動詞である。

琉歌　表⑤には示されていないが、琉歌にも「見る」「眺む」等の視覚動詞が見られる。しかし、これらの動詞は殆どの場合に「面影」と直接に呼応せず、別の物を見る／眺める際に「面影」が立つ形を取っている。

相違点②

和歌　「面影」と「添ふ」の組み合わせは和歌のみにおける独特の組み合わせであり、静かな悲しさを感じさせる奥床しい和風の表現であろう。

琉歌　「面影」と「まさる」の組み合わせは、和歌には殆ど見られず、琉歌の典型的な組み合わせだと言える。より積極的な意味を持つこの表現は、圧倒的な悲しさを素直に伝える琉歌独自の特徴だと言えよう。

相違点③

和歌　琉歌に見られる「さがる」という動詞は「面影」を詠み込んだ和歌には一切見られない。「すがる」という動詞の例は一首中にのみ見られる。しかし、「面影」との直接的なつながりではなく、「胡蝶」と結ばれている。

琉歌　「面影」を含んだ和歌には一切見られない動詞の「さがる」「すがる」は琉歌に比較的多く見られ、「目の緒さがて」という独特の表現等を通して琉歌のユニークさを深く味わうことができる。

三　「面影→立つ」を詠み込んだ琉歌、和歌、オモロの類似の句

琉歌、和歌共に「面影」と最も多く呼応している動詞は「立つ」であり、「面影→立つ」の関係は両歌において著しいものとなっている。「面影」と様々な動詞との組み合わせの中では、両歌において一番高い位置を占めていることは注目すべき点である。

現代の日常生活で滅多に使われない「面影が立つ」のような表現は平安時代の和歌に遡り、古くから和歌にも琉歌にも多く見られるため、この組み合わせに関しては、琉歌がある程度まで和歌の影響を受けているのではないかと考

えられる。琉球語も日本語も「面影が立つ」という表現を日常の話し言葉で使うことがなく、文筆表現としてのみ生きており、また、両歌の音数律に合わせるために巧みに工夫されている。

そこで、ここでは「面影↓立つ」の組み合わせに的をしぼり、類似の句を具体的に分析することを通して、和歌と琉歌の関係、また琉歌とオモロの関係はどうなっているのか、さらに考察したい。

1　和歌の「面影ぞ立つ」と琉歌の「面影ど立ちゆる」

「面影ぞ立つ」と「面影ど立ちゆる《ウムカジドゥタチュル》」という類似表現は、和歌や琉歌の中に共通して見られる。「面影ど立ちゆる」の表現を有する琉歌は、『琉歌全集』の中に二首見られ、以下の通りである。

『琉歌全集』（一七九九・読人知らず）

遊び**面影**や　（アスイビ　ウムカジヤ）
まれまれ**ど立ちゆる**　（マリマリドゥ　タチュル）
里が面影や　（サトゥガ　ウムカジヤ）
朝も夕さも　（アサン　ユサン）

現代語訳――一緒に遊んだ人の面影は、たまに思い出されるが、恋人の懐かしい面影は、朝も晩もいつも思い出され、忘れる時はない。

『琉歌全集』（二四九五・読人知らず）

花の島をても　（ハナヌ　シマ　ヲゥティン）

馴れし親兄弟の　（ナリシ　ウヤチョデヌ）
面影ど立ちゆる　（ウムカジドゥ　タチュル）
朝も夕さも　（アサン　ユサン）

現代語訳――遊郭の仲島は、華やかで面白い所であるが、故郷の親兄弟の面影が朝夕思い出され、恋しくて堪らない。

次に、琉歌の「面影ど立ちゆる」と和歌の「面影ぞ立つ」の、それぞれの特徴と相違点を以下に詳しく述べたいと思う。なお、「面影ぞ立つ」と「面影ど立ちゆる」は両方とも係り結びである。

まず、和歌の「面影ぞ立つ」の句では、強意を表す係助詞「ぞ」＋四段活用動詞「立つ」の連体形の係り結びが見られ、意味は、「面影が立つ」となる。

沖縄方言では、係助詞「ぞ」は、同じ働きを持つ「ど」に変化する。よって、琉歌の「面影ど立ちゆる」の句では、強意を表す係助詞「ど」＋四段活用動詞「立つ（タチュン）」の連体形である「タチュル」の係り結びが見られる。

和歌においては五・七・五・七・七音形式に会わせるために、和歌の七音の「面影ぞ立つ」（o・mo・ka・ge・zo・ta・tsu）が誕生した。それに対し、琉歌の基本的な八・八・八・六音形式に合わせるために、八音の「面影ど立ちゆる」（u・mu・ka・ji・du・ta・chyu・ru）という句が作り出され、琉歌の形式とぴったり合う。

さて、和歌と琉歌におけるこの句の意味は同様であると述べたが、琉歌に見られる「立つ」という動詞の特徴は注目に値する。和歌では、「立つ」は「面影ぞ立つ」という句の中で四段活用動詞の連体形であり、その意味は「立つ」となる。『沖縄古語大辞典』によると、沖縄方言では「立つ」という四段活用動詞の終止形は「タチュン」となり、連体形に直すと「立ちゆる（タチュル）」となるが、和歌における「面影ぞ立つ」という表現と異なる表記や発音であっても、意味は「面影が立つ」で同じである。琉歌における「立ちゆる《タチュル》」という動詞のこの独特の形をさらに詳しく分析すると、「立ち」という基本の連用形に「をり」の連体形「をる」が結び付いていることが分かる。「琉球方言では、基本形に「をり」「あり」「てをり」「てあり」「たり」が結び付いて融合変化を起こし、一語となってテンスやアスペクトなどを表す。〈中略〉この形〈連用形＋をり――筆者注〉は古くは継続を表していたが、しだいにその意味を失い、現在ではテンス・アスペクトの側面はニュートラルで、特に未来とか過去、完了のように、時を明示することがない」〔『沖縄古語大辞典』七六五頁〕のである。間宮〔二〇〇八〕も、「沖縄方言が係り結びを存続し得たその背景には、結びに「居る」と「有る」を用いた複合形を編み出すという、独自の変化が起こったのである」〔一三七頁〕と述べており、それは琉歌における動詞「立つ」の場合は、四段活用動詞「立つ」の連用形である「立ち」に「をり」（または、「居《よ》り」とも書く）の連体形である「をる（居《よ》る）」がつき、「ど」との係り結びである「立ち居る→（拗音化して）タチュル」となる。意味は、和歌における「面影ぞ立つ」と同様であるが、七音ではなく、琉歌の音数律にぴったり合う八音である点は注目に値する。

これまでの説明を要約すると以下のようになる。

和歌		琉歌
係り結び：「ぞ」＋連体形	↓	係り結び：「ど」＋連用形＋「居《よ》る」
「面影ぞ立つ」（七音）	↓	「面影《ウムカジ》ど《ドゥ》立《タ》ちゆる《チュル》」（八音）
（意味：面影が立つ）	↓	（意味：面影が立つ）

2 「面影ぞ立つ」や「面影ど立ちゆる」を含んだ和歌と琉歌の特徴

和歌の「面影ぞ立つ」の初出は、一一五〇年に成立した『久安百首』という平安末期の私家集であり、そこに記載された「面影ぞ立つ」の歌の作者は、藤原俊成である。「面影ぞ立つ」の表現を詠んだ和歌は、平安時代に四首ある。その中の三首は藤原俊成によって詠まれ、残りの一首は、一二世紀末に編纂された『宝物集』に掲載されている歌であり、その作者は俊成の師であった藤原基俊である。「面影ぞ立つ」が、誰によって考え出されたものなのかは定めにくいが、藤原俊成、もしくは藤原基俊によって初めて詠じられた表現だということは確かである。

「面影ぞ立つ」を詠んだ平安時代の和歌は、以下の歌集に掲載されている四首である。

『久安百首』（一一五〇年）、歌人：藤原俊成
『長秋詠藻』（一一七八年）、歌人：藤原俊成
『長秋草』（一一八二―八四年）、歌人：藤原俊成
『宝物集』（一二世紀末）、歌人：藤原基俊（藤原俊成の師）

「面影ぞ立つ」が詠まれる和歌数は時代ごとに、以下の通りである。

奈良時代　〇首
平安時代　四首
鎌倉時代　三五首

室町時代　二二首
江戸時代　一五首
合計　七六首

「面影ぞ立つ」は、奈良時代の『万葉集』などの和歌には一切見られないが、平安時代には四首あり、これは、既述したように、全てが藤原俊成とその師の藤原基俊によって詠まれたものである。また、この表現を詠んだ用例が最も多く見られるのは鎌倉時代の和歌であり、三五首である。その後、室町時代や江戸時代になると、この表現が見られる和歌の数は段々減少する傾向にある。

鎌倉時代の「面影ぞ立つ」を詠んだ和歌数は、この表現を含んだ全時代の和歌のほぼ半分を占めているが、その殆どが藤原俊成や藤原定家系列の歌人によって詠まれたものであることを指摘できる。

鎌倉時代に「面影ぞ立つ」の句を詠んだ歌人と、それらの歌人によって詠まれたいくつかの代表的な和歌を以下に示す。

藤原俊成：二首（平安時代にもすでに三首を詠んでいる）
冬の夜の　雪と月とを　みるほどに　花のときさへ　おもかげぞたつ（『久安百首』八五八）

藤原定家：六首（藤原俊成の息子）
ぬぎかへて　かたみとまらぬ　夏衣　さてしも花の　面影ぞたつ（『拾遺愚草』九二一）

藤原為家：八首（藤原定家の次男で、俊成の孫）
色かはる　雲のはたへの　秋風に　初かりがねの　おもかげぞたつ（『為家集』五四五）
あかほしの　光さやけき　あか月は　あけしいはとの　おもかげぞたつ（『為家五社百首』四六一）

順徳院：一首（順徳院が歌合を開き、そこには藤原定家、俊成卿女などの有名な歌人が参加したことから、これらの歌人とのつながりが見えてくる）
賀茂やまや　見しは三月の　花のかげ　こぞのみゆきの　面影ぞたつ（『紫禁和歌集』三五八）

藤原知家：三首（順徳院の歌合サロンに藤原定家、俊成卿女などの有名な歌人と一緒に参加した歌人）
ふる雪に　安達の原の　しらま弓　春の梢の　面かげぞたつ（『健保名所百首』六九三）

阿仏尼：一首（藤原定家の側室）
あづまぢの　うら風なびく　をばなにも　ものの入江の　面かげぞたつ（『安嘉門院四条五百首』三四五）

鴨長明：一首（『海道記』に見られる歌であり、作者不明とされているが、その作者は鴨長明であると考えられる）

後鳥羽院：一首（後鳥羽院は「藤原定家の新風和歌に接し、その影響を受けて、歌人として飛躍的に成長した」〔『日本古典文学大辞典・第二巻』六四四頁〕）

衣笠家良：二首（藤原定家の門弟）

足びきの　山なしのはな　さきしより　たなびく雲の　おもかげぞたつ（『新撰和歌六帖』二四〇六）

安達長景：一首（安達長景は、「藤原大納言（為氏）家での詠が多く、為氏に師事したかと思われる」（『新編国歌大観・第七巻』八二八頁）のであるが、藤原為氏の祖父は定家で、父は為家であったことから、それらの歌人とのつながりが見えてくる）

山のはに　入るかたちかき　月見れば　またれし空の　おもかげぞたつ（『長景集』六六）

融覚：一首（藤原為家の出家してからの法名）

冷泉為相：三首（父は藤原為家、母は阿仏尼）

岡野辺や　薄かたよる　秋風に　春の柳の　面影ぞたつ（『夫木和歌抄』四三四四）

伏見院：一首（伏見院は「学問ことに古典を愛したが、京極為兼を師範として和歌を学び、しかも独自の和風を樹立して、歴史の中でも有数の歌人であり、多数の和歌を残した」（『日本古典文学大辞典・第五巻』二五九頁）のであるが、この京極為兼なる人物は、藤原定家に遡る和歌の家として知られる藤原御子左家の出自である）

藤原政範：一首

藤原為世：一首（藤原為氏の子）

雪つもる　あまのしほやの　煙にも　ふじのたかねの　おも影ぞたつ（『嘉元百首』九五四）

藤原公顕：一首

花おそき　木ずゑの空の　ゆふ霞　かねてにほひの　面影ぞたつ（『嘉元百首』一〇〇八）

藤原為実：一首（五条為実とも呼ばれ、二条為氏（藤原為氏）の四男）

男山　よどのわたりの　春のなみ　南の海に　面影ぞたつ（『夫木和歌抄』一〇二七六）

これらを通覧すると、「面影ぞ立つ」という表現が、鎌倉時代には人気のある表現であったことが推察される。藤原俊成や定家は「面影」をその歌論の中で扱ったこともあるので、「面影」は文学的な価値のある表現でもあったと解されよう。

ただし、「面影ぞ立つ」が平安時代に詠まれるようになり、以降鎌倉時代によく詠まれたといっても、右のリストを見てみると、限られた空間で、藤原俊成や定家系列の歌人によって広まったものであることが分かる。とは言っても、それらの歌人は歴史上有名で有力な歌人であったため、同表現は和歌の世界で広まり、さらには琉歌にまで波及した可能性が考えられる。

「面影ぞ立つ」と「面影ど立ちゆる」の相違についても述べる必要がある。まず、和歌の「面影ぞ立つ」はいつも歌の七音の結句として詠まれていることが、右のリストからも明瞭である。それに対し、琉歌の「面影ど立ちゆる」は、歌の第三句に置かれている八音句である。さらに、右のリストを通覧すると、和歌と琉歌で内容も異なっていることが分かる。「面影ぞ立つ」を含んだ和歌には、基本的に自然の描写が多く、去る季節などを惜しむ名残（面影）が詠まれているが、「面影ど立ちゆる」を歌った琉歌は二首とも恋人或いは家族同士といった人間関係から生まれる強い感情をそのままストレートに伝えている。つまり、この二首の琉歌における「面影」は愛しい人のそれに限られているのである。

また、「面影」という表現は、一五三一〜一六二三年の間に琉球王国の首里王府によって編纂された、沖縄最古の歌謡集である『おもろさうし』の中にも五首見られる。琉歌の句と同様である「面影《おもかげ》ど立《た》ち居《よ》る」（巻八―四〔三九六〕）、そして「御《み》面影《おもかげ》立《た》ちちへ」（巻七―一四〔三五八〕、巻一三―二二三〔九六八〕）という「面影→立つ」の組み合わせを含んだオモロが計三首見られる。前者は、島尻西南部の按司の面影を取り上げ、按司を誉め称えるものであり、後者は、王或いは按司の面影が立っていることを歌っているオモロである。オモロはそもそも抒情の琉歌と違い、叙事詩であるため、恋人や家族ではなく、王や優れた実在人物を賛美する特徴を持つ。そのため、この二首も王や按司を誉め称えるものだと考えるのが自然であろう。「面影ぞ立つ」を詠んだ和歌では、面影を、自然現象が去る、或いは変化している名残などのイメージと連結させているのに対し、当該の琉歌やオモロでは、恋人、君主など、面影を人物と関連付けており、この点は琉歌とオモロの共通する特徴として挙げられる。

「面影ど立ち居る」〔2〕は、琉歌の中にも、オモロの中にも見られるので、オモロから琉歌に受け継がれたのか、或いは琉歌もオモロもその表現を和歌から学んだかの判断が難しい。現在の段階では、琉歌についてもオモロについても未解明の点が多く、お互いの影響については様々な研究者が論じており、多様な仮説もあるが定かではない。また、和歌や和文学の影響もいつまで遡れるかは難しい問題だが、薩摩藩の琉球侵入（一六〇九年）以降、沖縄の知識人や歌人達は和文学に憧れただけではなく、琉球の官使候補者はその採用のため、積極的に和文学も摂取しなければならなかった。その際学んだ和歌の影響をもとに、「面影ぞ立つ」が琉歌の中に取り込まれたことも考えられる。その証拠の一つに、序章で挙げた池宮〔一九七六　一五〇頁〕による那覇士族が学ぶべきだった和文学のリストに関する記録がある。このリストからは琉球の士族や歌人達は具体的にどの和歌集を手本に学んだかということが分かるが、ここではその中でとりわけ定家、そしてその子である為家の『為家卿集』に注目したい。当該の歌集には「面影ぞ立つ」を含んだ和歌も含まれており、しかも四首までも見られる。

「面影ど立ちゆる」を歌った琉歌は、二首とも「読人知らず」となっているため、その歌人がどのような人物であり、どのようなルートでこの句を詠み込んだかについては、残念ながら詳しいことが分からないが、和歌のこの句は非常に有名な歌人達によって多く詠まれ、さらに、琉球の士族が手本にしていた『為家卿集』の中にも四首も見られるため、琉歌への影響も十分考えられると言えよう。

また、ここで取り上げた「面影ど立ちゆる」という句は、「読人知らず」だが、第三節―3で説明している「馴れし面影の　立たぬ日やないさめ」という琉歌二句については、特定の歌人によって詠まれ、さらにオモロには見られないものでありながら、和歌には類似の句が見られるため、そのルートはより確かなものである。さらに、それと似通った和歌も同じ『為家卿集』に見られるので、和歌の影響は否定し難いものとなっていると言える。いずれにしても、非常に有名な歌人によって創作された「面影ぞ立つ」という和歌の句と、琉歌における「面影ど立ちゆる」という句が類似している点には留意すべきである。

琉歌における「面影ど立ちゆる」という句については、オモロの句「面影ど立ち居る」に由来するのか、それとも和歌における「面影ぞ立つ」の変形であるのか、断言することはできないため、ここでは二つ可能性の指摘にとどめておく。なお、この問題については、将来にさらなる調査を行う必要がある。

3　和歌の「見し面影の　立たぬ日ぞなき」と琉歌の「馴れし面影の　立たぬ日やないさめ」

第三節—1で紹介した句と同じように、表題の表現も琉歌と和歌における類似表現である。「馴れし面影の《ナリシウムカジヌ》　立たぬ日やないさめ《タタヌフィヤネサミ》」という二句が琉歌に見られるが、それと似通った意味を持つ用例が和歌の中にもいくつか見られる。まず、和歌の用例を以下に示そう。

平安時代

かがみ山　うつろふはなを　みてしより　おもかげにのみ　たたぬ日ぞなき〔3〕

かがみやま　うつろふ花を　みてしより　おもかげにのみ　たたぬひはなし〔4〕

鎌倉時代

浮舟の　たよりもしらぬ　浪路にも　みし面影の　たたぬ日ぞなき〔5〕

ふじの山　たかねの煙　行きかへり　みし面影の　たたぬ日ぞなき〔6〕

平安時代の二首には、「面影にのみ　立たぬ日ぞなき」「面影にのみ　立たぬ日はなし」というパターンがあり、琉歌に見られる「馴れし面影の　立たぬ日やないさめ」のパターンとは最初の句に関して異なるものである。しかし、鎌倉時代の二首を見てみると、両方とも「みし面影の　立たぬ日ぞなき」となっており、これは琉歌と非常によく似ている。

和歌における「みし面影の　立たぬ日ぞなき」、および琉歌における「馴れし面影の　立たぬ日やないさめ」のそれぞれの二句は、現代語に直すとその大まかな意味が「前から愛していた、慣れ親しんでいた（人の）親しい面影が目の前に立たない日はない」となり、同様の意味を表していることが分かる。

以下に、鎌倉時代の二つ目の和歌およびそれと似通った琉歌を対照させ、紹介する。対応する語や表現に傍線をひき、同じアルファベットを付した。実線は基本的に同義語を示す。また、破線については、類義語、或いは内容・概念が類似している表現となっている。

なお、歌の後に付した「現代語訳」は琉歌のものである。以下、和歌と琉歌を対照した際の「現代語訳」は、すべて琉歌のもの。

『為家集』（一三〇四／鎌倉時代、一三世紀）／『琉歌全集』（三八八・与那原親方良矩〔7〕）

ふじの山
たかねⒶの煙
Ⓑ行きかへり
Ⓒみし面影の
Ⓓたたぬ日ぞなき

Ⓑ宵も暁も　（ユイン　アカツィチン）
Ⓒ馴れし面影の　（ナリシ　ウムカジヌ）
Ⓓ立たぬ日やないさめ　（タタヌ　フィヤ　ネサミ）
塩屋Ⓐの煙　（シュヤヌ　チムリ）

現代語訳——朝も晩も馴れ親しんだ人の面影は、目の前に立たない日はない。それはちょうど塩屋の煙が立たない日はないようなものである。

ここで注目したいのは、似通った内容の和歌と琉歌において、それぞれの音数律に合わせるために選んだ表現の特性である。和歌の下句の七・七の音数律に対し、同様の意味を持つ琉歌の第二・三句の八・八音が見られる。つまり、和歌の「見し面影の」という七音の句を、琉歌では「馴れし面影の」という八音の句に変形している。和歌における二音の「見し」という表現は、琉歌において同じ意味を持っている「馴れし」という三音の句に置き換えられている。

また、和歌の「立たぬ日ぞなき」（訳：立たぬ日はない）という七音の句は、琉歌においては、「立《タ》た《タ》ぬ《ヌ》日《フィ》や《ヤ》ない《ネ》さ《サ》め《ミ》」（訳：立たぬ日はないだろう）という少し違ったニュアンスの八音の句に変形されている。「立たぬ日」という句の前半の部分は、両歌において同じ音数律（四音）であるが、特徴は後半の部分にあり、和歌の三音の「ぞなき」という部分が琉歌の中で「や《ヤ》ない《ネ》さ《サ》め《ミ》」という四音の表現として見られる。このように、和歌の七音の句に対し、琉歌にふさわしい八音の句が保たれている。琉歌では、aiという組み合わせはeと発音されるルールがあるので、「ない」は「ネー」と発音され、元々五音のはずだった「やないさめ」が「ya・ne・sa・mi」のように四音に収まる。

琉歌の「立たぬ日やないさめ」を詳しく見てみると、沖縄語の「や」という係助詞は日本古語の反語・疑問の意味を持つ「や」とは異なり、題目や対象などの強意提示の係助詞で、大和の「は」に該当する。また、「ない」＋終助詞「さめ」の形は推量を表す。以上のことを踏まえ、「立たぬ日やないさめ」は「立たない日はないだろう」と訳せる。

この和歌と琉歌の内容も非常に近いと言えるだろう。両方の歌とも、「面影の立つ」を「煙の立つ」にたとえ、「行き」を朝、「かへり」を夜というふうに考え、和歌の「行きかへり」を、琉歌の中に「宵も暁も」という形で入れていることが見えてくる。「行きかへり」も「宵も暁も」も、最終的な意味は「一日中、（何時見ても）ずっと」と捉えられることができる。つまり、両歌共に、「ずっと立つ」という意味を最初に紹介してから、「立たない日はない」という表現を用いることで歌を閉じる。

この和歌を詠じた歌人は、藤原為家であり、和歌は『為家集』に収められている歌である。為家は先述したように、「面影ぞ立つ」の創作者の藤原俊成の孫であり、本人も「面影ぞ立つ」を含んだ和歌を多く（八首）詠じた。当時の琉球士族や知識人は様々な和歌集の中で、『為家集』も教養の歌集としており、それらの和歌の影響を受けたと言える。与那原親方良矩は、沖縄三六歌仙の一人で、多くの琉歌の他に一首の和歌を残している。良矩は政治家としても有名で、『中山世譜』巻一〇によれば、進貢正使として一七六二年に北京に行っており、また帰国後は薩摩で報告を行っている。その後、およそ二八年にわたって三司官を務めていた間、薩摩へ行くことが多く、薩摩藩との関わりが深かった（池宮 一九八二）。政治の側面だけではなく、文化や文学の側面においても大和とのつながりがあり、和歌を詠んだ事実からも和文学の影響を受けていることが明らかである。したがって、良矩のこの三八八番の琉歌については、『為家集』の中に収められている非常に有名な歌人であった藤原為家の、この和歌の影響を受けたものなのではないか、と推察できよう。また、『為家集』を教養歌集として遺言書の中で薦めた阿嘉直識は「師の二階堂のよすがで、〈中略〉与那原良矩らと歌会に同席する機会を得ている」（池宮 一九七六 四二七頁）としているので、阿嘉直識と与那原良矩が特に歌会の場面で知り合いだったという事実も、傍証となるのではないだろうか。

しかし、この琉歌と和歌が似通った内容や表現を含んでも、お互いに異なる点があり、そこにそれぞれの個性が見られるとも言える。それは、それぞれの歌の「煙」と結び付いたイメージである。

和歌の場合、平安時代になってからの「塩焼く煙」は、『古今和歌集』等に見られる恋の比喩的表現として発達し、『源氏物語』の和歌にも「恋の煙」という表現を使って詠まれた歌があり、これは「光源氏の妄執とさえいえる玉鬘への執心を表している」（『王朝語辞典』 一六六頁）のである。また、亡き人の魂の行き先に、残された人の思いを馳せさせる煙の発想や、天上と人間の住む地上とをつなぐものとしての、立ちのぼる煙の発想も和歌で認められ、「煙」は『竹取物語』により富士山とも結び付く（前掲 一六六頁）。以上のことを踏まえ、平安時代以降の和歌における「煙」のイメージは、恋の比喩と哀傷の比喩の二つに大きく分けられると言える。

なお、『為家集』には、「塩焼く煙」を詠んだ歌も見られる（六四四番歌）。右に挙げた一三〇四番歌は、残念ながら詞書がなく、追悼の際に詠まれたか否かは明確ではないが、対象が亡き人であれただ会えない人であれ、いずれの場合も切ない恋の歌と解釈できる。

一方、この『琉歌全集』の三八八番歌の歌われた場面は少し違う。同歌は「花売りの縁《ハナウキヌエン》」という高宮城親雲上作の組踊に出ているものであり、当該の組踊の主人公は一人で貧しい生活を送る都落ちした首里下級士族で、妻子との十数年の離別を悲しむ場面でこの琉歌を歌っている。当該の琉歌は、家族への深い愛情を表しているものである。

以上のように、ここで紹介した両歌は、類似の句だけではなく、その内容の観点からも非常に似通っているものであることが判明した。一六〇九年以降に起こった琉歌人の「和文学に対する教養」という大きな文化的な運動を考慮し、また類似表現が琉歌と和歌のそれぞれの音数律にアレンジされていることを勘案すると、この琉歌は為家の和歌から影響を受け、その和歌を改作した可能性が考えられる。また、この和歌の影響は鎌倉時代まで遡ると言える。ただし、両歌がそれぞれ違う場面を詠み、異なる感情を表すことから、それぞれの特徴についても考慮すべきであろう。恋の和歌に対し、同様の表現を含みながら琉歌では家族への愛情を歌っていることは、琉歌独自の特徴となっている。

4　和歌の「見し」と琉歌の「馴れし」

第三節―3で対照させて紹介した和歌と琉歌の中には、「見し面影の」という七音句、および「馴れし《ナリシ》面影の」という八音句がそれぞれ類似表現として見られることが分かった。この異なる音数律を定めているのは、和歌の二音の「見し」および琉歌の三音の「馴れし」という単語であり、それらの単語が関係を持つと考えられる。そのため、ここでは和歌や琉歌における「見し」と「馴れし」に焦点を当てることによって、両歌の関係性をさらに追究したい。

和歌における「見し」

和歌における「見し」という表現は、上一段動詞「見る」の連用形「見」に過去の助動詞「き」の連体形である

「し」がついた形である。「見し」は、過去の連体形の表現であり、意味は、「(昔)見た」(名詞が続く)、或いは「(昔)愛していた」(場合によって名詞が続く)となる。

「見し」と最も多く結ばれるのが、「人」を表す名詞であることは、意外な結果ではない。「見し」と「人」の組み合わせは四五〇首以上の和歌に詠まれており、また『万葉集』や『新古今和歌集』の「見し」を詠んだ歌にも同傾向が見られ、前者はおよそ一〇首の用例、後者はおよそ七首の用例を有する。

「見し面影」という用例も数多く見られ、『新古今和歌集』の歌も含めて一四七首以上の用例を見ることができる。

これに対し、「見し」という表現は、『琉歌全集』等の琉歌には一切見られない。

琉歌における「馴れし」

琉歌における「馴れし」という表現は、和歌の「見し」と同様に、下二段動詞「なれる」の連用形の「なれ」に過去の助動詞「き」の連体形である「し」がついた形となっている。『沖縄古語大辞典』によると、「なれる」には三つの意味があるが、そのうちの「慣れ親しむ」は、和歌における「見し」とほぼ同様の意味となる。ただし、「馴れし」という形式は沖縄語では使用されない、あくまでも「歌語」である。沖縄語では、動詞の結びに基本的に「居り」「有り」「たり」等がつき、助動詞「き」の連体形である「し」は一般の口語では一切使用しない。「馴れし面影」は、口語では「馴れたる面影」となる。

調査対象の文献に見られる「馴れし」と「面影」という表現の組み合わせは二四首(中には直接つながっていない歌も三首ある)に見られるが、「馴れし」がその他にどの名詞と結ばれるかは、以下の通りである。

「馴れし」	結ばれる名詞	歌数(延べ数)

馴れし	親兄弟の面影	2	24
馴れし	面影	21	
馴れし	故郷の面影	1	
馴れし	故郷	6	
手に馴れし	扇	7	
馴れし	匂	3	
つれなさに馴れし	身	1	
住み馴れし	母のふところ	1	
馴れし	い言葉	2	4
馴れし	言の葉／言葉	2	
馴れし	思無蔵（意味：恋人）	2	
染め馴れし	かな（意味：かせ糸）	1	
住み馴れし	おそば	2	3
馴れし	おそば	1	
手に馴れし	花の下紐	1	
住み馴れし	人	1	
住み馴れし	宿	3	
住み馴れし	城	1	
昔なれなれし	肝	1	

馴れし	手枕	1
染め馴れし	御縁	1
染め馴れし	花の姿	1

ここから、琉歌における「馴れし」と最も数多く結ばれる名詞は、「面影」であることが分かる。

既述したように、琉歌の「馴れし」、および和歌の「見し」は関係を持つ表現のように思える。そのため、琉歌における「馴れし」と結ばれる名詞、および和歌における「見し」と結ばれる名詞の用例数を対照させ、表⑦にまとめた。

なお、表中①~③は、琉歌の「馴れし」と最も多く結ばれる名詞であり、一方④~⑥は、最も少ない名詞である。また、「直接」「間接」の項に関しては、前者は「馴れし」/「見し」と名詞とが直接つながる用例数を示すものであり、後者は、「馴れし」/「見し」と結ばれる名詞との間に他の名詞も入っているため、直接つながるものではない用例数を示すものである。

表⑦の「比較」の項から、「見し」と「馴れし」で、用例数の割合が一致しているのは「面影」と「身」だけであることが分かる。さらに、両歌に共通して多く見られる例は、「面影」のみであることが明らかである。

ちなみに、琉歌における「馴れし」と二番目に多く結ばれる名詞として②「故郷」や③「扇」が見られ、琉歌の特徴的な表現であると言える。特に、③「扇」という表現は、琉歌にしか見られない「手に馴れし扇」という組み合わせを成している。単なる「馴れし」だけではなく、「手に馴れし」等といった独特の組み合わせを用いている点も、琉歌の特徴の一つとして注目すべきである。

なお、和歌における「見し」、琉歌における「馴れし」という二つの表現は、オモロには一切見られない。

表⑦「馴れし」「見し」と結ばれる名詞と歌数

結ばれる名詞	「馴れし」との組み合わせ（延べ数）				「見し」との組み合わせ（延べ数）			
	歌数	比較	直接	間接	歌数	比較	直接	間接
①面影	二四	多い	二一	三	二一二	多い	一四七	六五
②故郷	七	多い	七	○	一三	少ない	八	五
③扇	七	多い	七	○	○	少ない	○	○
④思無蔵／妹	二	少ない	二	○	二一	多くも少なくもない	二一	○
⑤身	一	少ない	一	○	二	少ない	○	二
⑥人	一	少ない	一	○	四五〇以上	多い	四五〇以上	○

＊和歌における「見し妹」は、殆ど「逢ひ見し妹」という形で見られる。

先に述べたように、和歌に多く見られる「見し」は、琉歌には見られない。以上を踏まえると、琉歌における「馴れし」という三音の表現は、和歌における「見し」という二音の表現の変形であろう。では、これは琉歌の独特の表現なのだろうか。最後に、「馴れし」が和歌において見られるかどうかを確認しながら、この疑問を解明していきたい。

和歌における「馴れし」

和歌において、「馴れし」と「面影」がつながっている歌は四二首ある。「馴れし」と「面影」のつながり方には、様々なパターンが見られるが、大きく二つのグループに分けることができる。その一つは、「馴れし」＋「名詞の」＋「面影」という直接のつながりではないパターンである。もう一つは、

「馴れし」＋「面影」という直接つながるパターンで、「馴れし面影」という表現が同じ句内に見られるか否かによって更に二つのグループに分けられる。

「馴れし面影」と詠まれた歌は一八首見られ、鎌倉時代に一五首、室町時代に三首ある。

「見し」と「馴れし」に関する結論

このように和歌の中で、「面影」と結ばれる「馴れし」の用例が数多く存することから、琉歌における「馴れし面

表⑧「見し面影」（直接的なつながりのみ）

和歌（『国歌大観』）	琉歌（『琉歌全集』）
一四七首	○首
「見し面影の」（七音句）	「馴れし面影の」（八音句）に変化
ふじの山　たかねの煙　行きかへり　**みし面影**の　たたぬ日ぞなき	宵も暁も　**馴れし面影**の　立たぬ日やないさめ　塩屋の煙

表⑨「馴れし面影」（直接的なつながりのみ）

和歌（『国歌大観』）	琉歌（『琉歌全集』）
一五（鎌倉）＋三（室町）＝一八首	一一首
「馴れし面影の」（七音の表現）	「馴れし面影の」（八音句）
よそにても　朝夕**なれし**　**おもかげ**の　こよひはさらに　めづらしきかな	忘らてやり言ちも　忘られめ朝夕　**馴れし面影**の　目の緒下がて

＊表⑧に掲載の和歌・琉歌は、類似している歌の例。
＊和歌の「馴れし面影」という七音の表現は、二つの句に分けて見られることもあれば、七音の一句内に収まって見られることもある。

影」という表現については、おそらく和歌に学んだ表現であると推定できる。さらに、「馴れし」という表現は沖縄口語に存在せず、歌語としてのみ使用されることは、この語が和歌の影響の下にあることの傍証となるだろう。「馴れし面影」は、琉歌の創作的表現ではなく、和歌の表現をそのまま模倣したものだと考えられる。また、当該の表現は鎌倉時代と室町時代の和歌にのみ見られ、その用例が鎌倉時代に最も多いことから、琉歌はこの表現に関しておそらく鎌倉時代の和歌から影響を受けたと推察できる。

これまでの結果をまとめて整理したものが、表⑧⑨である。

四　「面影」を詠み込んだ和歌の改作琉歌

第三節では、琉歌は「面影ぞ立つ」や「見し面影の　立たぬ日ぞなき」という表現を和歌から取り込んだ可能性について指摘し、また、藤原為家によって詠まれた和歌の改作琉歌も一首紹介した。

『琉歌全集』に含まれた「面影」を詠んだ琉歌九九首の中に、それ以外にも和歌の改作琉歌が見られることが今回の調査で判明したため、以下に『琉歌全集』の歌番号順に並べ紹介したい。既述の為家の和歌の改作琉歌も含め、「面影」を詠み込んだ和歌の改作琉歌は計一一首あり、九九首中一一％である。

改作琉歌①

『沙弥蓮愉集』（二五六）／『琉歌全集』（三八・玉城親方朝薫）、『古今琉歌集』（九七〇）

Ⓐおもかげを　　Ⓐ面影よ　Ⓑ残す（ウムカジユ　ヌクス）

Ⓑのこしてみばや　　許田の玉川に（チュダヌ　タマガワニ）

女郎花　　　　　　　　なさけ手にくだる　（ナサキ　ティニ　クダル）
野沢のⓒ水の　　　　　ⓒ水のⓓ鏡　（ミズィヌ　カガミ）
花のⓓかがみに

現代語訳――許田の美しい井戸に立ち寄ってみると、昔、情けのこもった手水をくんだという人の面影が、今でも水鏡に映って見えるようで、懐かしい気持ちのするものである。

この琉歌は他の改作琉歌と比較して、和歌との共通表現も四語と少なく、さらに、和歌と内容もかなり異なっている。この琉歌は、許田の手水と結ばれている沖縄の美しい恋の物語を歌っている。許田の手水は、昔から集落のはずれにあった樋川の有名な水で、許田を訪れた旅人はその水の傍で休憩し、水を飲んでいた。ある侍が旅の途中で休み、その水を飲もうとしたときに集落の年頃の娘がその清水を手で汲んで侍に飲ませたことによって、二人の恋愛が始まる。その後侍は娘と結婚し、集落から連れて行ったという話である。沖縄独特の伝説であるため、和歌の内容と異なるのは当然であろう。

この琉歌を詠んだ玉城朝薫（一六八四―一七三四）は尚真王の三男の末裔で、歌や舞踊の分野で功績を残した。中国からの冊封使を歓待するために設立された、踊奉行という役職に一七一八年に任命され、公式の場で披露される琉球舞踊の監督を務めていた。また、翌年に大和の芸能を参考にしつつ沖縄独特の芸能である「組踊」を創りあげた。「組踊」は、主に日本本土の狂言や能をアレンジしながら、沖縄独特の歌、セリフ、舞踊という三つを組み合わせた芸能として知られている。中国から琉球王国を訪れた冊封使をもてなすための沖縄の独特の芸能であるが、そのベースは大和の芸能であり、大和文化の影響を受けている。玉城朝薫による「朝薫の五番」（「執心鐘入」「銘苅子」「孝行之巻」「女物狂」「二十敵討」）が最も有名とされているが、それ以外の作者による演目（例えば、本章で言及している「花売りの縁」等）も今日まで愛され続けている。

このように大和の文化を積極的に受け入れ、影響を受けた玉城朝薫によって詠まれたこの琉歌も、和歌に何らかの影響を受けたと推測できるだろう。歌の内容は和歌と異なりつつも、琉歌における初句と結句には、和歌の上二句、第四句、結句に含まれている表現がそのまま取り入れられている。玉城朝薫はこの和歌の上二句と結句の表現を借り、沖縄の伝説を取り入れ、琉歌を作ったと推定できる。一般の改作琉歌に見られる、和歌と一致する概念はこの琉歌の中にはないものの、和歌の表現の影響を強く受けた琉歌の一例としてここで取り上げたい。

なお、改作元の和歌は、鎌倉時代成立の宇都宮影綱の家集である『沙弥蓮愉集』に掲載されている。宇都宮影綱は、為氏・為教らの従兄弟にあたり、特に、二条為世・京極為兼・冷泉為相らの御子左家歌人と活発に交流し、この家集の中にも、為氏・為世・為相・為兼の和歌が見られる。影綱自身も有名な歌人であり、『続古今和歌集』以下に三〇首の和歌を入集した。

改作琉歌②

次の琉歌は八・八・八・八・八・八・六音の長歌であり、和歌二首から影響を受けたと推定できる。この長歌における上の四句の表現は、和歌Aから、また、下の二句については、和歌Bから影響されたようである。

和歌A

『新明題和歌集』（三四九一・真教）／『琉歌全集』（一四八・読人知らず）

Ⓐ名残あれや　Ⓑあかぬ別れ路の　（アカヌ　ワカリジヌ）

Ⓑあかで別れし　Ⓒ面影やのかぬ　（ウムカジヤ　ヌカヌ）

Ⓒ俤は
などⒹ有明の
Ⓔ月にとどめて

Ⓐ名残りⒹ有明の（ナグリ　アリアキヌ）
Ⓔ月に打ち向ひ（ツィチニ　ウチンカイ）
Ⓕ思事やⒽあまた（ウムクトゥヤ　アマタ）
Ⓖ浜のまさご（ハマヌ　マサグ）

和歌B

『大和物語』（一八五・閑院の大君）
むかしより
Ⓕおもふ心は
ありそうみの
Ⓖはまのまさごは
Ⓗかずもしられず

現代語訳――飽きずに別れた時の面影が立ち退かず、その名残りの姿が有明の月にも映っている。色んな思いが湧き出て浜の真砂のように尽きることがない。

まず、琉歌の上の四句であるが、江戸時代の『新明題和歌集』の和歌を改作したものだと考えられる。「名残」「あかで別れし／あかぬ別れ路の」「面影」「有明」「月」という六つの共通表現を含んでおり、同様の内容を表しているからである。

詳しく分析すれば、第一に、和歌における「あかで別れし」という七音句は、琉歌の中で「あかぬ別れ路の」という八音句として変形されていることが分かる。つまり、この和歌に詠まれている「面影」と接続する動詞「あかで別る」+「し」（過去の助動詞「き」の連体形）との呼応を通じて表現された「飽かずに別れてしまった面影」という意味は、琉歌の中で同様の意味として保たれているものの、琉歌では八音句を形成するために、やや異なる表現を用いていることが分かる。それは、琉歌に詠まれている「あかぬ別れ路の」と「面影」との接続である。和歌の動詞「別る」は、琉歌において「路」と接続し、名詞「別れ路」となり、また和歌の「あかで別れし」という動詞「飽く」は、動詞「別る」と接続しているため、和歌の中で打消の接続助詞「で」との呼応によって「飽かないで別れた」という意味を有する表現として見られるが、琉歌における動詞「飽く」は、名詞「別れ路」についているため、打消助動詞「ず」の連体形である「ぬ」と接続し、「あかぬ」という和歌と同様の打消の意味を表す連体形で詠み込まれている。また、琉歌における「あかぬ別れ路」という名詞は、「面影」についているため、句の最後に接続助詞「の」が用いられつつ、「あかぬ別れ路の（a・ka・nu・wa・ka・ri・ji・nu）」という完璧な八音句が形成されていることが分かる。意味も和歌と同様のものとなっていると言える。

また、第二には、「名残」という表現も共通して見られる。「名残」の歌の中での位置は、琉歌と和歌とで異なるが、表している意味はここでも同じである。和歌における「名残」は初句「名残あれや」のように詠まれており、「名残」が動詞「あり」と接続していることが分かる。「名残あれや」は「名残あればや」の意で、名詞「名残」は動詞「あり」の已然形+接続助詞「ば」+疑問係助詞「や」と呼応することで、「名残があるからだろうか」という意味を成している。また、琉歌における「名残」は、動詞そのものではないが、「ある」と「有明」という二つの意味を含んだ掛詞「有明の月」という表現と直接に接続していることが明らかである。このように、琉歌も和歌と同様に「名残がある」という根本的な意味を表している。

さらに、第三として、「面影が残る」という両歌に共通する概念が挙げられる。和歌においては、その概念は「俤

は　など有明の　月にとどめて」のように表され、「面影」は動詞「とどめる」と接続することで、月にとどまっている、言い換えれば月に残っていると理解できる。琉歌も和歌と同様に「有明の月に」という表現を用いている。しかし、この琉歌は長歌であるため、和歌と異なり「有明の月に（面影は）とどめて」のように終わるのではなく、「有明の月に」という句から歌をさらに展開していることが分かる。琉歌は「有明の月に」面影をとどめることはせず、「有明の月に」「向かって、さらに色々の思い事をする」という内容を詠み、それにふさわしい第五句と第六句（結句）という、さらなる二句を足す。しかし、和歌と同じく「面影が残る」という概念は保たれている。琉歌は、「有明の月に」という表現が「とどめる」或いは「残る」という意味を持つ動詞と接続してはいないものの、「面影やかぬ」という別の句を設けているからである。『沖縄古語大辞典』によると、「のく（除く・退く）」の意味は、「面影が消える」となっており、動詞「のく」が打消助動詞「ず」の連体形である「ぬ」と呼応するため、「面影が消えない」、要するに「面影が残る」となり、さらに助動詞「ぬ」は連体形であるため、接続する名詞は「有明の月」であることが分かる。このように、琉歌は「面影が消えない有明の月」と、和歌と同様の意味を詠んでいることが明らかである。

次に同琉歌の後半（下二句）に関して、別の和歌Bからの影響があった可能性について指摘したい。

和歌Bは、平安時代の『大和物語』という歌物語が初出である。この和歌から詠み込んだのは二句のみだが、「思うことは浜の真砂のようである」という和歌の概念もそのまま琉歌の中に伝わっている。この二句についても琉歌の形式に合わせるために和歌が改作されたことが分かる。和歌における「おもふ心は」という七音句は、和歌の三音「心」を琉歌の中で二音「事」に置き換え、「思事（u・mu・ku・tu）」という四音の表現を作り、また、その表現に主語を表す（日本語の「は」に当たる）係助詞「や」＋「あまた」という四音の表現を接続し、八音句を形成している。

なお、「あまた（余多）」という語は『沖縄古語大辞典』によれば、「たくさん。数多く」という意を有し、この琉歌の中で「浜の真砂」にふさわしい表現として、その結句と接続していることが注目される。さらに、この表現は和歌Bに見られる結句「かずもしられず」が表している「数が知られない（ほど多くある）」に非常に近い概念を持っていると言える。つまり、両歌は共に「浜の真砂」が「たくさんある」という意味となる。

この和歌は『大和物語』に見られる歌であるが、当時大変有名な歌であったため、以降の様々な歌集にも含まれていることが今回の調査で分かった。

- 『秋風和歌集』（鎌倉時代）
- 『続古今和歌集』（鎌倉時代、勅撰和歌集）
- 『歌枕名寄』（鎌倉時代）

また、この和歌に非常に似通った和歌も他に一首見られ、同様に多様な歌集や作品に含まれている。この二首目の和歌を和歌B'とし、和歌Bと共に以下の通り示す。

和歌B『大和物語』（一八五・閑院の大君）

むかしより　おもふ心は　ありそうみの　はまのまさごは　かずもしられず

和歌B'『宇津保物語』（三七三・たねまつが北方）

君がため　おもふ心は　ありそうみの　はまのまさごに　おとらざりけり

網掛けを付した初句と結句を除き、真ん中の三句は両歌共に一致していることが分かる。したがって、琉歌が取り入れたと思われる「おもふ心は」と「浜のまさご」という重要な二句（下線部）は、助詞「は」と「に」という若干の相違点を除けば、和歌Bと和歌B'共に同じように詠まれている。この和歌B'も平安時代成立の『宇津保物語』以外に、多様な作品に見られる。

- 『落窪物語』（平安時代）
- 『風葉和歌集』（鎌倉時代）

この琉歌は、下二句に関して、和歌Bもしくは和歌B'のどちらかに影響を受けて改作されたと推定できるだろう。長歌であるため、和歌Aと和歌B（或いは和歌B'）という二首の表現を取り入れ作られた可能性がある。

改作琉歌③

『新明題和歌集』（一一七八・資廉、余花）／『琉歌全集』（二四五・読人知らず）、『琉歌百控・覧節琉』（五〇六）

Ⓐ夏山の
Ⓑ青葉をわけて
Ⓒ面影の
Ⓓあかぬ心を
Ⓔ花に咲くらん

日日にⒶ夏山の　（フィビニ　ナツィヤマヌ）
Ⓑ青葉なるまでも　（アヲゥバ　ナルマディン）
Ⓔ花のⒸ面影や　（ハナヌ　ウムカジヤ）
Ⓓ忘れぐれしや　（ワスィリ　グリシャ）

現代語訳――日に日に夏山の木が青葉になっても、春の花の面影は忘れ難い。

両歌は、「夏山の」「青葉」「面影」「花」という共通表現四語の他に、「面影」と呼応して似通った意味を表す表現「飽かぬ」や「忘れぐれしや」も含み、内容においても近いものであると言える。

琉歌の第二句「青葉なるまでも」における「までも」という副助詞は、強調の機能を持ち、「〜さえ」という意味を有する語である。したがって、この第二句は「青葉になってさえ→青葉になっても」のように訳すことができる。このように、琉歌における「夏山が青葉になっても、(春の)花の面影は忘れられない」という内容は、和歌における「夏山の青葉をわけて、(春の)面影に飽かない心が花に咲いているだろう」という内容と似通っているといえる。両歌共に、夏山がすでに青葉になっている同様の場面が現れ、その夏山が青葉になっても春の面影が忘れられず、面影に飽きない気持ちが強く残っているのである。

一方、「面影」は、和歌においては「花に咲いている」のに対し、琉歌では「花の面影」として詠み込まれている。琉歌では、春の花はすでに全て消えてしまっており、その「花の面影」のみが残り、忘れられないものとなっているが、和歌における面影は花に咲いているため、花はまだ残っていると推定できる。しかし、和歌の詞書を見れば、「余花」、即ち春に遅れて咲く花とあり、その数も春の花盛りと比べれば少ないため、過ぎ去った春本番の花盛りを思い出させる「面影」というニュアンスを持ち、琉歌の「面影」の本質と類似していると言えるだろう。さらに、その面影の「飽かぬ心」は、琉歌の面影の「忘れぐれしや」という表現の意味とも一致している。

以上から、この琉歌は、江戸時代成立の『新明題和歌集』の和歌を改作したものだと推定できるだろう。

改作琉歌④

次の為家の和歌の改作琉歌については、本章の第三節―3で詳しく説明しているため、ここでは簡単に例示する。

『為家集』（一三〇四・藤原為家）

ふじの山　たかねのⒶ煙　Ⓑ行きかへり　Ⓒみし面影の　Ⓓたたぬ日ぞなき

『琉歌全集』（三八八・与那原親方良矩）

Ⓑ宵も暁も　Ⓒ馴れし面影の　Ⓓ立たぬ日やないさめ　塩屋のⒶ煙

改作琉歌⑤

『続門葉和歌集』（五三五・前大僧正聖兼）／『琉歌全集』（八五七・本部按司朝救）、『古今琉歌集』（三五九）

Ⓐおもかげの　　Ⓐ面影のだいんす（ウムカジヌ　デンスィ）
Ⓑ身にそひこずは　　Ⓑ立たなおき呉れば（タタナ　ウチクヰリバ）
おのづから　　Ⓒ忘れゆるⒹ暇も（ワスィリユル　フィマン）
人をⒸ忘るる　　Ⓔあゆらやすが（アユラ　ヤスィガ）
Ⓓひまやⓔあらまし

現代語訳――面影は目の前に立たなければ忘れる暇もあるはずだが、ずっと立っているので、忘れられない。

両歌は「面影」と呼応する動詞として、琉歌の「立つ」と和歌の「身に添ふ」という異なる動詞を用いているにもかかわらず、影響関係が推定できる。というのも、共通表現が四語見られるだけでなく、歌の流れや内容も同様のものとなっているからである。さらに、両歌の下二句については、琉歌の「忘れゆる暇も　あゆらやすが」が、和歌における「人を忘るる　暇やあらまし」と一致している。詳しく見れば、「忘る」＋「暇」＋「有り」という表現が共通しているのである。のみならず、文法面でも非常に類似していると言える。和歌における「ずは〜まし」に対して琉歌は「ば〜すが」を用いている。『日本国語大辞典（第二版）』によると、「そひこずは」に見られる「ずは」は、打消の助動詞「ず」の連用形に係助詞「は」の付いたものであり、順接の仮定条件を表す。その意味は、「……なくては。……ないならば」となっている。また、同辞典によれば、「まし」という推量の助動詞は、現実にない事態を想像し、それが現実でないことを惜しむ意を表す語である。「もし〜ならば、〜だろうに」というふうに現代語に訳すことができる。したがって、「面影の　身にそひこずは〜」の和歌は、「もし面影は身に添って来ないならば、（愛しい）人を忘れる暇もあるだろうに」のように、面影を忘れたいのに、なかなか忘れられないという辛い現実が想像と反することを嘆いている。琉歌も同様に、仮定条件を表す接続助詞「ば」と、前件の内容を受けてそれと違うことを述べる接続助詞「すが」の使用によって、「面影が立たないでくれれば、（その愛しい人を）忘れる暇もあったけれども」という内容を歌っている。和歌も琉歌も面影がずっと立っており、忘れる暇がないという辛い現実を嘆く。

このように、琉歌はこの和歌を改作して作られた可能性が高いと結論付けられる。醍醐寺報恩院の二人の児、吠若麿・嘉宝麿の撰による一三〇五年成立の私撰集『続門葉和歌集』は、この五三五番歌のみならず、藤原為家系列の歌人である京極為兼と冷泉為相への贈答歌も含んでいる。この鎌倉時代成立の私撰和歌集の和歌は、琉歌の元となった可能性が十分あり得るだろう。

最後に、この和歌に似通っている和歌をもう一首参考までに紹介したい。一三〇三年成立の勅撰和歌集『新後撰和歌集』の一一三三番歌である。この和歌は、『続門葉和歌集』の五三五番歌より二年も早く発表された歌であり、両首には共通表現がいくつか含まれているため、『続門葉和歌集』の五三五番歌は、『新後撰和歌集』の一一三三番歌よりも後に詠まれたと思われる。しかし、一一三三番歌は、五三五番歌と比べて、琉歌との共通表現が少ないため、琉歌はおそらく一一三三番歌ではなく、五三五番歌を学び改作したと推定できよう。『新後撰和歌集』の一一三三番歌は以下の通りである。下線を引いた部分は、琉歌との共通表現ではなく、『続門葉和歌集』の五三五番歌との共通表現である。五三五番歌にも見られる「身に添ふ」と「人を忘る」という表現を含み、似通っているのだが、琉歌と五三五番歌に見られる「忘るる暇」という表現は含まれておらず、琉歌とは少し距離があることが分かる。

『新後撰和歌集』（一一三三・藤原宗秀、恋歌中に）

おもかげの　うき身にそはぬ　中ならば　われもや人を　わすれはてまし

改作琉歌⑥

『草根集』（七三九八・正徹）／『琉歌全集』（一一三七・義村王子朝宣）、『古今琉歌集』（三〇九）

Ⓐ旅の空　Ⓑ夜夜に手Ⓒ枕の　（ユユニ　ティマクラヌ）
行くをはるけき　なれしⒹ面影や　（ナリシ　ウムカジヤ）
恋ぢにて　誰がつれてくいたが　（タガ　ツィリティ　クヰタガ）
Ⓑ夜夜のⒸ枕に　Ⓐ旅の空に　（タビヌ　スラニ）
うすきⒹおもかげ

現代語訳――夜ごと夜ごとに、手枕を交わしなれた妻の面影を夢に見るが、一体この面影を旅の空まで誰が連れてきてくれたのであろうか。

この琉歌は、「旅の空」「夜夜」「枕」「面影」という共通表現のみならず、歌の趣旨も和歌と非常に似ており、この和歌の改作琉歌だと思われる。和歌における第二句と第三句「行くをはるけき　恋ぢにて」および琉歌における第三句「誰がつれてくいたが」はお互いに異なる内容を歌っているものの、「夜夜に交わした枕の面影がずっと旅の空まで見える」という趣旨は両歌に共通することが分かる。

この琉歌は、和歌における「旅の空」という五音句に一音の助詞「に」をつけ、琉歌にふさわしい六音の結句「旅の空に」を完成させた。そのため、和歌の順番を逆にしなければならなかったので、和歌の初句を琉歌の結句に、また、和歌の下二句を琉歌の上二句に移動させたことが注目される。その際、和歌の七・七音句を八・八音句に変形しなければならなかったので、七音句「夜夜の枕に」に一音の表現「手」を入れ、「夜夜に手枕の」という八音句を作り、また、七音句「うすきおもかげ」に同様に一音の係助詞「や」を入れ、「馴れし面影や」という八音句を完成させる。琉歌におけるこの第二句の中には、形容詞「うすき」の代わりに琉歌に好まれる「馴れし」という動詞（「馴れる」の連用形「馴れ」＋過去助動詞「き」の連体形「し」から成る歌語）が用いられており、「うすき」という若干弱めの印象を与える和歌の表現に対し、温かい想いが込められたこの表現は琉歌らしい強い気持ちを伝えていると言える。さらに、第三句「誰がつれてくいたが」という和歌には見られない表現によって、この歌のオリジナリティーを増している。

この和歌は、室町時代の歌僧である正徹によって編纂された私家集『草根集』に含まれている。若い歌人が自分の評価を高めるために、中世文学の最も重要な歌人と考えられていた藤原定家の教えを受け継いだ歌人から詠歌を習う習慣は一三世紀から始まり、正徹も定家系列の歌人である冷泉家の冷泉為尹（為相の孫）と、歌人としても名高い将軍の今川了俊から稽古を受けた〔Carter 1997 16-17〕。この琉歌は、正徹の和歌が琉歌にも影響を及ぼしたと言える一例であろう。

改作琉歌⑦

『鳥の迹』（七八二・田村主殿宗辰）／『琉歌全集』（一一八九・惣慶親雲上忠義）、『琉歌百控・覧節琉』（五二〇）

Ⓐうつし Ⓑ絵の　　　Ⓐ絵に Ⓑ写ちおけば（ヰニウツチ　ウキバ）
そのⒸ俤よ　　　　　Ⓒ面影やあすが（ウムカジヤ　アスィガ）
Ⓓ物いはで　　　　　Ⓓ物言ひ楽しみの（ムヌイ　タヌシミヌ）
Ⓔつらきながらも　　ないらぬⒺつらさ（ネラヌ　ツィラサ）
うちもおかれず

現代語訳——人の姿を絵に写しておけば、なるほど面影はさながらその人を見るようであるが、物を言ったり話をしたりする楽しみのないのが侘びしい。

両歌における共通表現は五語あるが、それらは同じ意味を表しつつも、アレンジが異なっていることが分かる。まず、和歌の五音句「うつし絵の」における「うつし」は「絵」と呼応しながら「うつし絵」という名詞として見られる。それに対し、琉歌の表現は和歌の表現と同様の意味を持つ「写ち」という、「絵」と呼応する語を用い、名詞ではなく、動詞の連用形として見られる。さらに、琉歌の八音調を保つために、五音の「絵に写ち」に「おけば」という三音の動詞をつけ、「絵に写ちおけば」という八音句が形成されている。琉歌の初句は、和歌の初句と文法および音数律の有様が異なっても、同様の意味が保たれていることが分かる。次の句内にも似たような現象が見られる。琉歌は、和歌における七音の第二句「その面影よ」の中から四音の「面影」を切り取り、主語を表す係助詞「や」＋動詞「有り」の準連体形「あ」＋反語を表す接続助詞「すが」、即ち「やあすが」という四音の表現を後ろにつけ、「面影やあすが」（意味：面影はあるけれども）という八音句を作る。また、和歌の第三句「物いはで」は、琉歌の中にも

「名詞」+「動詞」という同様のパターンで「物言ひ」として取り入れられていることが分かる。和歌における動詞「いはで」は打消の形で見られ、琉歌には「言ひ」という肯定形で見られるものの、琉歌はその代わりに「楽しみのないらぬ」（意味：楽しみのない）という打消の表現を「言ひ」に接続することによって、和歌の「物いはで」（意味：物を言わないで）という句を、似通った意味を持つ「物言ひ楽しみの　ないらぬ」（意味：物を言ったりする楽しみがない）という二句にわたる表現に変更していることが注目される。また、そのような面影が「物を言わない」のはつらい、と詠んでいる和歌を真似て、琉歌は、そのような面影が「物を言ったりする楽しみのない」つらさだよ、と歌っている。このように分析してみれば、琉歌は、「おけば」「やあすが」「楽しみの」「ないらぬ」といった表現を用いることによって、句ごとに和歌と異なるニュアンスを加えつつ、和歌を見事に改作していると言える。

　この和歌は、江戸時代、一七〇二年に成立した戸田茂睡撰の和歌集に含まれている。

改作琉歌⑧

『続古今和歌集』（一四一四・光明峰寺入道前摂政左大臣、返し）／『琉歌全集』（一八二八・池城親雲上）、『古今琉歌集』（六五二）

かすみにし　　　　Ⓐ幾里Ⓑへぢやめても（イクリ　フィジャミティン）
けふのⒶつきひを　なれしⒸ面影や（ナリシ　ウムカジヤ）
Ⓑへだてても　　　おへもⒹ離れらぬ（ウフィン　ハナリラヌ）
猶Ⓒおもかげの　　袖にすがて（スディニ　スィガティ）
たちぞⒹはなれぬ

現代語訳——幾里隔てても、恋しい面影は少しも離れない。いつも袖にすがっている。

両歌とも「何か（名詞）を隔てても面影が離れない」という同様のパターンを取り上げているが、詳しく見れば、内容には若干異なる特徴も見られる。

まず、この和歌は、その詞書に「返し」と記されており、以下の和歌の返歌であることが分かる（引用は、中塚〔一九二八 五九〇頁〕による）。

『続古今和歌集』（一四一三・前中納言定家、後京極摂政のことを思ひいでて、かの遠忌の日、光明峰寺入道摂政于時左大将のもとに遣はしける）

後れじと 慕ひし月日 うきながら 今日もつれなく 廻りあひつつ

この一四一三番歌は藤原定家によって詠まれた歌であり、詞書を見れば、後京極摂政の遠忌、即ち三年以上の正忌の際に詠まれたことが分かる。また、その返歌として一四一四番歌も後京極摂政の遠忌を追悼し、中塚〔一九二八〕の校注によれば、初句「霞みにし」は、「火葬の煙となったことを云ふ」〔五九〇頁〕のである。一四一三番歌と一四一四番歌は『続古今和歌集』のその部立の名称の通り、「哀傷歌」となっている。

一方、一四一四番歌の改作であると考えられる琉歌は、同様に悲しい内容を歌いつつも、哀傷歌ではなく恋の歌と解釈できる。なぜならば、悲しい出来事（死去）からの時間的な経過を表す、「月日」の代わりに、琉歌は隔てる対象としてあくまでも物理的な距離を表す「幾里」という表現を用いているからである。言い換えれば、和歌は、死去から長い時間が経過しても、その「月日」を隔てても、（亡くなった人の）面影が離れないと追悼する内容であるのに対し、琉歌は、遠い距離である「幾里」を隔てても（恋人の）面影が離れないことを歌っている。

内容に関する若干の相違点が見られても、表現の上ではこの琉歌は一四一四番歌から影響を受け、この和歌を改作した歌であると言えよう。和歌の「けふのつきひを　へだてても」という七・五音句を一句内に収めて、「幾里へぢやめても」という八音句を作り、また、和歌の「猶おもかげの」という七音句に一音を足すために、「猶」という二音表現の代わりに「なれし」という三音の表現を用い、「なれし面影や」という八音句を完成させた。さらに、和歌の七音句「たちぞはなれぬ」に見られる「はなれぬ」という表現は四音であるが、沖縄語の文法のルールでは「はなれらぬ」のように五音となるため、和歌における「たちぞ」という三音と同様に琉歌も三音の「おへも」を用い、「おへもはなれらぬ」という八音句が出来上がる。

なお、この一四一四番歌は、藤原為家らによって編纂された鎌倉時代の勅撰和歌集『続古今和歌集』に含まれている他、同時代の次の歌集にも見られる。

- 『拾遺愚草』（鎌倉時代、定家の自撰家集）
- 『秋風和歌集』（鎌倉時代）

また、この和歌に非常に似通った和歌が他一首見られ、この一四一四番歌に影響を受けて作られたと推定できよう。以下の通りである。

『鈴屋集』（一一〇四・本居宣長詠、逢不遇恋）
たちかへり　つらき月日を　へだてても　見し面影ぞ　身をも離れぬ

この和歌は、江戸末期の一八〇三年に刊行された本居宣長の家集に含まれている。この和歌は恋歌と解釈され、その点で琉歌と一致している。さらに、『続古今和歌集』の一四一四番歌と違って、第四句は「猶おもかげの」ではなく、「見し面影ぞ」となっており、先に述べたように、「見し」が「馴れし」に置き換えられた琉歌も見られる。

この和歌も琉歌の元になった可能性が考えられるものの、その前に池城親雲上の生没について調べる必要がある。池城親雲上は、首里王府の階級の名称である「親雲上（ペェーチン）」以外に詳細な情報がないが、『沖縄大百科事典・上巻』などを確認すれば、同姓の歌人は池城安倚（一六六九―一七一〇）しかいないので、池城親雲上と池城安倚は同一人物であると推定できよう。したがって、一八〇三年のおよそ百年前に生きていた池城安倚は、上の本居宣長の和歌を学ぶことはできなかったと結論付けられる。したがって、琉歌へ改作された可能性のある和歌は、『続古今和歌集』の一四一四番歌のみである。

改作琉歌⑨

次の琉歌は、異なる二首の和歌に影響を受けた可能性がある。それぞれ「比較①」「比較②」として以下の通り表示する（複数の和歌からの改作琉歌の場合は、以下同じ）。

比較①

『新明題和歌集』（九五六・道晃法親王、夕落花）／『琉歌全集』（一八六五・読人知らず）、『古今琉歌集』（六七六）

Ⓐ散ると見て
あるべきⒷ花の
Ⓒ俤を

Ⓐ惜しむ別れ路の（ヲゥシム　ワカリジヌ）
Ⓑ花のⒸ面影や（ハナヌ　ウムカジヤ）
いつも明けⒹ雲の（イツィン　アキグムヌ）

あやな夕ゐる　　空にⒺ残て　（スラニ　ヌクティ）

Ⓓ雲にⒺ残して

現代語訳――別れ路で惜しい別れをした花の美しい面影は、いつも明け雲の空を見る時、思い出して恋しくなる。

この和歌は、江戸時代成立の『新明題和歌集』に含まれ、琉歌との共通表現を四語も含み、歌の流れも同様である。しかし、詞書を見れば、「夕落花」とあり、散ってしまう「花の面影」を「雲に残して」という具体的な内容が詠まれていることが明らかである。それに対し、琉歌は、その初句「惜しむ別れ路の」のように、花と別れる場面を描いている。琉歌に描かれている「花」は散ってしまった可能性もあり得るが、「別れ路」という表現は、「花」のように美しい女性との別れを表すと考えることも可能であろう。これは、琉歌が加えた、和歌と異なるニュアンスとなっている。

また、和歌の二句にわたって見られる「花の俤」という表現は、琉歌の中で一句「花の面影や」として見られる。琉歌の句は八音調を保つ必要があるため、七音の「花の面影」の最後に接続助詞「や」がつき、八音句が形成される。また、和歌における結句「雲に残して」は、琉歌の中で分解され、「いつも明け雲の　空に残て」という八・六音の二句として見られる。

さらに、この琉歌に似通っている和歌が、もう一首見られる。以下の比較②の通りである。

比較②

『藤川五百首鈔』（七〇・三条西実隆）／『琉歌全集』（一八六五・読人知らず）、『古今琉歌集』（六七六）

Ⓐ横雲の　　惜しむⒸ別れ路の　（ヲゥシム　ワカリジヌ）

峰にぞⒷ残る
梢より
Ⓒわかる庭の
Ⓓ花のⒺおもかげ

Ⓓ花のⒺ面影や　（ハナヌ　ウムカジヤ）
いつもⒶ明け雲の　（イツィン　アキグムヌ）
空Ⓑに残て　（スラニ　ヌクティ）

比較②は、比較①より共通表現が一語（「わかる／別れ路」）多く、両歌の内容は「お別れする花」を詠んでいることが明らかである。しかし、比較①と違い、比較②の両歌の句の順番は逆となっている。和歌ではまず「雲に残る」場面が詠まれており、その次に「別れる花の面影」が現れる。一方、琉歌は「別れた花の面影」は「雲に残っている」という順番で歌を展開していく。

順番が逆であっても、比較②の和歌が琉歌へ改作された可能性は高いと推定できる。なぜなら共通表現が五語まで見られ、「別れる」という表現も一致しており、さらに、和歌の「横雲の　峰にぞ残る」という初句と第二句は、琉歌において「いつも明け雲の　空に残て」という第三句と結句に改作されているからである。

和歌には琉歌の独自表現「明け雲」は存在しない一方、琉歌には和歌によく詠まれる「横雲」は見られない。しかし、これらの二つの表現の意味を確認すれば、同様の意味を持つ語であることが明らかとなる。『日本国語大辞典（第二版）』によると、「横雲（よこぐも）」は、「横にたなびく雲。多く明け方、東の空にたなびく雲についていう。たな雲」のように定義されている。また、『沖縄古語大辞典』では、「明け雲（あけぐも／発音：アキグム）」の意味は「夜明けの雲。暁に照り輝く美しい雲」となっている。要するに、「横雲」も「明け雲」も、明け方に見られる雲のことをいう。和歌の五音句「横雲の」は、琉歌において同じ意味、同じ音数の「明け雲の」に置き換えられ、さらに、八音句を完成するために、琉歌によく見られる三音の「いつも」が接続され、「いつも明け雲の」という八音句が作られる。また、和歌の七音句「峰にぞ残る」は琉歌において六音句「空に残て」として見られるのだが、名詞＋「に」＋動詞「残る」という同様のパターンになっている。

右を踏まえれば、この比較②の和歌も琉歌へ改作された可能性があると考えられる。『藤川五百首鈔』という歌集は、室町末期（一五〇〇年頃）に成立したと推定されている。『新編国歌大観・第四巻』によると、「藤川五百首鈔は、藤原定家の藤川百首に加注したものに、同題で詠んだ藤原為家・藤原為定・阿仏尼・三条西実隆の百首を添えて編纂された定数歌である」（七二一頁）という。即ち、藤原定家や為家、定家に加え、彼らと深い関係を持った阿仏尼の歌も収められた歌集である。琉歌の歌人もその歌集を習った可能性があるだろう。また、右の和歌は、『藤川五百首鈔』以外に、同じ室町時代成立の三条西実隆の私家集『雪玉集』や江戸時代成立の『類題和歌集』にも含まれている。

改作琉歌⑩

次の琉歌も、二つの異なる和歌に倣って作られた可能性があるだろう。

比較①

『新後撰和歌集』（五七二・普光園入道前関白左大臣）／『琉歌全集』（二〇五五・本部按司朝救）、『古今琉歌集』（三六六）

宮こにて
Ⓐ見しⒷ面影ぞ
Ⓒ残りける
草のまくらの
Ⓓありあけのⓔ月

共にⒶ眺めたる（トゥムニ　ナガミタル）
夜半のⒷ面影や（ユワヌ　ウムカジヤ）
いつもⒹ有明の（イツィン　アリアキヌ）
Ⓔ月にⒸ残て（ツィチニ　ヌクティ）

現代語訳――恋人の面影は、共に眺めた夜半の有明の月に残っており、いつも有明の月を見る度に思い出すのである。

改作元の和歌として、第一に、右の『新後撰和歌集』の和歌が考えられる。鎌倉時代成立の勅撰和歌集『新後撰和歌集』は、二条為世によって編纂され、俊成・定家・為家の歌も多く含む。琉歌人もその歌集を学んだ可能性があるだろう。

この琉歌は、和歌における「宮こにて　見し面影ぞ」という五・七音の二句を「共に眺めたる　夜半の面影や」という八・八音の二句に変形しつつ、和歌の「都で見た面影」という内容を若干変更し、「一緒に眺めた夜の面影」という内容に書き換えている。琉歌は、視覚動詞を保ちながらも、和歌の「見る」という動詞を「眺める」という動詞に変え、また、和歌でよく見られる「見し」における過去助動詞「き」の連体形「し」の代わりに、特に沖縄語でよく使われる過去助動詞「たり」の連体形「たる」を用いることによって、和歌と同様に過去を表していることが分かる。また、琉歌の下句は和歌の第三句および結句と同じように「面影が有明の月に残る」場面を歌っている。

この琉歌を詠んだ歌人本部按司朝救の生没年（一七四一―一八一四）を確認すれば、次の和歌を改作した可能性も考えられる。

比較②

『新明題和歌集』（三七二四・通茂）／『琉歌全集』（二〇五五・本部按司朝救）、『古今琉歌集』（三六六）

Ⓐみし Ⓑ夜はの　　共に Ⓐ眺めたる　（トゥムニ　ナガミタル）

Ⓒ俤さへぞ　　Ⓑ夜半の Ⓒ面影や　（ユワヌ　ウムカジヤ）

うきながら　　　いつもⒹ有明の　（イツィン　アリアキヌ）
今はかたみの　　Ⓔ月に残て　（ツィチニ　ヌクティ）
Ⓓ有明のⒺ月

比較②の和歌は、比較①の和歌にはない「夜はの」という表現を含み、これは琉歌と共通する。一方、比較①で共通している動詞「残る」は、この比較②の和歌には見られない。したがって、この比較②の共通表現も、比較①と同様に四語となっている。さらに、比較①の和歌と同じように、この和歌も「見し」という表現を詠み、琉歌の「眺めたる」に類似している。

この和歌の上二句は琉歌の上二句と一致しているが、その区切りは違う箇所に置かれている。まず、和歌における初句の最初の二音の「見し」という、過去を表す動詞は、琉歌においては動詞「眺める」の過去形「眺め」＋「たる」に変形され、さらに「共に」という表現を加えることによって修飾され、「共に眺めたる」という八音の一句となる。また、和歌の初句の残りの部分「夜はの」は琉歌においては、第二句の最初の部分に持ち越され、和歌の第二句の続きの部分「俤」も接続される。このようにできた「夜半の面影」という七音の表現に、琉歌の形式に合わせるために、接続助詞「や」をつけ、「夜半の面影や」という八音句が形成されたと言える。

このように琉歌は、この江戸時代（一七一〇年）成立の『新明題和歌集』の和歌の句を分解して、改作した可能性も推定できるだろう。

改作琉歌⑪

次の琉歌に関しても、その元になったと考えられる和歌として複数（三首）を挙げることができる。

比較①

『玉葉和歌集』（一五九七・後二条院御製）／『琉歌全集』（二一四三・小橋川朝昇）

恋しさの
Ⓐねてや Ⓑわするる
Ⓒと思へども
Ⓓまたなごりそふ
Ⓔ夢の Ⓕ面かげ

Ⓐまどろめばおへも　（マドゥルミバ　ウフィン）
Ⓑ忘れゆら Ⓒとめば　（ワスィリユラ　トゥミバ）
Ⓓまたも Ⓕ面影の　（マタン　ウムカジヌ）
Ⓔ夢に見ゆさ　（イミニ　ミユサ）

現代語訳——ちょっとでも眠ったら、忘れることがあろうかと思えば、面影がまた夢に見えるありさまである。

ここで紹介する三首の和歌のうち、比較①の和歌は、この琉歌と最も似ていると言える。なぜなら、「忘る」「思ふ」「また」「夢」「面影」という五語が共通し、「寝る」と「まどろむ」という類義語を含んでいる他、両歌の流れやその内容も同様のものとなっているからである。和歌における「恋しさ」や「名残」、そして琉歌における動詞「見ゆ」のように、それぞれ独自のニュアンスも見られるものの、両歌共に、基本的に「寝れば忘れると思ったが、また面影が夢に現れた」という内容を詠んでいる。和歌は、「寝れば恋しさを忘れる」のように、何を忘れるのかをはっきりと表現しているのに対し、琉歌は、忘れるものが面影であるか、恋しさであるか、明らかにせず、忘れる対象については曖昧である。しかし、寝て忘れたいという希望や、寝たら面影がまた夢に見えるという内容は一致している。

両歌の句を具体的に分析してみれば、まず、和歌の第二句は琉歌の上二句に改作され、また、和歌の第三句は琉歌の第二句の後半として見られる。琉歌は、和歌の第二句における動詞「ねてや」を類義語「まどろむ」に置き換え、「まどろめば」という五音の形式にしながら、三音の「おへも」を後ろに接続することで八音の初句を完成する。また、和歌の第二句の後半と第三句、即ち「わするる　と思へども」という一〇音の表現を取り、沖縄語の文法に変更しつつ、「忘れゆらとめば」という琉歌にふさわしい八音の第二句を作る。琉歌では、「と思へば（とおもへば）」という単語の一部を省略する特徴が見られる。つまり、五音の「to omoheba」は、「to omeheba」のように省略され、最終的に三音の「tomeba」になる。このように、「忘れゆらと思へば」という元々一〇音の表現は、「忘れゆらとめば」という八音の表現になり、琉歌に適切な八音句が形成される。また、和歌の下二句が琉歌の下二句に変形されているが、和歌の結句「夢の面影」が分解され、「またも面影の」「夢に見ゆさ」という琉歌の下二句が出来上がる過程で、和歌の第四句における「また」という表現も借用され、琉歌の第三句の前半に三音の「またも」として入れられていることが分かる。

この和歌が含まれている『玉葉和歌集』は、鎌倉時代の勅撰和歌集であり、琉歌人もその和歌集を参考にし、琉歌へ改作したことが推定できるだろう。また、この和歌は、『玉葉和歌集』以外に以下の歌集にも載っている。

- 『後二条院御集』（鎌倉時代）
- 『歌合　正安四年六月十一日』（一三〇二年・鎌倉時代）
- 『類題和歌集』（江戸時代）

次の比較②と比較③の和歌は、琉歌との共通表現が四語となっており、比較①より一語少ない。したがって、琉歌の元になった可能性は比較①の和歌より低いが、注目すべきは、共通する動詞「まどろむ」の使用である。これらの和歌も琉歌へ改作された可能性について指摘しておきたい。

比較②

『新後拾遺和歌集』（一〇一二・法印善算）／『琉歌全集』（二一四三・小橋川朝昇）

待ちわびて　　　Ⓐまどろめばおへも（マドゥルミバ　ウフィン）
しばしⒶまどろむ　忘れゆらとめば（ワスィリユラ　トゥミバ）
うたたねの　　　またもⒹ面影の（マタン　ウムカジヌ）
Ⓑ夢にもⒸみせよ　Ⓑ夢にⒸ見ゆさ（イミニ　ミユサ）
人のⒹ面かげ

比較②の和歌は、歌を大きく二つに分ければ、その順番が琉歌と一致していると言える。しかし、共通する動詞「まどろむ」を使用しても、琉歌における「まどろめば忘れると思ったが、夢に面影を見た」という意味を表さず、「長い間待っており、待ちわびてしまい、少しまどろめば、面影を夢に見せてください」のように、若干異なる内容を詠んでいる。

なお、『新後拾遺和歌集』は、室町時代成立の勅撰和歌集である。

比較③

『新葉和歌集』（八六八・文貞公）／『琉歌全集』（二一四三・小橋川朝昇）

別れつる　　　　Ⓑまどろめばおへも（マドゥルミバ　ウフィン）
Ⓐおもかげながら　忘れゆらとめば（ワスィリユラ　トゥミバ）
Ⓑまどろめば　　Ⓒまたも Ⓐ面影の（マタン　ウムカジヌ）

さぞなⓒ又ねの　　Ⓓ夢に見ゆさ（イミニ　ミユサ）
Ⓓ夢も見えける

比較③の和歌は、「別れた面影がずっとそのままにありながら、まどろめば、そのようにまた夢に見える」という内容を詠んでおり、琉歌の「起きている時もまどろむ時も面影が見える」という内容と一致していると言える。しかし、「起きている時の面影を忘れようと思う」という希望は、比較③の和歌には存在せず、比較①とは大幅に異なる。したがって、比較③の和歌が改作された可能性も比較①の和歌より低いであろう。『新葉和歌集』は、室町時代成立の私撰集であるが、勅撰集にふさわしい形に整えてあるため、準勅撰和歌集とも呼ばれる。

なお、「面影」を歌ったオモロと琉歌を対比する調査も行ったが、「面影」を含んだオモロを改作した琉歌は、一例も見られないことが判明した。

以上、改作琉歌についてまとめると、「面影」を詠み込んだ『琉歌全集』の琉歌九九首のうち一一首（一一％）が和歌の改作琉歌であることが判明した。その一一首の中で、特定の作者によって詠まれた歌が八首（七三％）あり、読人知らずの歌が残りの三首（二七％）である。したがって、「面影」を含んだ改作琉歌は、殆どの場合に特定の歌人によって詠じられたといえる。また、琉歌の元になった和歌は、計一六首ある可能性が考えられる。それらの一六首の内訳を見れば、最も多いのは鎌倉時代の歌集が初出の和歌であり、六首（三八％）となる。続いては、江戸時代、特に『新明題和歌集』の歌（四首）が目立っており、合わせて五首（三一％）を数える。また、室町時代初出の歌もかなり多く見られる（四首、二五％）。最も少ないのは、平安時代の初出で一首（六％）のみであり、この一首は平安時代成立の様々な物語に見られる。また、改作元と考えられる和歌一六首の三分の一は、勅撰和歌集［8］や物語［9］に含まれている歌であることが明らかになった。さらに、第三節−3でも紹介しているように、藤原為家によって詠まれた和歌一首も琉歌へ改作された可能性がある。

なお、これらの歌が含まれたすべての歌集を時代区別にした総括的なデータは、第四章後半の表でまとめて提示する。

五　「面影」を詠み込んだ琉歌と和歌の特徴

第三節では、琉歌と和歌における「面影→立つ」の類似句について述べ、主に両歌の共通点や類似性に焦点を当てたが、ここでは「面影」の「立つ」以外の動詞との組み合わせによって生じる、両歌の特徴について指摘したい。

1　和歌の「添ふ」と琉歌の「まさる」「すがる」

先に述べたように、「添ふ」という動詞は「面影」を詠んだ和歌にのみ見られ、「面影」を取り入れた琉歌には一切存しない。さらに、和歌の場合には、この動詞は数多く詠まれ、「面影」の和歌全体のおよそ八％を占めている。そのため、「面影」と「添ふ」の組み合わせは和歌の独特の表現と見なすことができる。同組み合わせの中では、主に「面影に添ふ」「面影を身に添ふ」「立ち添ふ」といった表現が見られ、すべて一一世紀の初め頃初出し、「面影ぞ立つ」より古いものであることが分かる。以下に「面影」と「添ふ」の組み合わせを詠み込んだ和歌を紹介する。

『とりかへばや物語』（二二一・女中納言／平安末期）

この世には

人の形見の

面影を

わが身に添へて

あはれとや見む

この和歌からは、体に染み込み、付き添っている面影によって、哀れさを体験する作者の悲しい気持ちが読み取れる。「面影を身に添ふ」という表現は和歌の中に数多く詠まれ、静かに我慢し続ける変えられない哀れさ、切なさを感じさせる。

実は琉歌の中にも「人間の体／心」というものに「面影」が染みついた概念が見られる。それは、「身にすがて」と「肝にすがて」という表現で表される。これらの二つの表現をそれぞれ歌った琉歌は、以下の通りである。

『琉歌全集』（二一八三・兼本里之子）

目にも見られらぬ　（ミニン　ミラリラヌ）

手にも取られらぬ　（ティニン　トゥラリラヌ）

かなし**面影や**　（カナシ　ウムカジヤ）

肝にすがて　（チムニ　スィガティ）

現代語訳――恋人の愛しい面影は、目にも見られず、手にも取られず、ただ心にばかりすがりついて離れない。

『琉歌大成』（四五七）
いきやしがな今宵　（イチャシガナ　クユイ）
なれし面影の　（ナリシ　ウムカジヌ）
つらさ身にすがて　（ツィラサ　ミニ　スィガティ）
明かしかねて　（アカシ　カニティ）
現代語訳——彼女の面影が、今宵どうしてだか、つらい身にとりすがって離れず夜が長い。

一首目の琉歌は、まったく目に見えず手に取れない面影が、沖縄語で「肝《チム》」と表現される心にしっかりとしがみつき、離れないことを歌っている。また、二首目の琉歌では、さらにその面影によって湧き起こる辛さが身を強くつかむことで眠れなくなるという、肉体的な辛さが起こるほどの激しい状態が描かれている。「面影」と「すがる」という組み合わせは、琉歌の中で「肝」「身」「袖」と関連し、かなり強い執着心を表現する。

これらの表現よりさらに強いインパクトを与える表現も「面影」と一緒に見られる。それは「我胸焦がち《ワンニクガチ》」（意味：私の胸を焦がして）、「我肝あまがしゆる《ワチムアマガシュル》」（意味：私の心を動揺させている）や「我肝引きゆさ《ワチムフィチュサ》」（意味：私の心を引きつけるよ）等といった表現である。これらの表現は猛烈な愛着を表すだけでなく、その辛さが肉体的な痛みなどの感覚までも感じさせるものであると言える。

それに対し、「面影を身に添ふ」という、和歌において数多く見られる表現は、「秋」「月」「恋しさ」「つれなさ」「哀れさ」等といった語と呼応することがあり、その結び付きによって静かな悲しさが感じられる。和歌の読み手がいくら強い感情を持ったとしても、琉歌のようにそれが猛烈な表現をとって表に出ることはなく、心の裏にしっかりしまってあると考えられる。
琉歌における圧倒されるような猛烈な感情や、和歌における奥ゆかしいほのかな切なさは、表現の選び方の違いによって生まれる。動詞「添ふ」と「すがる」に潜むニュアンスも、それぞれのユニークな雰囲気を醸し出す重要な役割を果たしていると言える。『古語大辞典』によって定義される「添ふ」の意味は、「一つの主なもののそばに他のものが近づいて加わり付く」となり、悲しさなどの気持ちが「近付く」というゆっくりした柔らかい動きを暗示しているのに対し、「すがる」が持つ意味は『沖縄古語大辞典』で「つかまって寄りかかる。まとわりついて離れない」と定義されているように、面影の辛さは人の身や心をしっかりと強く捕まえ、その激しい感情は身から離れない。「面影」が呼応している琉歌の「すがる」と和歌の「添ふ」という動詞は、それぞれの歌における「面影」の独特のイメージを生み出している。
同様の傾向は、「面影」と結ばれる和歌の「添ふ」と琉歌の「まさる」という動詞にも見られる。これらは「立ち添ふ」「立ちまさる」という複合動詞の形式を取ることが多くある。和歌と琉歌、それぞれ一例を以下の通りに提示する。
『洞院摂政家百首』(一五一二・藤原定家/鎌倉時代〔一二三二年〕)
古郷に
とまる**面影**
たちそひて
旅には恋の
道ぞはなれぬ

『琉歌全集』（一二〇一・読人知らず）
寝れば夢しげさ　（ニリバ　イミ　シジサ）
おぞで**面影の**　（ウズディ　ウムカジヌ）
立ちまさりまさり　（タチマサイ　マサイ）
忘れぐれしや　（ワスィリ　グリシャ）
現代語訳――寝れば夢をしげく見るし、覚めれば恋しい面影が眼前にちらついて、とても忘れることはできない。

両歌とも、恋の忘れられない、離れられない性質を歌い、両歌共によく見られる「忘る」「離る」という動詞を使い、同様の執着心を表している。しかし、重要なポイントは、動詞「立ち添ふ」と「立ちまさる」にある。和歌における「面影」が動詞「立ち添ふ」と呼応することによって、そっと近付いてくるその様子が頭の中に浮かぶ。それに対し、琉歌における「面影」は、「増さり」、つまり増えるばかりで、その量が段々多く、激しくなっていく。さらに、単なる「増える」だけではなく、「まさりまさり」という動詞のくり返しによって、意味が強調される。同様の執着心を表しながら、和歌では奥ゆかしさ、琉歌では情熱的なさまを感じ取ることができる。それぞれの特徴が、動詞「立ち添ふ」と「立ちまさる」によって決められると言える。

2　和歌の「見る／見ゆ」と琉歌の「目の緒さがて」

「面影」を詠んだ和歌の中に、動詞「見る」は「立つ」の次、二番目に多く見られ、大変重要な位置を占めている。
また、和歌では「見る」だけでなく、「見ゆ」や「眺む」等も多く詠まれ、「面影」と視覚動詞の結びつきが特徴的である。

和歌における「面影」と視覚動詞の代表的な組み合わせとしては、「面影を見る」や「面影に見ゆ」が挙げられる。後者はすでに『万葉集』の歌に見られるので、古くから伝わる表現であることが分かる。

これらの組み合わせを詠んだ和歌をそれぞれ一首ずつ示す。

『続現葉和歌集』（七六三・惣重上人／鎌倉時代〔一三一三年〕）

たかの山
この暁の
おもかげを
こころの月に
うつしてぞみる

『古今和歌六帖』（二〇六五／平安時代〔九八〇年代〕）

見しときと
こひつつをれば
ゆふぐれの
いもがしみかを
おもかげにみゆ

一方、琉歌では、「面影」と、「見る」「見ゆ」「見す」「見知る」という四つの視覚動詞の組み合わせを数えても、その合計は一二首にすぎない。さらに、その中の四首は「面影」が結局「見られぬ」様子を歌っている。これらの一二首以外に「見る」を含んだ歌には、月見や花見などをしながら面影が浮かぶことを描いている歌もあるが、その数も極めて少ない。結局琉歌の場合は、「見る」等の視覚動詞の出現率が低いと言える。

しかし、琉歌においては「面影」が目で見えない現象であるかというと、必ずしもそうではない。なぜなら、「見る」という語を使わなくても、「面影」と結ばれた視覚感覚が、琉歌独特の表現で表れるからである。それは、「目の《ミヌ》緒さがて《ヲゥサガティ》」という表現である。

『琉歌大成』（四八四八）

忘らてやり言ちも　（ワスィラテイ　イチン）
忘られめ朝夕　（ワスィラリミ　アサユ）
なれし**面影の**　（ナリシ　ウムカジヌ）
目の緒さがて　（ミヌヲゥ　サガティ）

現代語訳――忘れよといっても、忘れられない。朝夕に面影が目の前に浮かんで。

「目の緒さがて」という表現は、「目の前に浮かぶ」という単純な訳がなされることが多い（『琉歌大成』など）。しかし、同表現を詳しく分析すると、そのユニークさがより深く理解できる。「目の緒」という表現は、実は『日本国語大辞典（第二版）』や『古語大辞典』等には記載されておらず、『沖縄古語大辞典』にのみ記載されている。このことから、この語が琉歌の独特の表現であることが分かる。同辞典では、「眼前」というふうに定義されているが、実際には「まなじり」のことを意味する。また、「下がる（サガユン）」という動詞は同辞典によると、「降りて来る。面影がまとわりつく」等の意味が挙げられている。ここから、「面影の目の緒さがて」という琉歌における表現は、「面影がまなじりに降りて、強くくっつき、離れることはない」というふうに解釈することができる。この表現も、和歌の「面影を見る」等といった表現と比べれば、琉歌の面影の強烈さをより強調するものであり、和歌に見られる奥ゆかしい切なさの世界と異なる、琉歌世界の情熱性や強い感情を呼び起こす代表的な表現の一つであると言える。

六　おわりに

琉歌の中でも和歌の中でも、「面影」と最も多く結ばれる動詞は「立つ」であり、このことは、両歌の関係性を裏付けている。「面影→立つ」の組み合わせでは、両歌においていくつかの類似表現が見られる。それは具体的には、和歌における七音の「面影ぞ立つ」（意味：面影が立つ）および琉歌における八音の「面影《ウムカジ》ど《ドゥ》立《タ》ちゆる《チュル》」（意味：面影が立つ）であり、また和歌における七・七音の「見し面影の　立たぬ日ぞなき」（意味：昔愛していた〔人の〕面影が立たない日はない）および琉歌における八・八音の「馴れし《ナリシ》面影の《ウムカジヌ》　立たぬ日や《タタヌフィヤ》ない《ネ》さめ《サミ》」（意味：慣れ親しんだ〔人の〕面影が立たない日はないだろう）である。「面影ぞ立つ」は、平安末期を初出とし、鎌倉時代には多く見られ、藤原俊成や定家、その系列の有名な歌人によって詠まれた表現であり、また、「見し面影の　立たぬ日ぞなき」という表現を含み、琉歌の改作元となった和歌は、藤原為家という鎌倉時代の歌人によって詠まれたものであることが、本調査で分かった。為家は藤原俊成や定家系列の歌人で、「面影ぞ立つ」という表現も多く詠んだ歌人であり、また右の表現の二つともが『為家集』という、那覇士族によって積極的に学ばれた歌集にも収められているため、平安末期や鎌倉時代に由来するこれらの和歌表現が琉歌にも影響を与え、和歌における七音調が琉歌にふさわしい八音調に変形され、琉歌の中に八音句として取り入れられている可能性は高い。

しかし、琉歌における「面影ど立ちゆる」という八音句は、オモロ一首の中にも「面影ど立ち居る」のように見られるため、和歌の「面影ぞ立つ」の変形であるか、或いはオモロの句をそのまま取り入れたのか、という疑問はいまだに残っている。本書では両方の可能性について指摘しておくにとどめる。なお、この問題についてはさらなる調査が必要であり、将来の研究課題としたい。

次に、和歌の「見し」および琉歌の「馴れし」という表現は、同様の意味を表すものであるが、両歌の中でそれらと数多く結ばれる表現としては、「面影」のみが挙げられる。琉歌には、「見し」という表現は一切見られないことから、琉歌における「馴れし面影」という表現は、和歌の「見し面影」の変形かとも思われるが、実は「馴れし」は和歌にも数多く見られるため、琉歌における独自表現ではなく、和歌の表現をそのまま模倣したものであることが判明した。また、オモロには「見し」も「馴れし」も一切見られない。

琉歌には「面影ど立ちゆる」や「馴れし面影の　立たぬ日やないさめ」という句単位のみならず、歌全体が和歌と非常に似通ったものも何首か見られる。それらの琉歌は和歌を改作した歌である可能性が高いことが本調査で判明した。調査の結果、「面影」を詠み込んだ『琉歌全集』の九九首の中から、和歌を改作したと考えられる琉歌は一一首（一一％）ある。その一一首の中で、特定の作者によって詠まれた歌が八首（七三％）あり、読人知らずの歌が残りの三首（二七％）である。また、その琉歌の元になった和歌は、合わせて一六首ある可能性についても指摘した。その内訳を見れば、最も多いのは鎌倉時代（六首、三八％）の和歌、続いて、江戸時代（五首、三一％）や室町時代（四首、二五％）の和歌である。最後に平安時代の和歌であるが、一首（六％）のみ見られる。また、琉歌の元となった和歌一六首のおよそ三分の一である五首は、勅撰和歌集や物語に見られる歌であり、琉歌人はそれらを積極的に学んでいた記録（『阿嘉直識遺言書』）を裏付ける証拠であると言えよう。

以上のことから、琉歌は、「面影↓立つ」という組み合わせに関する特定の句について、主に平安時代や鎌倉時代初出の和歌から影響を受けたのに対し、改作琉歌が影響を受けたのは、鎌倉時代（特に勅撰和歌集）や江戸時代（『新明題和歌集』など）の和歌が多いことが判明した。

また、「面影」を詠み込んだオモロの改作琉歌は一切見られない。

本章で取り上げた琉歌、和歌、オモロの類似点を比較した結果、「面影」を歌った琉歌は、和歌とオモロの両方に見られる「面影ど立ちゆる」の表現を除けば、オモロより和歌の表現の影響を多く受けていることが明確になった。「面影」を詠み込んだ琉歌とオモロに共通するのが、「面影ど立ちゆる」の一句であるのに対し、琉歌と和歌の間では少なくとも二つの類似の句が見られるだけでなく、和歌の改作琉歌も少なくとも一一首あることが判明した。

一方、類似点のみならず、「面影」を含んだ琉歌と和歌には、それぞれ独自の特徴も多く見られる。琉歌においては、「面影」が呼応する動詞「すがる」や「立ちまさる」等によって、より積極的な感情が歌われるのに対し、和歌では「面影↓添ふ」という組み合わせを通じて、奥ゆかしい趣や、静かな哀れさで溢れる和歌世界が生まれる。また、和歌における「面影に見ゆ」などといった視覚感覚は、琉歌では独特の表現である「目《ミ》の《ヌ》緒《ヲゥ》さ《サ》が《ガ》て《ティ》」（意味：〈面影は〉まなじりにまとわりついて）によって表される。これらの特徴から、琉歌や和歌が独自の背景やそれを歌った人々の思いを描写するものとなっていることが分かる。似通った表現や類似の句をお互いに含んでも、異なる背景から生まれる内容や様々な独創的な表現を保つことができたため、今日まで、琉歌と和歌はそれぞれ独特の歌として受容されてきたと言える。

［1］安土桃山時代（一五七三—一五九八）も含む。

［2］琉歌における「立ち居る」の発音は「たちゅる」になる。

［3］初出は、『金葉和歌集　初度本』（一一二七年成立、同歌が七一番歌）である。

［4］初出は、『内蔵頭長実白河家歌合　保安二年閏五月十三日』（一一二一年成立、同歌が三番歌）である。

［5］初出は、『後京極殿御自歌合　建久九年』（一一九八年成立、同歌が一四六番歌）であるが、他にも『秋篠月清集』や『新勅撰和歌集』の中に見られる。

［6］『為家集』（一三世紀成立、同歌が一三〇四番歌である）所収。

［7］与那原親方良矩（一七一八―一七九七）は尚穆・尚温王時代の琉球王国の政治家で、著名な歌人。

［8］『続古今和歌集』『新後撰和歌集』『玉葉和歌集』『新後拾遺和歌集』の計四首。

［9］『大和物語』や『落窪物語』に見られる同様の和歌一首。

第二章　「影」をめぐって　琉歌と和歌の表現比較

一　はじめに

　前章では琉歌、和歌、オモロに見られる「面影」という表現について調査を行い、「面影」と「立つ」の組み合わせに関して、琉歌が和歌の七・五音句を八・六音句に変形させる工夫を行いつつ、藤原俊成、定家、為家やその系列の歌人らによって詠まれた和歌の語句を取り入れている可能性を指摘した。また、その組み合わせの中に見られる特定の句「面影ど立ちゆる」に関しては、和歌と琉歌だけではなく、オモロと琉歌との影響関係もあり得ることについて述べた。さらに、『琉歌全集』の琉歌や、『国歌大観』『明題和歌全集』『類題和歌集』の和歌を対象にした徹底的な調査を経て、「面影」を詠み込んだ改作琉歌も紹介した。

「影」という表現も、「面影」と同じように、和歌と琉歌共に見られる。これから詳しく述べるが、「影」には「面影」と同じ意味を有する場合があり、「影」と「面影」が互いに関係していると言えるが、「影」は「面影」以外にも様々な意味で歌の中に詠み込まれている。

本章では、「影」という語を用いた表現に注目し、この表現が琉歌と和歌においてどのように詠み込まれているのか、という問題を追究するが、まず、「影」と動詞との組み合わせの観点から共通点を考察したい。また、従来の研究では調査の及んでいなかった、「影」を詠み込んだ全ての琉歌のうち、どの程度の割合で和歌を改作しているのか、さらに、どの和歌集の影響を受けているのかという問題についても解明を試みたい。最後に、和歌と琉歌に共通する「影」を含んだ特定の表現もいくつか紹介しながら、どの和歌からの影響が考えられるのかについても考察を進めたい。

二 「影」と呼応する動詞

「影」という表現には、『日本国語大辞典（第二版）』によれば種々の意味が挙げられるが、本章では、琉歌と和歌における次の三つの意味の「影」を対象とする。

①日、月などの光。
②鏡や水の面などに物の形や色が映って見えるもの。
③心に思い浮かべた、目の前にいない人の姿。おもかげ。

ここでは、①〜③の意味で詠まれる「影」やそれと呼応する動詞は、琉歌と和歌においてどのような類似点や相違点があるのか、という問題に焦点を当て、両歌の関係性について探っていきたい。

『琉歌全集』には、右の三つの意味を持つ「影」を歌った琉歌が計六〇首あるが、半分以上（三七首、六二％）が

「月影」を歌ったものであることは注目すべき点であろう。

琉歌における「月影」と呼応する動詞は、「照る／照らす」と「照り渡る」が最も多く（二〇首）、「月影」を歌った琉歌三七首の中で半分以上（五四％）を占めている。続いて、二番目に多い動詞が「うつる／うつす」で一〇首に見られ、「月影」を含んだ歌の二七％となっている。また、「月影」以外の「影」を詠んだ琉歌は二三首あるが、その中で目立つのは「うつる／うつす」であり、一七首（七四％）に見られる。

これらの三つの意味で歌われる「影」を含んだ琉歌には、他に視覚動詞の「見る」「拝む」「眺む」、また「名に立つ」「浮かぶ」「宿る／宿かゆる」〔1〕「隠す」「まさる」等も僅かに見られる。しかし、第一章で既述した「面影」と最も多く結ばれる「立つ」という動詞は、「名に立つ」〔2〕以外には「影」を歌った琉歌に一切見られない。琉歌の場合、「面影→立つ」のように「影→立つ」という関係が成り立たないのである。

また、『国歌大観』では「影」が一万首以上の和歌に見られ、歌数は極めて多いが、その殆どが「月影」を詠んだものである。先に述べたように、琉歌もこれと同じ傾向を示しており、両歌とも「月影」の用例が圧倒的に多いことが分かる。これは「影」を詠み込んだ両歌の大きな共通点の一つだと言えるだろう。

また、和歌における「影」と呼応する動詞に関しては、最も多く見られるのは視覚動詞「見る」や「見ゆ」であり、他には「照る／照らす」「うつる／うつす／うつろふ」「宿る／宿す／宿借る」「かはる」「残る」等も多く見られる。また、「面影」と呼応する動詞と同様の動詞も見られ、その例として「添ふ」「離る」「忘る」などが挙げられる。

しかし、「面影」と最も多く結ばれる「立つ」は、今回の「影」を詠んだ和歌には殆ど見られない。その用例数は、面影の意味で詠まれる「影」を含んだ和歌では二〇首を下回り、月影等の意味を持つ「影」を詠んだ和歌にも殆ど例がない。さらに、「面影ぞ立つ」や「面影に立つ」のような、単純動詞の「立つ」を含んだ表現は、面影の意味を持つ「影」を詠んだ和歌の場合、「かぜうとき　ことしの夏の　椎がもと　まき寝し妹が　たつかげもなし」という江戸末期の『柿園詠草』の一例があるのみで、その他の動詞は全て「立ちよる」「立ち添ふ」「立ちとまる」等といった複合動詞となっている。琉歌と同様に、和歌の場合にも、「影」に関しては「面影」と異なり、「立つ」との関係が非常に薄いと言えるだろう。

なお、オモロに「影」という表現が一切取り入れられていないことは、注目すべき点である。したがって、「影」に関しては琉歌はオモロから影響を受けていないことが明確である。

以上を考慮すれば、「影」を詠んだ和歌の中でも、同じく琉歌の中でも、「月影」が詠まれる歌数が半数以上を占めており、共通して最も多いものであると理解できる。また、両歌共に「面影→立つ」を含んだ表現は、多く詠み込まれているが、「影→立つ」という関係は、琉歌には見られず、和歌には例はあるが、非常に少ない。この二点は琉歌と和歌の大きな共通点であり、両歌の関係性を示すものであるだろう。

「影」を詠んだ琉歌と和歌が同じ傾向を示していることが判明したが、両歌の関係の程度をより一層明らかにするために、和歌を改作した琉歌がどのくらい見られるのか、以下で詳しく分析する。

三　「影」を詠み込んだ和歌の改作琉歌

「影」を詠み込んだ和歌と琉歌には様々な共通表現が見られ、また、歌の概念においても類似しているものがあり、お互いに関係があることは明らかである。さらに、琉歌の中に和歌を改作した歌が具体的に何首見られるのか判明すれば、両歌の関係の程度をより精密にとらえることができると考えられる。また、「影」を詠み込んだ改作琉歌はどの和歌集や歌人の影響を受けているかについても考察したい。

調査の結果、和歌の改作琉歌は、「影」を歌った琉歌（六〇首）の中に一四首見られ、およそ二三％であることが分かった。以下に、一四首の琉歌およびその元の和歌を列挙する。ここで紹介する一四首すべてが先行研究には見られず、筆者の調査によって発見された改作琉歌である。

改作琉歌①

『風情集』（四八七・藤原公重）／『琉歌全集』（五七・屋比久朝義夫人）、『古今琉歌集』（一六三）

Ⓐいつよりも
Ⓑ今夜の月の
Ⓒくまなきを
Ⓓおもひなしかと
人にとはばや

Ⓓ思なしがやゆら　（ウミナシガ　ヤユラ）
Ⓑ今宵の月白や　（キユヌ　ツィチシラヤ）
Ⓐいつよりもⓒまさて　（イツィユリン　マサティ）
影のⓒきよらさ　（カジヌ　チュラサ）

現代語訳——今宵は名月だという思いなしのためか、月の光がいつもよりきれいだ。

両歌共に月のきれいな様子を誉め称えている。月はあまりにも美しく見え、「いつよりも」きれいであるので、「思いなし」のためなのではないかと、共通する二つの表現が取り入れられていることは注目に値する。このように、両歌は表現だけでなく、概念も同様のものである。

しかし、それぞれの歌には独自の細かいニュアンスも含まれている。和歌の「くまなきを」という月のさやかに照る様子を、琉歌の場合は「いつよりもまさて」や「影のきよらさ」のように「まさる」や「きよらさ」（意味：美しさ）という言葉に置き換えて表現している。また、和歌における「月の美しさは思いなしかと人に聞きたいものだなあ」という意味は、琉歌では若干異なり、人に聞くという要素までは持っていない。それはおそらく、琉歌は五句ではなく四句から成るため、和歌の結句の「人にとはばや」を詠み込めなかったためであろう。
この和歌は、平安後期成立の『風情集』という藤原公重の私家集に載るものである。

改作琉歌②

『狭衣物語』（一八八・六条斎院宣旨）／『琉歌全集』（九〇七・読人知らず）、『琉歌百控・覧節流』（五〇九）

Ⓐ月だにも
よそのⒷ村雲
Ⓒへだてずは
夜なよなⒹ袖に
Ⓔうつしても見ん

Ⓑ村雲のやがて　（ムラクムヌ　ヤガティ）
Ⓒかくす　Ⓐ月だいもの　（カクス　ツィチ　デムヌ）
影や身がⒹ袖に　（カジヤ　ミガ　スディニ）
Ⓔ宿てたばうれ　（ヤドゥティ　タボリ）

現代語訳——群がり集まった雲が、やがて月を隠そうとしているのは惜しい。せめてその美しい影は私の袖に宿って下さい。

この琉歌は平安時代の作り物語である『狭衣物語』の和歌を改作したものだと考えられる。共通表現は、「月」「だにも／だいもの」「村雲」「袖に」という四語のみであるが、句の順番も歌の意味もほぼ同じであり、また有名な和歌であったため、琉歌人が受容しやすかったこの和歌が琉歌へ改作されたと推定できよう。
この和歌の現代語訳は、「せめて月をなりと、雲さえ邪魔をしなかったら毎夜毎夜光を私の袖に包んで見ておりましょう」〔鈴木 一九八六 三一六—三一七頁〕となっており、「村雲が月を隠すので、その光が袖に宿って下さい」と歌う琉歌の内容と、惜しむ気持ちが共通している。和歌の「月だにも」という表現は琉歌の中では「月だいもの」となっており、『沖縄古語大辞典』によると「だいもの」は「〜だから」という意味を有し、和歌の「だにも」とはニュアンスが少し違うが、「雲で月が隠れるから、せめて影は袖に宿って下さい」という大まかな意味は和歌と同じであることが分かる。さらに、同辞典によると、「だいも」という表現が使われる琉歌もあり、その意味は「〜でも。〜でさえ」となっている。琉歌の「月だいもの」という表現には「だいも」のニュアンスも含まれているのではないか、と考えられる。それは、この琉歌の現代語訳「せめて影は袖に宿って下さい」に現われているであろう。また、和歌における「（月影を袖に）うつして見ましょう」という意味を持つ「うつしても見ん」という七音の結句は、琉歌においては八音の結句「宿てたばうれ」（意味：〔月影が袖に〕宿って下さい）に改作される。琉歌の結句は、和歌の結句と類似した内容を歌いつつも、琉歌によく見られる命令形を用いた願望を込め、琉歌独特の趣きを生み出す。さらに、和歌の「隔てる」という動詞を、琉歌においては「隠す」という動詞に変えており、それぞれ異なるニュアンスも味わうことができる。

改作琉歌③

『狭衣物語』（一八八・六条斎院宣旨）／『琉歌全集』（一一三五・読人知らず）、『古今琉歌集』（一一九四）

Ⓐ月だにも
よそのⒷ村雲
Ⓒへだてずは
夜なよなⒹ袖に
Ⓔうつしても見ん

やがてⒷむらくもの　（ヤガティ　ムラクムヌ）
Ⓒ隠すⒶ月やらば　（カクス　ツィチ　ヤラバ）
影や身がⒹ袖に　（カジヤ　ミガ　スディニ）
Ⓔうつちたばうれ　（ウッチ　タボリ）

現代語訳――やがて群雲の隠す月であるならば、影は私の袖にうつして下さい。

③の改作琉歌は②の改作琉歌と非常に似通っており、両歌とも『狭衣物語』の同じ一八八番歌に倣って詠じられたものだと考えられる。③の琉歌は②の琉歌と違い、「だいもの」の代わりに「やらば」という表現を、また、「宿て」の代わりに「うつち」という表現を用いている。「やらば」という表現は「だいもの」の言い換えであると言えるが、この表現は「〜でさえ」というニュアンスを含まない。また、「うつち」は元の和歌の「うつして」と同じ表現となる。このように解釈すれば、②および③の琉歌は、少し違う表現を用いながらも、両方ともこの『狭衣物語』の和歌を改作したものだと推定できるだろう。

改作琉歌④

『後拾遺和歌集』（一一六二・和泉式部）／『琉歌全集』（二三五六・読人知らず）、『古今琉歌集』（五七五）

Ⓐものおもへば　胸にⒶ物思めば（ンニニ　ムヌ　ウミバ）
さはのⒷほたるを《も》　Ⓑ蛍火の影も（フタルビヌ　カジン）
Ⓒわがみより　Ⓒわが身よりⒹ出ぢる（ワガミユリ　うジル）［3］
あくがれⒹにける《いづる》　Ⓔ光ともて（フィカリ　トゥムティ）
Ⓔたまかとぞみる

現代語訳――胸に物を思い焦がれていると、蛍の火の影を見ても、我が身から出る光ではないかと思うほどである。それほど胸は燃えている心持ちだ。

和泉式部によって詠まれたこの和歌は当時から有名で、平安時代成立の勅撰和歌集『後拾遺和歌集』以外にも、平安時代から鎌倉時代にわたって成立した多様な歌集や作品の中に見られ、琉歌もこの和歌を改作したと考えられる。

和歌では「蛍（の火）は我が身から出る玉と見ている」と詠まれているのに対し、琉歌は「蛍の火の影を我が身から出る光だと思っている」と歌い、若干異なる表現で同じ場面や思考を表している。この和歌は収録された歌集によって、「玉」「たま」などの様々な表記が見られるが、「魄」という表記が『俊頼髄脳』の和歌一首にのみ見られる。この和歌はそもそも我が身から出るのが「魄」、要するに「たましい」であるという意味を表していたと考えられるが、多くの作品に収められるうちにその意味は「玉」に変わり、定着したのであろう。そして、右の改作琉歌もおそらく「玉」という意味を考慮しつつ詠まれたと考えられる。「玉」も「輝く」、つまり「光る」性質を持っているため、琉歌においては「玉」という表現が「光」という表現に変わったのではないかと推定できる。

また、琉歌の音数律に合わせるために、和歌における「ものおもへば」という、不規則的で字余りの六音句は、琉歌において五音の「物思めば（ムヌウミバ）」と、その前に置かれている三音の「胸に（ンニニ）」から成る「胸に物思めば」という八音句に巧みにアレンジされている。さらに、琉歌は和歌における第三句と第四句から「わがみより」と「いづる」という重要な表現を取り、「わが身より出ぢる」のように、琉歌にふさわしい八音の第三句を詠じる。

この和歌は大変有名な歌であり、勅撰和歌集『後拾遺和歌集』も含め、合わせて一四の作品に見られる。『後拾遺和歌集』以外の作品は以下の通りである。

- 『関白内大臣歌合』（平安時代）
- 『俊頼髄脳』（平安時代）
- 『袋草紙』（平安時代）

・『童蒙和歌抄』（平安時代）
・『後六々撰』（平安時代）
・『古本説話集』（平安時代）
・『無名草子』（鎌倉時代）
・『時代不同歌合』（鎌倉時代）
・『十訓抄』（鎌倉時代）
・『古今著聞集』（鎌倉時代）
・『沙石集』（鎌倉時代）
・『歌枕名寄』（鎌倉時代）
・『世継物語』（鎌倉時代）

改作琉歌⑤

『栄花物語』（三六九・女房）／『琉歌全集』（六二・神村親雲上）、『古今琉歌集』（一五五）

Ⓐ月影に
Ⓑ照りわたりたる
白Ⓒ菊は
Ⓓ磨きて植ゑし
しるしなりけり

Ⓑ照るⒶ月のかげに（ティル　ツィチヌ　カジニ）
色やます鏡（イルヤ　マス　カガミ）
Ⓓみがかれて咲きゆる（ミガカリティ　サチュル）
Ⓒ菊のきよらさ（チクヌ　チュラサ）

現代語訳――照る月の光に、菊の花も一段と美しい色が増し、そうしてみがかれているように見え、大層美しい。

両歌には、共通表現が「月影」「照る」「菊」「磨く」の四語あり、また類義語が「咲く／植える」の一語あることが認められる。さらに、内容の観点からも非常に似通っている。この琉歌は、平安時代の有名な歴史物語である『栄花物語』の和歌を改作して詠じられたと推定できるだろう。

しかし、この琉歌の中には、この和歌には見られない「色やます鏡」という句も詠み込まれている。「鏡」という表現は、「色が増す」および「磨かれる菊」という二つの表現に同時に掛かっており、特定の意味を表すというより、「みがかれて咲きゆる」という句を導く枕詞の役割のみを持つ技巧として捉えられる。この表現がなくても、歌の意味は変わらないが、より洗練された歌の風味を生み出すため用いられたのだと考えられる。

「増す鏡が磨かれる」という概念は右の和歌には見られないが、琉歌独自の表現ではなく、和歌一般に広く使われているものである。以下の定家や為家の歌にも見られる。

『拾遺愚草』（一九四九・藤原定家）
ますかがみ　ふたみのうらに　みがかれて　神風清き　夏の夜の月

『玉葉和歌集』（三四八・藤原為家）
みがきなす　玉えのなみの　ますかがみ　けふより影や　うつしそめけん

以上を踏まえ、この琉歌は主に平安時代成立の『栄花物語』の和歌に影響を受け、その和歌を改作して詠まれたと推定できる。しかし、「増す鏡」および「磨かれる」という二つの表現を詠み込んでいることから、特定の和歌のみならず、おそらくそれ以外の和歌からも影響を受けたと考えられる。

改作琉歌⑥

『続千載和歌集』(五一・前中納言定家)／『琉歌全集』(二一七・神村親方)、『古今琉歌集』(一二)

梅がかや
まづⒶうつるらん
Ⓑ影きよき
玉しまⒸ河の
Ⓓはなの鏡に

春の山Ⓒ川や　(ハルヌ　ヤマカワヤ)
Ⓓ花の水かがみ　(ハナヌ　ミズィカガミ)
色深くⒶうつる　(イル　フカク　ウツィル)
Ⓑ影のきよらさ　(カジヌ　チュラサ)

現代語訳――春の山川は、花の水鏡で、花の色が鮮やかに映っているのが、とてもきれいである。

両歌には、次の二つの類似表現セットが見られる。

㋐和歌の「玉しま河の　はなの鏡に」と琉歌の「春の山川や　花の水かがみ」　七・七音句→八・八音句
㋑和歌の「まづうつるらん　影きよき」と琉歌の「色深くうつる　影のきよらさ」　七・五音句→八・六音句

㋐の最初の句は、多少異なる単語を用い、個別の風景が歌われていても、主要な意味として和歌も琉歌も川を指すことが明らかである。和歌においては「玉しま河の」という七音句が、琉歌においては「春の山川や」という八音句に変わっている。続く二番目の句では、和歌の「はなの鏡に」という七音句に「水」という単語を上手く取り入れ、琉歌の形式に合わせるため、「花の水かがみ」という八音句が生み出されている。つまり、和歌の七音の「はなの鏡に」は、琉歌では八音の「花の水かがみ」に変形されたことが見えてくる。

同じように、㋑でも、「うつる」という主な意味を伝えている最初の句に続き、和歌の五音「影きよき」と琉歌の六音「影のきよらさ」が詠まれる。大和語の「影」＋形容詞の「清し」の連体形である「きよき」という和歌の五音の句に対し、琉歌は「影」に「きよらさ」という沖縄語で「きれい、美しいこと」を表す単語をつけているが、「きよらさ」（四音）は沖縄語で「ちゅらさ」（三音）に拗音化するので、琉歌の形式にふさわしい六音句に合わせるため、「影」と「きよらさ」の間に接続助詞「の」が付されている。なお、沖縄語では、「形容詞語幹＋サ」が、体言の役割や文を終止する役割など種々の機能を持ち、よく発達しており、「きよらさ」は、琉歌などで多く見られるその一例である（『沖縄古語大辞典』）。

さらに注目すべきは、㋐と㋑の位置が、和歌と琉歌で逆になっていることである。つまり、琉歌の中には、㋐→㋑という順で現れる類似表現セットが、和歌では㋑→㋐という順で現れるのである。和歌の下句の七・七音（㋐セット）をもし琉歌の中に同じく下句として取り入れるならば、琉歌の形式のルールにしたがわなければならないため、これを八・六音に変形する必要がある。同じように、和歌の上句の七・五音（㋑セット）をもし琉歌の中に上句として取り入れるならば、これを八・八音に変形しなければならない。七・七音→八・六音および七・五音→八・八音に変形するより、七・七音→八・八音、そして七・五音→八・六音に変形したほうが、相違は一音ですみ、より自然に聞こえ、過度の音数を足したり削ったりせずに同様の意味を保つことができる。以上の理由から、和歌の上句は琉歌において下句に変形され、和歌の下句は琉歌において上句となったのではないかと推定される。

この和歌は鎌倉末期に編纂された勅撰和歌集『続千載和歌集』の歌である。同和歌集を撰進したのは、二条為世である。さらに、同和歌集の主な歌人は藤原定家や藤原為家であり、この歌の作者も「前中納言定家」という記述があるため、藤原定家だと分かる。定家が詠んだ歌は有名で、この和歌も『続千載和歌集』以外にも様々な和歌集に含まれているため、琉歌人もこの和歌を改作した可能性が高い。右の和歌は『続千載和歌集』以外にも、以下のような歌集に含まれている。

- 『建保名所百首』（一二一五年・鎌倉時代）
- 『拾遺愚草』（一二三三年・鎌倉時代）
- 『歌枕名寄』（鎌倉時代）
- 『夫木和歌抄』（鎌倉末期）

改作琉歌⑦

『拾遺愚草』（八二二一・藤原定家、扇）／『琉歌全集』（一四七五・読人知らず）

Ⓐかぜかよふ
Ⓑ扇に秋の
Ⓒさそはれて
まづ手になれぬ
Ⓓ床の月かげ

うち招くⒷ扇の（ウチマニク　オジヌ）
Ⓐ風にⒸ誘はれて（カジニ　サスワリティ）
Ⓓねやに入る月の（ニヤニ　イル　ツィチヌ）
Ⓓ影のすださ（カジヌ　スィダサ）

現代語訳——うち招く扇の風に誘われたように、開け放した寝屋の中までも月の光が差し込んで、いかにも涼しそうな感を与える。

両歌とも「扇」の表現を技巧に用いつつ、秋が待ち遠しい夏の夜の様子を詠んでいるが、和歌のみが「秋」という表現をはっきりと詠み込んでおり、琉歌は、「月の影のすださ」（意味：月の影の涼しさ）という表現によって、和歌同様に秋が待ち遠しい夏の場面を描いていることが読み取れる。両歌とも夏の夜の月がさやかに照っている中、扇を使いながら涼しさを求めるという場面を描写しているが、それぞれの歌には異なる要素も見られる。和歌の場合は、風を通わせる扇に誘われるのは秋であるのに対し、琉歌の場合は扇の風に月の影の涼しさが誘われ、寝屋に入ってくる。また、「寝屋」という表現に関しては、和歌では「床」を用いているものの、この和歌が見られる他の歌集（『題林愚抄』や『六百番歌合』）には「ねや」というひらがな表記が使われているので、琉歌と一致していることが分かる。

なお、この和歌も⑥の和歌と同じように、藤原定家によって詠まれたものである。

この歌は右の歌集も含め、合わせて以下の五つの歌集に載っている。

- 『六百番歌合』（一一九二年・鎌倉時代）
- 『拾遺愚草』（一二一三年・鎌倉時代）
- 『明題和歌全集』（鎌倉中期〜室町時代）
- 『題林愚抄』（一四四七〜一四七〇年・室町中期時代）
- 『類題和歌集』（江戸初期）

改作琉歌⑧

『新撰和歌六帖』（一六九一・衣笠家良、かがみ）／『琉歌全集』（二六五・義村王子）、『古今琉歌集』（九七三）

いくたびも　Ⓐ心あてみがけ　（ククルアティ　ミガキ）

Ⓐこころをみがけ
ますⒷかがみ
うらにはⒸかげの
ⒹうつるⒺものかは

胸中のⒷ鏡（ムニウチヌ　カガミ）
物のⒸかげⒹうつす（ムヌヌ　カジ　ウツス）
宝だいⒺもの（タカラ　デムヌ）

現代語訳――心して胸中の鏡をみがけ、物の善し悪しを映して見せてくれる大事な宝だから。

両歌とも、磨いた心は鏡のように物の影の良し悪しを映してくれるという、仏教の教えを表している。この琉歌は和歌を改作したと考えられるが、和歌には見られない新しい視点も加えている。琉歌における結句の「宝だいもの」、要するに「そういう磨いた心は宝だから」という、和歌にはない意味が新しく取り入れられることで、仏教の思考に加え、教訓の要素も強く入ってくる。この歌だけでなく、琉歌全体にわたって教訓歌が多く含まれているのは儒教の影響のためであろう。沖縄には儒教の影響が幅広く及んでおり、改作元の和歌と違い、この歌の中にも儒教の影響が感じられる。

この和歌は鎌倉時代成立の『新撰和歌六帖』の中に含まれており、衣笠家良という歌人によって詠まれたものである。衣笠家良は藤原定家の門弟であり、定家系列の歌人である。さらに、この歌集を編纂した五歌人の中には、衣笠家良の他、藤原為家も含まれており、『新編国歌大観・第二巻』の解題によれば、「この作品は、家良・為家・知家・信実・光俊の五歌人が、それぞれ詠じた六帖題和歌を歌題ごとに部類配列した素稿本がまずでき、ついでこれを各人に回覧し、合点を加えながら改作・さしかえが若干行われていちおう完成した」（八七七頁）のである。以上のことを踏まえ、衣笠家良は、定家の教示を受け、『新撰和歌六帖』に歌が選ばれたときに、さらに為家などの修正も受けただろうと考えられ、定家、為家系列の歌人として認めてよいだろう。

なお、この和歌は『新撰和歌六帖』以外に、同じ鎌倉時代成立の『夫木和歌抄』にも収められている。

改作琉歌⑨

『新撰和歌六帖』（一六九一・衣笠家良、かがみ）／『琉歌全集』（二五三六・喜瀬知恵）、『古今琉歌集』（一六七一）

いくたびも
Ⓐこころをみがけ
ますⒷかがみ
うらにはⒸかげの
ⒹうつるⒺものかは

Ⓐ心あてみがち　（ククルアティ　ミガチ）
くもらすなⒷ鏡　（クムラスナ　カガミ）
Ⓒ影Ⓓうつす間の　（カジ　ウツス　ウェダヌ）
宝だいⒺもの　（タカラ　デムヌ）

現代語訳——鏡というものは念を入れて磨いて、くもりのないようにするがよい。影を映すことのできる間が宝で、影が映らないようになったら、何の役にも立たないし、何の価値もない。

この琉歌も⑧の和歌を改作したと考えられるが、まず、⑧と⑨は、それぞれ違う歌人によって作られた琉歌であることを指摘しておきたい。両歌ともが元の和歌に倣って作られたのか、それともお互いに影響され、一方の琉歌に倣って他方の琉歌が作られたのか判定し難いが、両方とも元の和歌にない儒教の要素が取り入れられていることが特徴であると言える。

改作琉歌⑩

『為家集』（一五九五・藤原為家）／『琉歌全集』（一一二八・読人知らず）

むかし今
Ⓐ二つのひかり
Ⓑひとつにて
おなじそらにぞ
Ⓒ月日をもみし

おしつれて潮花　（ウシツィリティ　シュバナ）
汲み取ゆる桶に　（クミトゥユル　ヲゥキニ）
照る　Ⓒ月や　Ⓑ一つ　（ティル　ツィチヤ　フィトゥツィ）
Ⓐ影や二つ　（カジヤ　フタツィ）

現代語訳——友達と一緒に潮を汲み取っていると、空に照る月は一つであるのに、左右の桶にはどれにも影が映って、二つの月があるのが面白い。

この琉歌は、他の改作琉歌と比べて和歌との共通表現が少なく、改作琉歌と呼んでもよいかどうか判断に迷う。しかし、少なくとも、『為家集』に含まれるこの和歌の影響を受けていることは確かだろう。なぜならば、和歌も琉歌も、月の光（影）を詠んだ場面の中で、共に「一つ」や「二つ」という表現を用いており、これは偶然ではないだろう。勿論、和歌の中には「一つ」や「二つ」が同時に詠まれている歌が多く見られるが、しかし、そのような場面に「月」の表現が取り入れられている歌はこの為家の和歌のみである。和歌では同じ空に月と日という二つの光が同時に見える様子が描かれているのに対し、この琉歌は遊び心があって、（友達と楽しく）潮を汲んでいる時に、一つの月の影が、二つに見える面白い様子を歌っている。この琉歌は和歌を改作したというより、和歌から「月」「光（影）」「一つ」「二つ」という表現のみを借り、歌の中に面白く独自に詠み込んだものと考えられる。

この和歌は鎌倉時代成立の藤原為家の私家集に見られる歌である。琉歌人も『為家集』を積極的に学んだ記録が残っているため、右の和歌もおそらく参考にしたのだろう。

改作琉歌⑪

『為家千首』（四四八・藤原為家、秋二百首）／『琉歌全集』（二九〇二・読人知らず）

みよしのの
山したⒶかぜに
Ⓑくも　Ⓒきえて
たかねのⒹ月の
Ⓔかげぞさやけき

秋Ⓐ風にⒷ雲も（アチカジニ　クムン）
Ⓒ消えて長月の（チイティ　ナガツィチヌ）
名に立ちゆるⒹ月の（ナニタチュル　ツィチヌ）
Ⓔかげのきよらさ（カジヌ　チュラサ）

現代語訳——秋風に雲も吹き払われて、長月（陰暦九月）の名月の影が美しい。

琉歌の「秋風」という表現に対し、元となったと考えられる和歌においては「山した風」という表現が見られる。しかし、同和歌は『為家千首』の中で「秋二百首」という部に含まれているため、この和歌も秋の様子を詠んでいることは明らかである。琉歌のように「名に立つ月」という表現を用いていないものの、この和歌以外の為家の歌では、『為家集』などに「名に立つ月」という表現がいくつか見られるので、琉歌との共通点となっている。この点については本章の第四節―3で詳しく述べる。

また、両歌共に結句で「影」の美しい様子を誉め称えているが、琉歌は「きよらさ」という典型的な表現を用いており、和歌では「さやけき」という形容詞を用いる。『日本国語大辞典（第二版）』によると、「さやけ・し（明―・清―・爽―）（形ク）（「けし」は接尾語）」の意味は、「①けじめがはっきりしている。はっきりしていて明らかである。あざやかである。見た目に分明である。②清らかである。さっぱりしている。気分的にさわやかである。すがすがしい。季・秋」などとされ、琉歌に見られる「きよらさ」（意味：美しさ）と、この場面で置き換えられても意味には無理が生じないと考えられる。したがって、和歌における「さやけき」という、係助詞「ぞ」との係り結びに見られる形容詞の連体形は、琉歌において「きよらさ」という終止法の形容詞に置き換えられたのであろう。

この和歌も⑨と同様に藤原為家によって詠まれたもので、鎌倉時代成立の『為家千首』に含まれている。

改作琉歌⑫

『為家千首』（四四八・藤原為家、秋二百首）／『琉歌全集』（二九五八・読人知らず）

みよしのの

山したⒶかぜに

Ⓑくもⓒきえて

たかねのⒹ月の

Ⓔかげぞさやけき

押すⒶ風にⒷ雲も（ウスカジニ　クムン）

Ⓒ消えて長月の（チイティ　ナガツィチヌ）

名に立ちゆるⒹ月の（ナニタチュル　ツィチヌ）

Ⓔかげのきよらさ（カジヌ　チュラサ）

現代語訳——そよ吹く風に雲も消えて、長月（陰暦九月十三夜の月）の名月の影が美しい。

この琉歌は⑪の琉歌に非常に似通っており、上句の「秋風」を「押す風」に置き換える細かい相違のみが見られる。この琉歌においても、和歌と同じように「秋」という単語が詠み込まれていなくても「秋」の様子が歌われることは、「長月」という表現から明らかである。

この琉歌も、為家の和歌に倣って作られたのか、それとも⑪の琉歌に影響を受け詠まれたのか、断言することができない。逆に、この⑫の琉歌を元にしつつ、⑪の琉歌が生まれた三つめの可能性も推定できよう。この問題について結論付けるのは難しいが、この琉歌が直接為家の和歌を改作していないとしても、為家の和歌が改作された琉歌を元にし作られたとすれば、為家の和歌から間接的な影響を受けたと言える。この為家の和歌を⑪と⑫の琉歌の元になった可能性のある和歌として指摘したい。

改作琉歌⑬

『白河殿七百首』（五三二・藤原〔二条〕資季）／『琉歌全集』（一七九三・美里王子）、『古今琉歌集』（三二〇）

Ⓐ朝日さす
Ⓑ光にみゆる
Ⓒちりよりも
Ⓓしげきはこひの
Ⓔ数にやあるらん

Ⓐ朝日さす Ⓑ影の （アサフィ　サス　カジヌ）
Ⓒちりのとぶごとに （チリヌ　トゥブ　グトゥニ）
Ⓓ我肝あまがしゆる （ワチム　アマガシュル）
Ⓔ縁のつらさ （ヰンヌ　ツィラサ）

現代語訳——朝日のさす光の中に、ちりが揺れ動いて定まらぬように、我が恋もどうなるか、我が心を動揺させて、少しも落ち着かせてくれない。

両歌共に「朝日さす光の中に飛んでいるのが見える塵のように、私の心も恋で動揺している」という場面が詠まれている。珍しい独特の比喩であるため、琉歌が和歌と無関係に同様の場面を歌ったとは考えにくい。琉歌が和歌を元にして詠じられた、と考えられる。

両歌の上句には、「朝日さす」と「ちり」という共通表現が用いられているだけでなく、⑩と同様に、ここでも和歌における「光」が琉歌の中で類義語の「影」として詠み込まれていることが分かる。また、和歌において「ちり」と呼応する動詞「見ゆ」が、琉歌において「飛ぶ」という動詞に置き換えられていることは、この改作琉歌の技巧の一つとして指摘できる。

一方、両歌の下句における表現は多少異なっていることが分かる。しかし、相違しつつも、両歌共に、恋や縁のつらさが心に刺激を与えることを詠じていることが共通している。琉歌の下句における「我肝あまがしゆる」(意味：私の心を動揺させる)や「縁のつらさ」という表現は、琉歌に独自に見られるものである。沖縄語では「心」を「肝(チム)」と呼び、日本語と大きく異なっているため、和歌にも存在せず、琉歌の独特の表現である。一方、「縁」という単語は現代日本語にも存在し、琉歌においては数多く詠まれているものの、和歌には見られない。したがって、「肝」も「縁」も琉歌独特の表現と言ってよいだろう。これらの表現が詠み込まれることによって、改作琉歌でありながらも、表現の上では元の和歌と異なる趣きがあると言える。

なお、この和歌は二条資季という鎌倉時代の歌人によって詠じられ、鎌倉時代成立の『白河殿七百首』の中に初めて見られる。『白河殿七百首』に載録された歌人の一部は、為家・為氏・為教一族であり、藤原(二条)資季は、為氏(二条家)の子孫である。したがって、広義では藤原(二条)資季も藤原為家系列の歌人と言える。

この和歌は『白河殿七百首』以外に以下の歌集にも収められている。

- 『明題和歌全集』(鎌倉中期〜室町時代)
- 『題林愚抄』(一四四七〜一四七〇年・室町中期)
- 『類題和歌集』(江戸初期)

改作琉歌⑭

『頓阿句題百首』(四八〇・周嗣)／『琉歌全集』(二二九・読人知らず)、『琉歌百控・覧節琉』(五五四)

いつのまに
霜もおくらん
Ⓐ朝な朝な
Ⓑみればⓒ鏡の
Ⓓ影ぞⓔかはれる

つれなさやⒶ日日に（ツィリナサヤ　フィビニ）
思ひ増すⒸ鏡（ウムイ　マス　カガミ）
Ⓑ見る見るにⒹ影の（ミルミルニ　カジヌ）
Ⓔ変りはてて（カワイ　ハティティ）

現代語訳――哀れ悲しいことよ、毎日毎日物思いが増すばかりで、鏡を見ると、見る見るうちに面影が変わり果てていく。

この和歌における「みれば鏡の　影ぞかはれる」という七・七音の下句は、琉歌の中で「見る見るに影の　変りはてて」という八・六音の下句に変形されていることが分かる。「影」の意味に関しては、琉歌も和歌と同じように、鏡の影を歌っているが、琉歌における「鏡」は音数律の関係で第二句に取り入れられていることも注目すべき点であろう。また、「鏡」は、琉歌で多く見られる「思ひ増す鏡」という慣用句として歌われているが、その表現は和歌にも用いられることがある。毎日鏡に映っている影が、時が流れるにつれて変わっていくという内容が両歌に共通している。両歌の下句に見られる「見る」「鏡」「影」「変わる」という共通表現のみならず、和歌における「朝な朝な」と琉歌における「日日に」という類義語からも両歌の類似がうかがえる。

この和歌を詠んだのは、頓阿という鎌倉末・南北朝時代の有名な歌人の門人であった周嗣である。本書では、頓阿を室町時代の歌人として扱う。頓阿は、二四歳のときに比叡山で出家し、のち二条為世から古今伝授を受け、二条為世に師事し、歌体は二条派風を継いだ。『古今和歌集』などの伝統的な風体を理想とし、和歌を詠じた歌人である。

また、二条為世は藤原為氏の子である。藤原為氏の祖父は定家で、父は為家であるため、頓阿もそれらの歌人と深い関係を持つ人物であったことが分かる。
また、「鏡を見る際、影が変わっていく」という概念は、この和歌のみならず、多くの和歌に詠まれているので、この琉歌は他の和歌からの影響も受けたと推定できる。参考までに関係があると考えられる和歌を以下に列挙する。

『金葉和歌集』（五九九・源師賢朝臣／平安時代）
かはりゆく　かがみのかげを　見るたびに　おいそのもりの　なげきをぞする

『続拾遺和歌集』（一二一七・源仲業／鎌倉時代）
憂き事は　もとの身にして　老いらくの　影のみかはる　ます鏡かな

『続千載和歌集』（一五五九・従二位成実／鎌倉時代）
よしさらば　なみだにくもれ　みるたびに　かはるかがみの　かげもはづかし

『為家集』（一四九九・藤原為家／鎌倉時代）
いにしへの　かげさへかはる　ますかがみ　うつり行くよを　みるぞかなしき

右の各歌には琉歌における「つれなさ」と同様に、悲しさを表す「なげき」「憂き事」「涙」「はづかし」「かなしき」という表現が詠み込まれている。このような表現は、『頓阿句題百首』の右の和歌には見られず、これらの四首の和歌と⑭の琉歌の共通点と言える。

また、これら四首の和歌が含まれている歌集は、平安時代から鎌倉時代にわたって編集された歌集である。

このように、⑭の琉歌は、『頓阿句題百首』の和歌から主に影響を受けつつ、『金葉和歌集』『続拾遺和歌集』『続千載和歌集』『為家集』の四歌集の和歌も参考にしたのではないか、と考えられる。右の四首はすべて『為家集』や勅撰和歌集所収の歌であり、有名なものであるため、琉歌人がこれらを学んだ可能性もあり得るだろう。ここでは改作琉歌の元となった和歌として、『頓阿句題百首』の和歌を指摘し、他の四首は参考までに紹介しておく。


以上をまとめると、「影」が詠み込まれている琉歌六〇首の中には、和歌を改作した琉歌が一四首見られ、二三％に及ぶ。前章で取り上げた「面影」を詠み込んだ和歌の改作琉歌の割合（一一％）と比較すれば、二倍もの高い割合となっており、数としても「影」を含んだ改作琉歌のほうが多く見られる。改作琉歌一四首のうち、平安時代の歌集の和歌を元にした琉歌が五首（①～⑤）、鎌倉時代の歌集の和歌を元にした琉歌が八首（⑥～⑬）、残りの一首（⑭）は室町時代初出の和歌を元にしている。また、その中には、特定の歌人によって詠じられた琉歌が六首（四三％）あり、読人知らずの歌は八首（五七％）を占め、読人知らずの琉歌のほうが多いことが判明した。

改作琉歌の内容を分析すると、詠み込まれている「影」は次の意味を有することが分かる。

- 影＝光　　　　：月影（七首）、朝日の影（一首）、蛍の光（一首）
- 影＝映るもの：鏡の影（二首）、水面の影（一首）
- 影＝面影　　　：二首

改作琉歌においても「月影」を歌った歌が半数（七首）を占めている。

また、改作琉歌一四首の元となったと考えられる和歌は、一一首見られ、その中の四首（三六%）は平安時代成立の歌集、六首（五五%）は鎌倉時代成立の歌集、残りの一首（九%）は室町時代の歌集が初出である。また、それら一一首のうち、殆どの歌数（八首［4］、七三%）が、藤原定家（二首）、為家（二首）、頓阿の門人（一首）や勅撰和歌集（『後拾遺和歌集』『続千載和歌集』、計二首）および物語（『狭衣物語』『栄花物語』、計二首）の和歌となっていることが判明した。このような結果は、「面影」を詠み込んだ歌の場合と同様に、「影」を歌った琉歌の場合にも、定家、為家、そして勅撰和歌集や物語の和歌の影響が大きいことを証明している。

最後に、改作琉歌ではないが、琉歌と和歌共によく使われる三つの表現について、次の第四節で考察したい。

四　「影」を詠み込んだ琉歌と和歌に見られる共通表現（句）

「影」を詠んだ琉歌と和歌に見られる、以下の三つの共通表現（句）について考察したい。

- さやかに照る月の影
- 四方に照る月の影
- 名に立つ月の影

1　「さやかに照る月の影」

「影」を歌った『琉歌全集』の琉歌の中で、半分以上の歌は「月の影」を歌っている。さらに、「月の影」と「さやか」という単語との関係がよく見られ、両表現が取り入れられる琉歌は六首あるが、その用例を以下に提示する。

『琉歌全集』（一一一一・読人知らず）

さやか照る月の　（サヤカ　ティル　ツィチヌ）
影よ恨みたる　（カジユ　ウラミタル）
人のいことばや　（フィトゥヌ　イクトゥバヤ）
なまど知ゆる　（ナマドゥ　シユル）

現代語訳――さやかに照り輝く月を恨んで、歌など詠んだ人がいたが、その人の言葉を、今初めて知ることができた。

『琉歌全集』（一四七四・豊見城王子朝尊）

おす風もすださ　（ウスカジン　スィダサ）
でかやうおしつれて　（ディカヨ　ウシツィリティ）
さやか照る月の　（サヤカ　ティル　ツィチヌ）
かげに遊ば　（カジニ　アスィバ）

現代語訳――そよ風が吹いて、誘い出されるような心持ちだ。さあ一緒に出て、冴えて照り輝く月影を仰いで遊ぼうよ。

『琉歌全集』（一五四四・伊江朝真）

名に立ちゆる今宵　（ナニタチュル　クユイ）

池の玉水に　（イチヌ　タマミズィニ）
さやか照り渡る　（サヤカ　ティリワタル）
月のみかげ　（ツィチヌ　ミカジ）

現代語訳――評判の高い今宵は、池の美しい水に映る月影が冴えて照り輝いている。

『琉歌全集』（一五六九・花城康故）

雨はれて見れば　（アミ　ハリティ　ミリバ）
さやか照る月の　（サヤカ　ティル　ツィチヌ）
霜の上にうつる　（シムヌ　ウヰニ　ウツィル）
影のきよらさ　（カジヌ　チュラサ）

現代語訳――雨が晴れて見ると、さやかに照る月が、霜の上に映って光っている影が美しい。

『琉歌全集』（二三三〇・読人知らず）

なまど思知ゆる　（ナマドゥ　ウミシユル）
さやか照る月の　（サヤカ　ティル　ツィチヌ）
影よ恨みたる　（カジユ　ウラミタル）
人の言葉　（フィトゥヌ　クトゥバ）

現代語訳――明月を見て恨めしいといった人の言葉は、そのわけがわからなかったが、悲しい日に会って初めて思い知ることができた。

『琉歌全集』（二八六〇・川平親方朝範）
いなか山国も　（イナカ　ヤマグニン）
さやか照り渡る　（サヤカ　ティリワタル）
月によしあしの　（ツィチニ　ユシアシヌ）
影やないさめ　（カジヤ　ネサミ）

現代語訳——田舎の山国でも、照り渡る月の光に、良い悪いの差別はあるまい。どこでも平等に月は照らしているであろう。

これら六首の琉歌では、「さやか」という単語は、「照る」か「照り渡る」という動詞のみと結びついている。つまり、「月の影」を含んだ琉歌では「さやか」は「照る／照り渡る」以外の動詞とは結ばれていないのである。

一方、「月影」を詠んだ和歌を調査した結果、「さやか」は、「さやかなり」という形容動詞の形や、「さやかに出づ」「さやかに見ゆ」「さやかにすむ」などの様々な動詞と結ばれる形で現れる。また、琉歌と同様に、「さやか」は「照らす」という動詞とも結ばれ、当該の五首の和歌は以下の通りである。

①『拾遺愚草』（一二一六～一二三三年成立、定家の自撰歌集）→「面影」と「立つ」の組み合わせを詠んだ和歌が一七首あり、「面影ぞ立つ」も二回見られる。

しのぶらん　涙にくもる　影ながら　さやかにてらせ　有明の月（二九七一）

②『六条左大臣家歌合』→「面影」と「立つ」の関係は見られない。
月かげの　さやかにてらす　夏の夜は　風ふかねども　すずしかりけり（一・ただむね）

③『左近権中将藤原宗通朝臣歌合』→「面影」と「立つ」の関係は見られない。
ここにても　さやかにてらす　つきかげを　あかず心の　そらにゆくかな（九・住吉神主国元）

④『実材母集』（実材母（…一二六七―一二九三）の私家集）→「面影」と「立つ」の組み合わせを詠んだ和歌が七首見られる（実材母は、西園寺公経の側室であるが、西園寺公経の姉は藤原定家の後妻で、公経は定家の義弟でもある）。
おほぞらは　むなしときけど　月も日も　さやかにてらす　かげとやは見ぬ（八五六）

⑤『挙白集』（木下長嘯子（一五六九―一六四九）の歌文集）→「面影」と「立つ」の組み合わせを詠んだ和歌が八首あり、「面影ぞ立つ」も三回見られる。
里はあれて　つばめならびし　うつばりの　ふるすさやかに　てらす月かげ（八四七、故郷月）

これらの和歌では、「さやか」は「照らす」と呼応していることが分かる。さらに、「面影ぞ立つ」との関係も、①④⑤の例で見られ、また、①と④の歌に関しては藤原定家やその系列の歌人によって詠まれたものだということも分かる。

『日本国語大辞典（第二版）』によると、「さやか【清か・明か】」は「はっきりとしているさま。明るく清らかであるさま。明白に、よく見えるさま。あきらか。はっきり。明瞭。まさやか」という意味である。

また、『古語大辞典』によると、「さやか」は、ナリ活用の形容動詞である。そのため、動詞「照らす」と結ばれる場合には、「さやかに」という形容動詞の連用形で見られる。

一方、琉歌の中では、「さやか」は「に」がない形で見られるが、その理由は「さやか」が沖縄語では副詞となっているためである。また、その意味は、「くっきりと澄んではっきりしているさま」であり、大和言葉の「さやか」と同様の意味となることが分かる(『沖縄古語大辞典』)。

和歌における「さやかに照らす」という七音句、および琉歌に見られる「さやか照る月の」という八音句は、同様の意味を表しながら、それぞれの歌においてふさわしい音数律であり、四音の「さやかに」と三音の「さやか」もそれぞれの歌の中で音数律のルールを守るために、重要な役割を果たしていることが分かる。具体的な例を見れば、琉歌は四音の「さやかに」の代わりに三音の「さやか」を用いているため、八音句を完成するために、「さやか」に続く語は五音である必要があるので、和歌に見られる三音の「照らす」は当然そのままでは使えない。その代わりに、「照らす」と同様の意味を有する五音の「照り渡る」を用いるか、もしくは同様の意味を表す二音の語「照る」の後ろに三音の「月の」という、和歌にも見られる表現を同句内に取り入れ、その技巧によって八音句を完成させる。

また先に述べたように、「月影」が詠まれる和歌では、「さやか」が「照らす」以外の動詞と結ばれることも多く、その場合にも、藤原定家系列の歌人との関係を辿ることができる。

以上から、「月影」を詠んだ和歌は、「さやか」を様々な動詞との組み合わせの中で生かしていると考えられる。しかし、なぜ琉歌では「さやか」+「照る」の組み合わせしか現れないかについては明解を得ない。今後の研究課題としたい。

2 「四方に照る月の影」

以下の琉歌は改作琉歌ではないが、和歌に見られる表現を用いている。

『琉歌全集』（一〇七五・勝連按司朝慎）

十五夜照るお月　（ジュグヤ　ティル　ウツィチ）
名に立ちゆるごとに　（ナニ　タチュル　グトゥニ）
四方に照り渡る　（ユムニ　ティリワタル）
影のきよらさ　（カジヌ　チュラサ）

現代語訳――十五夜のお月さまは、評判の高いように、四方に照り輝く光が誠に美しい。

「四方に照る」という表現は和歌にも僅かに見られ、「月」や「日」の光・影と呼応する。それらの和歌を以下に列挙する。

『宝治百首』（三九六四・藤原為家）

世を照す　よもの光も　君がため　我が日の本と　いではじめけり

『為家集』（一五五四・藤原為家）

おしなべて　四方にてらせる　月も日も　西ぞ光の　きはめなりける

『松下集』（七八四・歌僧正広）

なぞへなき　君が恵を　日の光　四方に照して　春やきぬらむ

『正和四年詠法華経和歌』（三六・藤原朝臣頼清）

とけがたき　みゆきもきえぬ　春日の　きよきみかげの　よもにてらせば

右の『宝治百首』と『為家集』の和歌は藤原為家によって詠まれたものであり、『松下集』と『正和四年詠法華経和歌』の和歌はそれぞれ違う歌人の作である。後者の二首は「四方に照らす」という表現を用いてはいるが、月影ではなく「日の光」や「春日のきよきみかげ」のように、「太陽の光」と連結している。したがって、藤原為家の歌のみが、「四方に照らす」という表現を「月」と関連付けている。

琉歌はこの四首の和歌における表現から、影響を受けた可能性があると指摘しておきたい。

3　「名に立つ月の影」

本章の第三節で紹介した⑪および⑫の改作琉歌には、「名に立ちゆる月の　影のきよらさ」という二句が共通して見られる。似通った表現は和歌にも見られるが、調査結果から、この表現より「名に高き月」という表現のほうが多く見られることが分かった。一方、琉歌は「名に高き月」のような表現は一切取り入れていない。

「名に立つ月／影」という表現は様々な和歌に見られるが、その数が最も多いのは、藤原為家の歌である。それらの歌を以下に示す。

『為家集』（一一九）

春の夜は　霞のうらの　名にたてて　くもりもはてず　すめる月かな

『為家集』（六三〇）

あはれなど　名にたつ秋の　月にしも　なかばくもりて　夜半もふくらん

『為家集』（七五二）

秋の夜を　なが月としも　名にたてて　十日あまりに　すめるかげかな

『歌枕名寄』（八六三四）

玉の浦の　名にたつ物は　秋の夜の　月にみがける　ひかりなりけり

四首全て、為家によって詠じられた歌であり、鎌倉時代成立の歌書に収められている。また、為家以外にも、『実材母集』に同様の表現が見られる。

『実材母集』（四八七）

名にたてる　かすみの浦の　なみのうへに　おぼろにやどる　はるの月かげ

この実材母は第四節―1で既述したように、西園寺公経の側室である。また、西園寺公経は定家の義弟でもある。したがって、この表現についても、琉歌は藤原定家系列の歌人や為家によって作られた表現の影響を受けた可能性があると言えるだろう。

五　おわりに

本章では、「月影」「水面や鏡に映る影」「面影」という三つの意味を持つ「影」という表現が詠まれる『国歌大観』の和歌（二万首以上）と『琉歌全集』の琉歌（六〇首）を主な対象とし、調査を行った。また、それに加えて、『明題和歌全集』や『類題和歌集』に含まれる和歌も適宜参照した。この調査結果により、「影」を詠んだ和歌の中でも、同じく琉歌の中でも、「月影」が詠まれる歌が殆どであり、「影」が見られる両歌の過半数を占めていることが明らかとなった。また、第一章で指摘した「面影→立つ」のような、「影→立つ」という関係は、『琉歌全集』の琉歌には一切見られず、『国歌大観』の和歌ではその例はあるが、非常に少ない。「面影」の意味で詠まれた「影」を含んだ和歌には、「立つ」という単純動詞が「影」と呼応する和歌は一首しか見られず、その他に「影」と結ばれる「立つ」動詞は全て複合動詞であり、しかもその用例が二〇首を下回ることから、和歌でも「影」と「立つ」の関係性は薄いと結論づけられよう。「月影」という表現を詠み込んだ歌が「影」を詠んだ両歌の中でも最も多い点や、「影→立つ」という関係があまり見られない点は、琉歌と和歌の大きな共通点であり、両歌の関係性を示すものとして理解できる。

「影」を詠み込んだ琉歌と和歌の関係の深さをより正確に把握するには、琉歌の中に、特定の和歌を積極的に学び改作したもの、いわゆる改作琉歌がどの程度見られるのかを知ることが重要であると考えられる。「影」を詠み込んだ琉歌六〇首の中に、和歌の改作琉歌が一四首見られ、二三%に及んでいることが判明した。これらの一四首のうち、平安時代初出の和歌を改作した琉歌が五首、鎌倉時代の和歌を改作した琉歌が八首あり、そして室町時代の和歌を改作した琉歌は残りの一首である。その内、特定の歌人によって詠じられた琉歌は六首（四三%）、読人知らずの歌は八首（五七%）を占め、読人知らずの琉歌のほうが多いことが判明した。また、「影」を詠んだ全体の琉歌六〇首のみならず、和歌の改作琉歌一四首の中でも、最も多く見られるのは「月影」を詠み込んだ琉歌であり、七首（五〇%）となる。

本調査で指摘できた改作琉歌一四首の元となったと考えられる和歌は、計一一首ある。その中の四首（三六%）は平安時代、七首（五五%）は鎌倉時代、そして残りの一首（九%）は室町時代成立の歌集に初めて見られることが分かった。また、これらの一一首の和歌から、殆どの歌数（八首、七三%）は、藤原定家（二首）、為家（二首）、頓阿の門人（一首）や勅撰和歌集（『後拾遺和歌集』『続千載和歌集』、計二首）および物語（『狭衣物語』『栄花物語』、計二首）の和歌であることが指摘できる。このような結果は、「面影」を詠み込んだ改作琉歌の場合と同様に、「影」を取り入れた改作琉歌にも、定家、為家、そして勅撰和歌集や物語の和歌からの影響が大きいことを証明している。さらに、「面影」を歌った改作琉歌では、定家系列の歌人や勅撰和歌集・物語の和歌の影響が三分の一程度確認された結果と比較すると、「影」を詠み込んだ改作琉歌へのその影響はより高く、七三%に達することが判明した。

この調査結果も、琉球士族がどの和歌集や和文学作品を学んだかについての記録（『阿嘉直識遺言書』）を、強く裏付けることになっていると言えよう。

最後に、改作琉歌のみならず、特定の句の中でも和歌の影響を辿ることができる。「影」を取り入れた歌の場合は、とりわけ「さやかに照る月の影」「四方に照る月の影」「名に立つ月の影」がその例として挙げられる。この三つの表現についても、藤原定家、為家やその系列の歌人の影響を受けたものである可能性を指摘できる。

［1］「宿かゆる」は沖縄語の単語であり、「宿を借りる」という意味となる。

［2］「名に立つ」は、「影」と「立つ」の関係ではなく、「名」と「立つ」の関係となる。

［3］『琉歌全集』は「ウ」と「ン」の中間の音を、「う」という平仮名表記で表している。以下同じ。

［4］『続千載和歌集』の和歌は定家作であるため、九首ではなく、八首となる。

第三章

季節語（春夏秋冬）をめぐって

琉歌と和歌やオモロの表現比較

一　はじめに

琉球諸島は、日本本土と違い亜熱帯地方に位置しているため、季節も日本の四季とは少し異なる趣があると言える。沖縄の季節は、主に夏と冬に分けられ、それに加えて沖縄風土の独特の時期である「うりずん」や「若夏」が夏前に味わえる。それらの季節は全て、沖縄最古の歌謡集『おもろさうし』の中でも歌われ、昔から人々の生活に浸透している。

琉歌における季節感や季節語の中には、同じ風土から生まれたオモロの特徴が反映されているだろうか。それとも、大和のはっきりとした四季を詠み込んだ和歌からの影響が強いのであろうか。

序章で既述したように、琉歌がオモロや和歌と深い関係を持つことについては、これまでにも様々な研究者によって指摘されている。また、四季を歌った琉歌に関しても、和歌から琉歌への影響の指摘がある（外間・仲程 一九七四、島袋・翁長 一九九五、嘉手苅 二〇〇三）。それらは、「桜」「梅」「菊」などの表現が琉歌や和歌においてどのようなイメージを持つのかなどを、主に文学の観点から解説しており、とても興味深い。しかし、それらは、両歌における共通表現例数や、その表現を詠み込んだ歌例の紹介、また改作琉歌の僅かな例に関する指摘に過ぎず、徹底的な調査はいまだなされていない。

そこで、本章では、従来の研究では調査の及んでいなかった、琉歌やオモロ、和歌における季節語（春・夏・秋・冬）と呼応する動詞やそれ以外の表現との関係に注目し、琉歌を中心に、オモロや和歌との共通点と相違点について考察する。加えて、琉歌の季節語に関する表現は、オモロと和歌のどちらと共通点が多く見られるのかという問題を明らかにしたい。また、季節語を詠み込んだ全ての琉歌に関する調査をもとに、それらの琉歌の中で、和歌およびオモロを改作した琉歌がどのくらいの割合で見られるか、どの和歌集の影響を受けているのかという問題についても指摘したい。

なお、『国歌大観』にある季節語を詠み込んだ和歌が数万首を越え、その数が極めて多いため、本章の第二節と第三節で調査対象とした和歌は、以下の歌書に収められている歌に絞った。

- **上代和歌**：『古事記』『日本書紀』『万葉集』
- **勅撰和歌集**：『古今和歌集』『後撰和歌集』『拾遺和歌集』『後拾遺和歌集』『金葉和歌集』『詞花和歌集』『千載和歌集』『新古今和歌集』『新勅撰和歌集』『続後撰和歌集』
- **定家の歌書**：『詠歌大概』『百人一首』『定家卿百番自歌合』
- **為家の歌集**：『為家集』『為家千首』『為家五社百首』『中院集』『為家一夜百首』
- **頓阿の歌書**：『草庵集』『井蛙抄』『頓阿百首』『頓阿五十首』
- **物語**：『伊勢物語』『源氏物語』『狭衣物語』

右の歌書は、序章で既述した、琉球士族が学んでいた和歌の歌書に関する記録（『阿嘉直識遺言書』）〔池宮 一九七六 一五〇頁〕に基づいて選択した勅撰和歌集や上代和歌、また『国歌大観』に含まれる定家や為家、頓阿の全ての歌書や、それに加えて物語に含まれる歌となっている。

しかし、本章の第四～七節の改作琉歌に関しては、右の歌書に限らず、『国歌大観』の全ての和歌を調査対象とし、それに加えて『明題和歌全集』や『類題和歌集』も適宜参照した。

二　琉歌、オモロ、和歌における季節語の使用率

まず、琉歌と和歌における「春・夏・秋・冬」という季節語が見られる歌数と、その割合を示した表⑧を対照しながら、比較を行いたい。

琉歌における季節語の割合の高さは、春→秋→夏→冬という順になっており、「春」という表現を詠み込んだ歌数が最も多く、「冬」は逆に最も少ないことが分かる。それに対し、和歌における季節語の割合の高さは、秋→春→夏→冬という順になっている。春と秋の順以外には、両歌における季節語の使用率の順位は同様の傾向を示すと言える。また、その似通った傾向は表⑩のデータからもさらに明らかになる。和歌、琉歌共に、「春」と「秋」という表現を詠み込んだ歌の割合は、「夏」と「冬」の使用率より遥かに高いことが分かる。琉歌の場合は、前者が後者の約三倍、和歌の場合は、五倍以上となっていることが分かる。

嘉手苅〔二〇〇三〕も、『古今和歌集』およびその影響を受けた琉歌の『古今琉歌集』（小那覇朝親編、一八九五年）を対象に、春夏秋冬に分類された和歌と琉歌の歌数を対比している。その結果、『古今琉歌集』では春→秋→夏→冬

となるのに対し、『古今和歌集』では、秋→春→夏→冬という順になっている。嘉手苅〔二〇〇三〕は、「『古今〈和歌――筆者注〉集』の歌人たちが春秋を好んだことがうかがえるものであり、とりわけ秋に心がひかれたようである」〔二六頁〕と述べている。さらに、『古今琉歌集』における春秋の歌（一八九首）が夏冬の歌（九四首）の二倍ほどあり、『古今和歌集』における春秋の歌（二七九首）が夏冬の歌（六三首）の四・五倍近くある、という結果は、範囲を広げた本章の調査結果と同様の傾向を示す。

それに対し、沖縄最古の歌謡集である『おもろさうし』のオモロにおける季節語の使用率の状況はどうなっているのだろうか。調べてみると、次の結果（表⑪）が判明する。

表⑧ 琉歌・和歌それぞれの季節語を詠み込んだ歌数と割合

	琉歌		和歌	
季節	歌数	割合	歌数	割合
春	一七八首	四三％	一九九八首	三六％
夏	六〇首	一四％	四二九首	八％
秋	一二九首	三一％	二七〇〇首	四九％
冬	四八首	一二％	三七二首	七％
計	四一五首	一〇〇％	五四九九首	一〇〇％

表⑨ 琉歌・和歌それぞれにおける季節語の使用率と順位

	琉歌		和歌	
1	春	四三％	秋	四九％
2	秋	三一％	春	三六％
3	夏	一四％	夏	八％
4	冬	一二％	冬	七％

表⑩ 琉歌・和歌それぞれにおける「春＋秋」「夏＋冬」の使用率

琉歌		和歌	
春＋秋	七四％（高い）	春＋秋	八五％（高い）
夏＋冬	二六％（低い）	夏＋冬	一五％（低い）

表⑪ 季節語を歌ったオモロの歌数と割合

季節	歌数	割合
春	〇首	〇％
夏	九首	六九％
秋	〇首	〇％
冬	四首	三一％
計	一三首	一〇〇％

まず、季節語が詠み込まれている歌が非常に少ない。さらに、「夏」と「冬」のみが歌われており、琉歌と和歌の中に特に多く見られる「春」と「秋」という表現はオモロには一切見られない。「春」と「秋」が特に多く詠み込まれている琉歌と和歌の状況とは大幅に異なる結果となっている。

次の第三節では、琉歌、和歌それぞれの季節語と動詞の組み合わせの使用率はどうなっているのか、詳しく述べたい。

三　琉歌、オモロ、和歌における季節語と動詞の組み合わせについて

まず、琉歌と和歌における季節語と動詞の組み合わせに関するデータを、使用率の順で表⑫に示す。

琉歌、和歌共に、「春」との組み合わせが最も多く見られる。また、最も少ないのは、「夏」の歌であり、「夏」は名詞との組み合わせが目立つ。「春」「夏」の動詞との組み合わせの使用率を比較すれば、両歌とも「春」が「夏」の二倍もの高い割合を占める。

また、二番目と三番目の「秋」と「冬」の順位を除けば、季節語と動詞の組み合わせに関しても、琉歌と和歌は同様の傾向を示していると言える。

一方、オモロにおける季節語と動詞の組み合わせはどのようになっているのかといえば、前述のようにオモロの中に「夏」と「冬」という季節語は見られるが、「春」と「秋」は一切見られない。さらに、「夏」が歌われているオモロ九首のうち、五首には動詞「立つ」（七回）、「知らず」（二回）、「判らず」（二回）との組み合わせが見られ、また「冬」が歌われているオモロ四首のうち、二首に動詞「知らず」（二回）と「判らず」（一回）の呼応があるものの、琉歌における「夏」と「冬」はそうした動詞と結ばれることが一切ないことが判明した。

表⑫　琉歌・和歌における季節語と動詞の組み合わせ

琉歌					和歌			
順位	季節	季節語を詠み込んだ歌数	動詞と呼応する歌数	使用率	季節	季節語を詠み込んだ歌数	動詞と呼応する歌数	使用率
1	春	一七八首	六九首	三九％	春	一九九八首	六四二首	三二％
2	秋	一二九首	四一首	三二％	冬	三七二首	一一四首	三一％
3	冬	四八首	一一首	二三％	秋	二七〇〇首	六九四首	二六％
4	夏	六〇首	一二首	二〇％	夏	四二九首	六七首	一六％

ただし、ここでは「立つ」について言及する必要がある。「立つ」は季節語を歌ったオモロの中には最も多く見られ、「夏」を詠み込んだオモロのみならず、「若夏」や「うりずん」を歌ったオモロも同様の状況となっている。琉歌には一切ないものの、「夏」を歌った琉歌には、動詞「立つ」ではない「立ち返る」という動詞が「春過ぎて夏に立ちかへて咲きゆる」のように二首中に見られる。

動詞「たちかえる（立変・立帰・立還）」は、『日本国語大辞典（第二版）』によると、「①繰り返す。②折り返す。折り返してすぐ返事をする。③もとの場所、行きすぎた場所などにもどる。帰る。④もとの状態にもどる。昔にかえる。問題の時点にもどる。⑤年が改まる。新しい年になる」などの意味があり、また『沖縄古語大辞典』によると、「立ち返る（タチカイユン）」（琉歌のみに使用）の意味は、「元に戻る。用例のように、年にかけて用いられると、新しい年になる、年が改まる」などである。それに加えて、『日本国語大辞典（第二版）』は、「たちかえり（立返・立帰）」という副詞の意味を「繰り返し。ひっきりなしに」などのように定義する。

以上から、琉歌の「春過ぎて夏に　立ちかへて咲きゆる」という二句を次の二パターンの通りに現代語訳することができるだろう。

①春が過ぎて、再び夏になり、咲く（花）

②春が過ぎて、夏（の時）に繰り返し咲く（花）

①は、「夏に立ちかへて」という表現の中で、動詞「立ち返る」が直接に「夏」と呼応し、「再び夏になった」という意味を成す。また、②は、「夏に立ちかへて咲きゆる」という表現の中で「立ちかへて」が副詞の役割を果たしつつ「夏」ではなく、動詞「咲く」と呼応し、「夏の間にまた咲く」という意味を成す。

いずれの場合でも、「夏が立つ」とは異なる意味となり、「夏が立つ」とは訳せないと考えられる。なぜかといえば、文法的にも「立ちかへて」の前にくる助詞は、「が」ではなく、「に」である。琉歌の場合は、季節語と「立つ」の組み合わせの例は見られないので、確認することが不可能であるが、和歌の場合も、オモロの場合も、季節語と「立つ」の組み合わせの中では、助詞「が」（例：おれづもが立てば、若夏が立てば〔『おもろさうし』巻一四―九九四〕）、或いは助詞なしの組み合わせ（例：夏立てば〔『おもろさうし』巻六―三二七〕、春立つ〔『古今和歌集』二〕）が見られ、助詞「に」は見られない。したがって、琉歌に見られる「春過ぎて夏に　立ちかへて咲きゆる」という二句は、オモロにおける季節語と「立つ」の組み合わせとの関係が証明し難いと考えられる。一方、「立ち返る」は和歌では「春・夏・秋」と結ばれることがあり、特に「春」との組み合わせが顕著である。また、和歌の中にも「春をば夏に　たちかへて」という句が『千五百番歌合』の六二四番歌の中に一例見られ、琉歌の「春過ぎて夏に　立ちかへて咲きゆる」に似ていると言える。

以上のようにオモロに「春」や「秋」が一切含まれていない事実から、琉歌はその語について、オモロから直接影響を受けていない可能性が高く、また「夏」「冬」と動詞との組み合わせに関しても、オモロからの影響は証明されないと言えよう。

季節語の使用率や動詞との組み合わせの使用率などの大まかな傾向に関しては、季節語を詠み込んだ琉歌は、オモロよりも和歌との共通点が多く見られることが明らかとなった。

次は、「春・夏・秋・冬」それぞれの季節語を詠み込んだ歌を個別に分析した結果について述べたい。

四　「春」の歌について

「春」を詠んだ琉歌、和歌共に、「春風」「春雨」「初春」という表現が数多く見られ、それぞれの歌の中で五〜一〇%程度の割合を占めることは、両歌の共通点の一つとして挙げられる。また、「春」と動詞の組み合わせについても琉歌と和歌の間に共通点が見られるので、以下に説明したい（表⑬）。

表⑬　琉歌・和歌における「春」と動詞との組み合わせ

琉歌			和歌		
動詞	歌数	割合	動詞	歌数	割合
来る	二四	一三・〇%	**来る**	一四七	七・四%
待つ	六	三・四%	立つ	九〇	四・五%
（心）浮かされる	五	二・八%	知る	七一	三・六%
過ぐ	四	二・二%	暮れる／行く	六〇ずつ	三・〇%
なる	三	一・七%	去る	四五	二・三%

琉歌と和歌で、「春」と一番多く呼応する動詞は共に「来る」であり、両歌の共通点として指摘できる。そして、「春」と「来る」の組み合わせは、「春」と呼応する他の動詞と比べると、その割合が顕著であることが分かる。「来る」以外には、「なる」「行く」「知る」「待つ」「過ぐ」「別る」等が両歌の中に見られる。

しかし、両歌には次のように独自の表現も多く見られる。和歌には「春立つ」「春めく」「春かけて」「春を経て」等、琉歌には、「春に浮かされて」「心が浮きやがゆる春」「春に糸かけて」等が挙げられ、それぞれの歌の独特の雰囲気を醸し出す。

また、和歌の場合は、動詞「来る」が「春」だけではなく、全ての季節語との組み合わせの中で最も多く使用されているのに対して、琉歌の場合は、「春」のみが最も高い使用率となっている。

なお、オモロに関しては、既述のように、「春」を歌ったものが一切見られないことは、琉歌と大きく異なる特徴である。

「春」を詠み込んだ琉歌を句ごとに分析し、精密な調査を行った結果、「春」を含んだ琉歌に見られる計五五六句の中に、和歌と一致している句が計三四七句あることが判明した。つまり、「春」を詠み込んだ琉歌に含まれる全ての句の中で、和歌と一致している句は六二・四%にまで上るということである。勿論、琉歌は沖縄語で書かれ、和歌は日本古語で書かれており、さらに、琉歌と和歌の音数律も異なるため、言葉や音数律の相違から、琉歌の句と和歌の句が完全に一致するとは限らない。しかし、沖縄語を日本古語に置き換えてみれば、両歌の句は同様のものであることが分かる。

琉歌と和歌の句が一致している例をいくつか提示する。上が琉歌、下が和歌の句である。

変ること《カワルクトゥ》ない《ネ》さめ《サミ》（八音句）↓かはることなく（七音句）

遊ぶうれしや《アスィブウリシャ》（六音句）↓遊ぶうれしき（七音句）

里や待ちゆる《サトゥヤマチュル》（六音句）↓君をこそまて（七音句）

色どまさる《イルドゥマサル》／色どまさらしゆる《イルドゥマサラシュル》（六音句／八音句）↓色ぞまされる／色まさりけり（七音句／七音句）

誰がす織りなちやが《タガスィウリナチャガ》（八音句）↓たがおりなせる（七音句）

「春」以外の季節語を詠み込んだ琉歌も句ごとに見てみれば、和歌の句と類似しているものが多く見られることが判明し、句ごとの調査結果からも、和歌から琉歌への影響が極めて大きいと言えるだろう。

では、和歌を改作した琉歌の場合は、その割合はどうなっているのだろうか。ここで、季節語を詠み込んだ琉歌は、句ごとではなく歌全体に和歌の影響をどこまで受けているのかという問題を明らかにしたい。そのため、『琉歌全集』や『琉歌大成』に含まれている歌を対象にした徹底的な調査を行い、その二歌集に見られる季節語を歌った全ての琉歌に、和歌を意図的に改作したものがどの程度あるのかつきとめる。また、その元となった和歌の歌集や歌人についても詳しく述べ、季節語を詠み込んだ琉歌はどの和歌集の影響を受けたかについても考察したい。さらに、オモロの改作琉歌も全て挙げながら、琉歌がオモロや和歌から受けた影響をそれぞれ推計したい。

調査の結果、和歌の影響を受けた可能性が高いと考えられる改作琉歌は、「春」を詠んだ琉歌（一七八首）の中に計一九首見られ、およそ一一％を占めることが分かった。また、「春」を詠み込んだオモロの改作琉歌は一切見られない。

以下に、一九首の琉歌およびその元となった和歌を列挙する。なお、ここで紹介する改作琉歌一九首の中の①および②の例は、先行研究ですでに指摘されているものであるが、それ以外の一七首については筆者の調査によって発見された歌である。

改作琉歌①

『古今和歌集』（二四・源宗于朝臣）／『琉歌全集』（七六・北谷王子）

Ⓐときはなる　　Ⓐときはなる　Ⓑ松の　（トゥチワナル　マツィヌ）

Ⓑ松のみどりも　　変ることないさめ　（カワル　クトゥ　ネサミ）

Ⓒ春くれば　　いつもⒸ春くれば（イツィン　ハル　クリバ）
今ひとしほの
Ⓓ色まさりけり　　Ⓓ色どまさる（イルドゥ　マサル）

現代語訳——ときわなる松は、とこしえに変ることはないだろう。いつも春が来れば緑の色がいよいよまさるばかりだ。

この『古今和歌集』の和歌を改作した琉歌については、すでに様々な研究者によって指摘があり（外間 一九六五 二六頁、池宮 一九七六 一五四頁、島袋・翁長 一九九五 一九頁、嘉手苅 一九九六 七一頁）、改作琉歌の典型的な例の一つとして挙げられている。

なお、この和歌は大変有名な歌であり、『古今和歌集』以外に平安時代から鎌倉時代にかけて以下の様々な歌書にも載っていることが今回の調査で判明した。

- 『新撰和歌集』（平安時代）
- 『宗于集』（平安時代）
- 『古今和歌六帖』（平安時代）
- 『深窓秘抄』（平安時代）
- 『和漢朗詠集』（平安時代）
- 『三六人撰』（平安時代）
- 『中宮亮重家朝臣家歌合』（平安時代）

- 『古来風体抄』（鎌倉時代）
- 『俊成三六人歌合』（鎌倉時代）
- 『定家八代抄』（鎌倉時代）
- 『新時代不同歌合』（鎌倉時代）
- 『桐火桶』（鎌倉時代）

改作琉歌②

『古今和歌集』（三三〇・清原深養父）／『琉歌全集』（二二三五・喜屋武按司朝教）

Ⓐ冬ながら
Ⓑ空よりⒸ花の
Ⓓちりくるは
Ⓔ雲のあなたに
Ⓕ春にやあるらむ

Ⓐ冬にのがⒷ空や　（フユニ　ヌガ　スラヤ）
Ⓒ花のⒹ散り飛びゆる　（ハナヌ　チリ　トビユル）
もしかⒺ雲の中　（ムシカ　クムヌ　ナカ）
Ⓕ春やあらね　（ハルヤ　アラニ）

現代語訳――冬にどうして空は花が散り飛ぶのか、もしや雲の中は春ではないか。

この『古今和歌集』の和歌の改作琉歌についても、すでに指摘がある（池宮　一九七六　一五五頁、島袋・翁長　一九九五　五二頁）。琉歌と和歌の異なる音数律が、この改作琉歌の特徴である。和歌の「冬ながら　空より」という二句にわたって見られる表現は、琉歌の中で「冬にのが空や」のように一句として見られ、また、和歌の「花の　ちりくるは」という第二句と第三句における表現も、琉歌では「花の散り飛びゆる」のように一句内にまとめられる。このように、和歌の上三句は琉歌の中で見事に上二句として収まり、また、琉歌は和歌の「ながら」を「のが」（意味：なぜ）に巧みに変えているため、音数律や若干の表現の違いで独特の趣きが生まれてくる。また、両歌の下二句には、ほぼ同様の語順が見られ、一致しているが、琉歌は和歌に見られる「雲のあなたに」という七音の表現を「雲の中」という五音の表現に変え、それに三音の「もしか」という単語を接続することで、和歌の「雲のあなたに」という七音句を「もしか雲の中」という八音句に変形させる。さらに、結句においても沖縄語の文法に合わせながら、和歌の「春にやあるらむ」という一字余りの八音句を「春やあらね」という六音句に変形させている。

なお、この和歌も、当時大変有名であったと考えられ、平安時代成立の勅撰和歌集『古今和歌集』のみならず、平安時代から江戸時代にかけての以下の様々な歌集にも見られるため、琉歌人はその和歌を『古今和歌集』以外の歌集からも学んだ可能性が考えられるであろう。

- 『深養父集』（平安時代）
- 『古今和歌六帖』（平安時代）
- 『奥儀抄』（平安時代）
- 『和歌十体』（平安時代）
- 『定家八代抄』（鎌倉時代）
- 『家隆卿百番自歌合』（鎌倉時代）
- 『壬二集』（鎌倉時代、藤原家隆の歌集）
- 『夫木和歌抄』（鎌倉時代）
- 『明題和歌全集』（室町時代）

・『題林愚抄』（室町時代）
・『類題和歌集』（江戸時代）

改作琉歌③

『古今和歌集』（二四・源宗于朝臣）／『琉歌全集』（八三・具志川王子朝盈）

Ⓐときはなる
Ⓑ松のⒸみどりも
Ⓓ春くれば
今ひとしほの
Ⓔ色まさりけり

めぐてⒹ春くれば（ミグティ　ハル　クリバ）
ⒶときはなるⒷ松も（トゥチワナル　マツィン）
Ⓒみどりさしそへて（ミドゥリ　サシスイティ）
Ⓔ色どまさる（イルドゥ　マサル）

現代語訳――めぐりめぐって春が来れば、ときわなる松も若々しい芽がいっぱいさし添えて、みどりの色がまさるばかりだ。

この改作琉歌は先行研究では指摘されていないのだが、①の琉歌にも似通っており、そのバリエーションとして同じく『古今和歌集』の二四番歌を真似て改作されたものだと推測できるだろう。この③の琉歌の中には、①にない「みどり」という表現が見られ、『琉歌全集』の解釈によると、「芽のことであって、緑ではない」（二一頁）のである。『日本国語大辞典（第二版）』の中にも、「みどり」が色の名以外に草木の芽、新芽として定義されているので、右の和歌の「みどり」も芽と理解してもよいだろう。また、和歌の場合は、「春来れば」という表現が非常に多く（およそ四六〇首）見られ、いずれも五音句として見られる。それに対して琉歌も同じ「春来れば」を導入しているものの、八音句に合わせるために当該の五音表現の前に「めぐて／いつも／のきゆて《ヌチュティ》／花も」のような三音の表現を取り入れていることが特徴的である。また、和歌の場合はそれ以外には「春去り来れば」という七音句もおよそ五〇首中に見られるが、琉歌にはおそらく異なる音数律という理由でそのような表現は定着しなかった。

改作琉歌④

『古今和歌集』（二四・源宗于朝臣）

Ⓐときはなる　松のⒷみどりも　Ⓒ春くれば　今ひとしほの　Ⓓ色まさりけり

『琉歌大成』（二九五四・読谷山王子）

Ⓐ常磐なる松も　めぐてⒸ春来れば　Ⓑみどりさしそへて　Ⓓ色どまさる

この琉歌は③の琉歌における上二句の順番を取り替えているだけなので、ここではさらなる説明を省く。①③④を見ると、『古今和歌集』の二四番歌が相当な人気であったことが分かる。

改作琉歌⑤

『伊勢物語』（一〇二・男〔在原業平〕）／『琉歌大成』（三六七〇）

Ⓐわが袖は　春のⒷ草葉か　（ハルヌ　クサバカ）
Ⓑ草の庵に　Ⓐ身が袖や　（ミガ　スディヤ）
あらねども　Ⓒ宵も暁も　（ユイン　アカツィチン）

Ⓒ暮るればⒹ露の　Ⓓ露のⒺ宿る（ツィユヌ　ヤドゥル）
Ⓔやどりなりけり

現代語訳――私の袖は、春の草葉なのか、宵も暁も露が宿っている。

この改作琉歌は、その内容や表現のみならず、形式も和歌の影響を受けている。この琉歌の形式は七・五・八・六であり、「仲風」と呼ばれる、和歌の影響を受けた琉歌の一種である。当時有名であった歌人の在原業平の和歌を改作しており、和歌に見られる「草の庵にあらねども」（意味：草の庵ではないけれども）という否定表現を「春の草葉か」という疑問形式に置き換え、また「暮るれば」（意味：日が暮れると）という限られた時間帯（夕方）を「宵も暁も」、即ち「ずっと」という期間に変更しつつ作られたものである。表現を似たような意味に変えつつ、琉歌の八音句に変形させたことは、この琉歌の技巧と言えるだろう。

⑤の和歌は、平安時代成立の『伊勢物語』以外に、鎌倉時代成立の勅撰和歌集『新勅撰和歌集』にも含まれている。

改作琉歌⑥

『後拾遺和歌集』（七六・藤原元真）／『琉歌全集』（三一四・読人知らず）

あさⒶみどり　み代のⒺ春Ⓕ風に（ミユヌ　ハルカジニ）
みだれてⒷなびく　Ⓐみどりさしそへて（ミドゥリ　サシスイティ）
Ⓒあをやぎの　Ⓑなびくⓒ青柳の（ナビク　アヲゥヤジヌ）
Ⓓいろにぞⓔはるの　Ⓓ色のきよらさ（イルヌ　チュラサ）
Ⓕかぜもみえける

現代語訳――栄え行くみ代に春風が吹くと、芽も差し添えてなびく青柳の色もきれいだ。

両歌とも同様の単語を六語用いており、内容も一致しているが、和歌で中心に詠まれているのは「春の風」であるのに対し、琉歌の主語は「青柳の色のきよらさ（美しさ）」である。「風」のような、つかの間の景物の描写を好み、つねに物事の無常を背景に置いている多くの和歌に対し、琉歌は「青柳」のような、この世で目の前にある具体的な景物の美しい姿を楽しむ傾向が強い。この改作琉歌も和歌と同じ表現を用い、同様の風景を詠んでいるが、焦点の当て方の違いによって、和歌と異なる独自の世界が作り出されると言える。

また、ここでも注目したいのは、この改作琉歌の第三句の作り方である。琉歌の八音の第三句「なびく青柳の」は、和歌の第二句末における三音の「なびく」に五音の第三句「あをやぎの」を接続して作られている。改作琉歌は、音数律の関係で、元の和歌の句を分解したり、或いは結合したりすることが多い。右の琉歌も和歌の二句を結合し、一句として収めている。

この和歌は平安時代成立の勅撰和歌集『後拾遺和歌集』に初出が見られ、その後、室町時代（一四〇〇年）成立の私撰和歌集『菊葉和歌集』に含まれるようになったことが本調査で判明した。

改作琉歌⑦

『後拾遺和歌集』（七六・藤原元真）

あさⒶみどり　みだれてⒷなびく　Ⓒあをやぎの　Ⓓいろにぞⓔはるの　Ⓕかぜもみえける

『琉歌全集』（八九〇・小禄按司朝恒）

Ⓐみどりさしそへて　Ⓔ春Ⓕ風にⒷなびく　庭のⒸ青柳の　Ⓓ色のきよらさ

この和歌は⑥と同様のものであり、改作琉歌も⑥の琉歌に似通っているので、さらなる説明を省く。⑥の琉歌は作者が不明であるが、この⑦の琉歌は特定の歌人によって詠まれたものだということに注目したい。また、⑥⑦共にこの『後拾遺和歌集』の七六番歌を元にして作られたのか、或いは、特定の歌人によって詠まれた⑦のみこの和歌を改作した後、⑥が⑦を元にし作られたのか、断定するのが難しい。そのため、ここでは両方の可能性について指摘しておく。

改作琉歌⑧

『新古今和歌集』（六八・凡河内躬恒）／『琉歌全集』（一四五九・高良睦輝）

Ⓐ春雨の　　Ⓑ降ゆるⒶ春雨の　（フユル　ハルサミヌ）
Ⓑふりⓒそめしより　　Ⓒ染めなしがしちやら　（スミナシガ　シチャラ）
Ⓓ青柳の　　庭のⒺ糸Ⓓ柳の　（ニワヌ　イトゥヤジヌ）
Ⓔいとのみどりぞ　　Ⓕ色のまさて　（イルヌ　マサティ）
Ⓕいろまさりける

現代語訳――春雨が染めなしたのであろうか、庭の糸柳の色が、一段と緑の色が濃くなったようである。

両歌は語句の順も大変似通っており、他の改作琉歌と比べても、非常に類似性が高いと言える。共通表現も「春雨」「降る」「染める」「柳」「糸」「色」「まさる」のように、七語まで見られ、和歌の改作琉歌の中でも典型的な例の一つとして挙げることができる。

この琉歌の主な技巧は、句単位ではなく、より短い和歌の表現の単位で分解、結合していることである。具体的には、和歌における「降り染める」という複合動詞を分解し、「降ゆる」と「染めなす」という二つの単独動詞として取り入れており、また、和歌の「青柳の糸」という表現は、順序を変えて結合され、「糸柳」のように詠み込まれている。

なお、この和歌は、鎌倉時代成立の『新古今和歌集』以外にも以下の歌集に含まれている。最も有名である鎌倉時代の『新古今和歌集』を右に載せておいたが、この和歌の初出は、平安時代成立の歌集である。

- 『躬恒集』（平安時代）
- 『古今和歌六帖』（平安時代）

改作琉歌⑨

『新勅撰和歌集』（一二二〇・行念法師、としのくれの心をよみ侍りける）／『琉歌全集』（一四一九・伊是名朝睦）、『古今琉歌集』（二五一）

Ⓐゆく年を
Ⓑしらぬいのちに
まかせても
あすをありとや
Ⓒはるをまつらむ

くれてⒶ行く年も（クリティィク　トゥシン）
Ⓑ知らぬあてなしの（シラヌ　アティナシヌ）
手まりうち遊ぶ（ティマリ　ウチ　アスィブ）
Ⓒ春よ待ちゅさ（ハルユ　マチュサ）

現代語訳——くれて行く年も知らないで、幼い女の子は、手まりを打って遊ぶ春を待っているようである。

神作・長谷川〔二〇〇六〕によると、右の和歌は次のように解釈できる。「行く年を、いつどうなるかわからない命にまかせて、明日を（命が）あると春を待っているのであろうか」〔一六二頁〕。また、詞書を見れば、「行く年」というのは、「年の暮れ」を意味し、琉歌における「くれて行く年」という表現と一致していることが分かる。

この⑨の琉歌と和歌を詳しく分析すれば、次のことが明らかになる。琉歌における初句と第二句の前半および結句が、和歌における初句、第二句の前半や結句と、表現かつ概念の面で一致している。一方、琉歌の第三句と和歌の第三・四句がそれぞれ異なる意味を表している。つまり、歌の冒頭と結末の部分がお互いに非常に似通っていおり、その間に挟んだ真ん中の部分のみが異なるものとなっている。

この両歌の場合には、歌の冒頭と結末が、歌の軸、即ち、歌が第一に伝えたい趣旨であると考えられる。一方、歌の真ん中の部分は補足の部分であり、その内容が両歌において異なっても、歌の趣旨には影響が殆どないと理解してよいだろう。したがって、両歌の根本となるアイディア、つまり「暮れて行く年を知らないで、春を待つ」という趣旨は、両歌に共通していると言える。

この琉歌と和歌の主人公に着目すると、それぞれの歌のニュアンスには若干の相違点が見られる。和歌の主人公は、年を取った男性のように思え、暮れて行く年を知らないのではなく、むしろ、人生で積み重ねた経験から、将来はどうなるか分からないと考えているという解釈のほうが適切であろう。だから、今はそのことに悩まないようにし、暮れて行く年を知らないような心で気楽に春を待っていると、この和歌を解釈してもよいのではないだろうか。それに対し、琉歌の主人公は幼い少女であり、まだ若いので、暮れて行く年を当然として知るわけがない。そのため、何の悩みもなく、悩みを乗り越えようとする努力も必要とせず、幼い心のままひたすら気楽に春を待っていると言えるだろう。このように、和歌の主人公の心の気楽さと琉歌の主人公の心の気楽さは違うものであることが分かる。しかし、琉歌の主人公である女の子の気楽さを歌った歌人は、和歌の主人公のような年を取った者であるため、女の子の遊んでいる明るい様子を、人生経験豊富な人物の目線から判断し、女の子の心の気楽さも、和歌の主人公のようにいつか変わっていくことを示唆している。

この⑨の和歌が載っている鎌倉時代成立の『新勅撰和歌集』は、十三代集の一つで、藤原定家によって編纂された重要な勅撰和歌集である。和歌の作者の行念法師は、定家とは和歌の師弟関係にあり、定家はその和歌を高く評価していたことが知られる。

なお、この和歌は『新勅撰和歌集』以外に江戸時代成立の『類題和歌集』にも見られる。

改作琉歌⑩

『玉葉和歌集』（四〇・関白前太政大臣〔藤原忠通〕）／『琉歌全集』（一〇七八・読人知らず）

をさまれる	Ⓕのどかなる　Ⓐ御代の（ヌドゥカナル　ミユヌ）
Ⓐ御代の　Ⓑ春とや	Ⓑ春に誘はれて（ハルニ　サスワリティ）
Ⓒ鶯の	Ⓓほける　Ⓒ鶯の（フキル　ウグイスィヌ）
Ⓓなく　Ⓔねもけさは	Ⓔ声のしほらしや（クヱィヌ　シュラシャ）
Ⓕのどけかるらむ	

現代語訳――のどかな御代の春に誘われて、さえずる鶯の声が愛らしい。

和歌、琉歌共に、中心として詠んでいるのは「鶯の鳴く声」であるが、和歌に見られる「鳴く音」という表現は琉歌には見られず、鳥が鳴くという意味を持つ、沖縄以外にも日本各地で散見される「ほける（吹ける）」という動詞および「声」が用いられている。また、音数律の関係で形容詞「のどけし」（琉歌の場合は形容動詞「のどかなる」）が、和歌では七音の下句の最後にくるのに対し、琉歌では八音の初句に置かれており、呼応する名詞はそれぞれ異なるが、歌全体の雰囲気は「のどかなる御代の春に聞こえる鶯の美しい声が平和な時期を感じさせてくれる」のように、共通している。

この和歌は、鎌倉時代の勅撰和歌集『玉葉和歌集』以外に、以下の歌集にも見られる。

- 『明題和歌全集』（鎌倉中期〜室町前期）
- 『題林愚抄』（室町中期）
- 『類題和歌集』（江戸時代）

改作琉歌⑪

『新勅撰和歌集』（六・京極前関白家肥後）／『琉歌全集』（二四四・読人知らず）

いつしかと　　日かずⒶ降るⒹ雨に（フィカズィ　フル　アミニ）
けふⒶふりⒷそむる　　つめてⒷ染めまさる（ツィミティ　スミ　マサル）
Ⓒはる Ⓓさめに　　Ⓒ春の Ⓕ若草の（ハルヌ　ワカクサヌ）
Ⓔいろづきわたる　　Ⓔ色のしほらしや（イルヌ　シュラシャ）
野辺の Ⓕわか草

現代語訳——春になって毎日降る雨に、若草の緑の色が、いよいよ濃くなって行くように見えて、美しいものだ。

両歌は若草の美しい色が誉められる点で共通している。また、和歌における「いつしかとけふ」（意味：いつの間にか今日）という時間に関する表現は琉歌の中で「日かず」（意味：日ごとに）に置き換えられていることで、雨の多い南島の春と若夏の季節感が巧みに表現されていると言える。

この琉歌も⑧と同様に、和歌における動詞「降り染むる」を単独動詞に分解し、さらに、和歌の「春雨」も「春」と「雨」という二つの単語に分解する特徴が見られる。

この和歌も⑨の和歌同様、鎌倉時代成立の勅撰和歌集『新勅撰和歌集』に収められている。

改作琉歌⑫

次の琉歌は二首の異なる和歌に影響を受けた可能性を指摘したいと思う。

比較①

『続草庵集』（一二二一・頓阿、更衣）／『琉歌全集』（一四四八・比嘉賀慶）

Ⓐ花染の
Ⓑ袂をⒸ今朝は
Ⓓぬぎかへて
Ⓔ春のかたみを
Ⓕたつ衣かな

Ⓐ花染のⒷ袖も（ハナズミヌ　スディン）
ⒹぬぎかへてⒸ今日や（ヌジカイティ　キユヤ）
別れゆるⒺ春の（ワカリユル　ハルヌ）
Ⓔ名残りⒻ立ちゆさ（ナグリ　タチュサ）

現代語訳――今日は春の花染の着物をぬいで衣替えをしたが、しんみりと春の名残りが惜しまれた。

当時有名な歌人であった頓阿によって詠まれたこの和歌とその改作琉歌は、内容に加え句の順番も非常に似通っていることが分かる。ここで、改作琉歌が和歌の表現を類義語に変えている傑出した工夫に注目したい。この琉歌は、和歌における「袂」を「袖」に、「今朝」を「今日」に、そして「形見」を「名残」に置き換えながら、同様の場面を違う表現で描出しており、この改作琉歌のオリジナリティとなっている。

しかし、両歌において詠まれるのが、共に惜しむ気持ちであるかといえば、そうではない。琉歌からは、「名残り立ちゆさ」のように、春の名残が惜しまれることがうかがえるものの、和歌においては「春の形見」を「絶つ」夏の衣が詠まれているため、春の形見が惜しまれるというよりその形見が終わってしまい、夏になることが分かる。ただし、この和歌に続く（同じ『続草庵集』の）一二二番歌を見れば、衣替えの際に春を惜しむ気持ちが強く表現されていることが分かる。

『続草庵集』（一二二、夏、関白殿にて、おなじ心を）
くれはてし　春を二度　惜むかな　けふ花ぞめの　袖の別に

この⑫の琉歌を詠んだ比嘉賀慶は、おそらく『続草庵集』のこれら二首を参考にしながら、改作琉歌を作った可能性が指摘できる。

しかし、「夏の際に行う春の更衣」という場面を詠んでいる和歌は他にもいくつか見られ、その中に右の琉歌に非常に似ている和歌も他に一首ある。以下の比較②の通りである。

比較②

『浦のしほ貝』（三二三・熊谷直好、うらの塩がひ夏の歌、更衣）／『琉歌全集』（一四四八・比嘉賀慶）

Ⓐ今はただ
Ⓑ花のころもを
Ⓒぬぎかへて
Ⓓわかれし春の
Ⓔなごり忘れん

Ⓑ花染の袖も　（ハナズミヌ　スディン）
ⒸぬぎかへてⒶ今日や　（ヌジカイティ　キユヤ）
Ⓓ別れゆる春の　（ワカリユル　ハルヌ）
Ⓔ名残り立ちゆさ　（ナグリ　タチュサ）

この和歌も、春を惜しむ琉歌と違って、「名残を忘れるだろう」と伝えており、頓阿の一二一番歌における「形見を絶つ」という気持ちと共通していると言える。また、「今日や」という表現に類似した表現「今はただ」が見られるため、この場合も琉歌はその表現を巧みに類義語に変え、歌の中に取り入れた可能性が考えられる。

また、比較①の和歌には見られない「わかれし」や「なごり」という表現は、琉歌における「別れゆる」と「名残り」という表現と一致している。一方、この比較②の和歌には、比較①の和歌と琉歌に共通する「花染の」の代わりにただ単に「花の」という表現が詠み込まれている。

作者の熊谷直好の生没は一七八二〜一八六二年であり、『浦のしほ貝』は一八四五年に刊行された（『新編国歌大観・第九巻』）。また、比嘉賀慶は、「琉球王朝最末期から明治時代にかけての作者」（『琉歌大成』一七頁）である。つまり、熊谷直好と比嘉賀慶は同時代に生きており、比嘉賀慶は頓阿の和歌のみならず、熊谷直好の和歌の影響を受けた可能性も考えられるだろう。この問題についてはさらなる調査が必要であるが、ここではこの⑫の琉歌の改作元として、頓阿の歌、熊谷直好の歌という二つの可能性を指摘しておきたい。

また、前述したように、和歌には「春の更衣」という場面を詠んだ歌がいくつか見られるので以下に四首を掲げる。その中で、後ろの三首では春を惜しむ気持ちが詠まれている上に、「惜《を》しき」という形容詞まで詠み込まれており、⑫の琉歌と共通している。しかし、語順が異なっているため、これらの和歌からこの琉歌への直接的な影響の可能性は低いと考える。そのため、これらの四首の和歌は参考までに以下の通りに載せておく。

『隣女集』（一〇六三・飛鳥井雅有、首夏）
　夏ごろも　けさたちかへて　花染の　そでの別に　はるぞなりぬる

『霊元法皇御集』（二一、夏十五首、更衣）
　ぬぎかへて　をしくもあるかな　朝もよひ　きのふの春の　花ぞめのそで

『為村集』（五一四、夏之部、夏衣）
　夏来ぬと　けふ立ちかへて　春の色の　名残ぞをしき　花染の袖

『宝篋院百首』（二一・足利義詮、夏、更衣）
　けふも猶　春のなごりや　残るとて　かへまくをしき　花染の袖

改作琉歌⑬

『風雅和歌集』（三四・前中納言定家）／『琉歌全集』（一五八八・獲得久朝常）

霞みあへず　　　　　　　　Ⓐ降ゆる雪霜も　（フユル　ユチシムン）
なほⒶふる雪に　　　　　　よそになち語る　（ユスニ　ナチ　カタル）
空とぢて　　　　　　　　　Ⓒ埋火のもとや　（ウズミビヌ　ムトゥヤ）
Ⓑはる物ふかき　　　　　　Ⓑ春の心　（ハルヌ　ククル）
Ⓒうづみ火のもと

現代語訳――降る雪霜をよそにして、親しい人と語る埋火のもとは、まるで春のような心持ちだ。

共通表現が少ないように見えるが、内容も歌の醸し出す雰囲気も極めて似ているので、琉歌は有名な藤原定家のこの和歌を倣って作られたと考えられる。この和歌の初出は、鎌倉時代初期成立の『六百番歌合』であり、この和歌に詠まれている「うづみ火のもと」という表現も、この歌合の際に初めて定家によって詠じられた。この表現は、当時多く詠まれていた「埋み火のした」「埋み火のあたり」「埋み火のちかき」などと異なり、とても新鮮な表現であったためか、歌合でライバルを務めていた右方の歌人から「聞きづらい」ものとして批判を浴びたが、その後どんどん普及していき、琉歌にまでも影響を及ぼしたと言える。また、この和歌の「春物ふかき」という魅力的な表現は琉歌の中で「春の心」のように置き換えられ、両歌とも寒い冬の中で感じられる埋火の暖かさ、ありがたさを詠む。琉歌の「こころ」は独特の表現で、「～のような」という意味を持つ語でもあり、和歌における「こころ」にはそのような意味が一切見られない。また、和歌には見られない「恋人と語る」場面も歌われており、これは他の琉歌の中にも多く見られる特徴である。⑬の琉歌は、この特徴を取り入れつつ、和歌を見事に改作したものであると言える。

この和歌が含まれている全ての和歌集は以下の通りである。

・『六百番歌合』（鎌倉時代）
・『拾遺愚草（定家）』（鎌倉時代）
・『夫木和歌抄』（鎌倉末期）
・『明題和歌全集』（鎌倉中期〜室町時代）
・『風雅和歌集』（室町時代）
・『題林愚抄』（室町時代中期）
・『類題和歌集』（江戸時代）

改作琉歌⑭

『頓阿勝負付歌合』（一一、六番　柳　左勝）／『琉歌大成』（三六八二・故津波古親雲上）

Ⓐあをやぎの
Ⓑみどりのいとに
Ⓒぬきそめて
Ⓓ玉をたれたる
Ⓔはるのしら Ⓕ露

Ⓔ春の Ⓐ柳の　（ハルヌ　ヤナジヌ）
Ⓑみどりの糸に　（ミドゥリヌ　イトゥニ）
つら Ⓒぬきやる Ⓕ露の　（ツィラヌチャル　ツィユヌ）
Ⓓ玉のきよらさ　（タマヌ　チュラサ）

現代語訳——春の柳の緑の糸に、貫かれた露の玉が美しい。

両歌共に、露は柳の緑の糸に貫かれており、玉の美しいさまが賞美されているが、和歌のほうではその美しさが「玉をたれたる」と表現されているのに対し、琉歌は「玉のきよらさ（美しさ）」という琉歌の典型的な表現を用い、ストレートにその美しさを誉めている。

この改作琉歌は七・七・八・六という「仲風」の形式を持ち、上二句はほぼそのまま和歌から取り入れられていることが分かる。特に第二句は和歌にも見られる「みどりの糸に」そのままとなっている。また、初句は和歌において「青柳の」となっているのに対し、琉歌においては「春の柳の」となっている点は、この琉歌の改作技巧の一つだと言えるだろう。

この和歌が含まれている『頓阿勝負付歌合』は、『新編国歌大観・第一〇巻』によれば、応安五年（一三七二年）に行われた。頓阿は鎌倉末・南北朝時代の歌人であったが、本書では、頓阿の歌書をすべて室町時代のものと見なしている。

改作琉歌⑮

『永享百首』（一二〇・公名）／『琉歌全集』（一〇七七・読人知らず）

Ⓐ春風の
Ⓑ長閑きほども
Ⓒ白露の
Ⓓ玉Ⓔぬきかくる
Ⓕ青柳のいと

ⒷのどかなるⒶ春や　（ヌドゥカナル　ハルヤ）
Ⓕ青柳の糸に　（アヲゥヤジヌ　イトゥニ）
つれてⒺ貫くⒸ露の　（ツィリティ　ヌク　ツィユヌ）
Ⓓ玉の光　（タマヌ　フィカリ）

現代語訳――のどかな春は、青柳の糸のような枝に、沢山の露の玉がつらなり貫かれて、きらきら光り輝いている有様はまことにみごとである。

この和歌と改作琉歌は、何を中心に描いているかという点で若干異なる。和歌では「青柳の糸」が注目されるのに対し、琉歌は「その糸に貫く露の玉の光」を賛美している。そのため、句の順番が異なる。また、和歌の形式は七・五調であるため、「青柳の糸」も七音句として見られるが、それに対し、八・六調を重んじた琉歌においては、同じ表現に助詞「に」を接続し、「青柳の糸に」のように八音句として完成される。

この和歌が含まれた『永享百首』は、『新編国歌大観・第四巻』によれば、一四三四年に成立したとされる。この室町時代成立の百首は勅撰和歌集『新続古今和歌集』の応制百首であり、「新続古今集には、この百首から、八〇余首採歌されている」〔七一八頁〕のである。琉歌人もこの百首を学んだ可能性があるだろう。

改作琉歌⑯

『春霞集』（七三・毛利元就）／『琉歌全集』（一四二七・読人知らず）

Ⓐ松はなほ
Ⓑくる Ⓒ春ごとの
Ⓓ若 Ⓔ緑
Ⓕさすや Ⓖ千とせも
かぎりなからん

Ⓖ千歳経る Ⓐ松も（チトゥシ　フィル　マツィン）
めぐて Ⓒ春 Ⓑくれば（ミグティ　ハル　クリバ）
Ⓔみどり Ⓕさし添へて（ミドゥリ　サシ　スイティ）
Ⓓ若くなゆさ（ワカク　ナユサ）

現代語訳――千年の年月を経て来た松も、めぐりめぐって春が来れば、芽をさし添えて若返ったようだ。

この改作琉歌も元となった和歌とは若干順番がずれているが、⑩の歌にも見られるように、和歌の下句の表現が琉歌の上句の冒頭に詠み込まれている。⑩の場合には、その表現は「長閑なる」であるが、ここでは「千歳」という表現が和歌の下句から琉歌の初句の冒頭に移されていることが分かる。当該の表現は両歌とも「松」と関係しているため、両歌の順番が異なりながらも意味は同様のものであると言える。
この和歌を含んだ『春霞集』は、室町時代成立の毛利元就の私家集である。

改作琉歌⑰

『雪玉集』（七〇六八、着到百首和歌、立春）／『琉歌大成』（三六四四）

Ⓐ雪のうへも
Ⓑ春くるけふの
みちしありと
Ⓒかすみにけりな
Ⓓ四方の山のは

Ⓑ春来ちゃら今日や（ハル　チチャラ　キユヤ）
空のⒶ雪はれて（スラヌ　ユチ　ハリティ）
Ⓓ四方の山の端に（ユムヌ　ヤマヌ　ファニ）
Ⓒ霞みわたて（カスィミ　ワタティ）

現代語訳——今日は雪空も晴れて、四方の山の端は霞みわたっている。春が来たのだろう。

両歌共に、春が来て、四方の山の端は霞んでいる様子を詠んでいる。沖縄には雪が降らないが、この改作琉歌は和歌の雪を詠み込みつつ八音句に合わせる「空の雪はれて」という珍しい表現を用いている。また、琉歌は、和歌にもよく見られる「霞」＋「渡る」という組み合わせを用いながら、この和歌における「かすみにけりな」という七音句を琉歌にふさわしい「霞わたて」という六音句に変形している。この琉歌の場合も、和歌における「四方の山の端」という七音句がそのまま取り入れられているが、琉歌の八音調に合わせるために助詞「に」が後ろにつき、「四方の山の端に」という八音句が完成される。そして、沖縄語の文法も巧みに用いつつ、和歌の「春くる今日や」という七音句を「春来ちゃら今日や」のように八音句に変形していることが分かる。

この和歌は、室町時代成立の三条西実隆の家集『雪玉集』に初めて見られてから、同時代成立の『称名院集』という、三条西実隆の息子である公条の家集にも含まれているものである。三条西実隆は室町後期における代表的な歌人で、古今伝授を受けた歌人として以外にも、歌学者や古典学者として有名である〔『新編国歌大観・第八巻』〕。琉歌人もこの和歌人の影響を受けた可能性が考えられるであろう。

改作琉歌⑱

『漫吟集』（二二四・竜公美校、春歌中、梅）／『琉歌大成』（八七〇）

Ⓐ香をとめて
Ⓑ梅が木のⒸ本
Ⓓ尋ぬれば
そへてⒺ聞きつる
Ⓕ鶯のⒼこゑ

Ⓑ梅のⒸもとⒹしので（うミヌ　ムトゥ　シヌディ）
Ⓐ匂ひにまぎれやり（ニヌィニ　マジリヤイ）
春のⒻ鶯の（ハルヌ　ウグイスィヌ）
初Ⓖ声Ⓔ聞かな（ハツィグヰ　チカナ）

現代語訳――梅の花の下へこっそり行って、花の香りに紛れて、鶯の初声を聞きたい。

両歌において上句の内容と下句の内容は一致しており、順番も同様であると言える。ただし、この改作琉歌の特徴は、和歌における表現を類義語に変えていることである。和歌の「香をとめて」を「匂ひにまぎれやり」、動詞「尋ねる」を動詞「忍ぶ」に変更している。また、琉歌の八音句に合わせるために、「鶯」の前に「春」を、「声」の前に「初」を取り入れていることが分かる。

この和歌は、江戸時代の歌人・古典の研究家である円珠庵契沖の家集『漫吟集』に含まれている。

改作琉歌⑲

『為村集』（五一四、夏之部、更衣）／『琉歌全集』（一〇八四・読人知らず）

夏来ぬと
けふ立ちⒶかへて
Ⓑ春のⒸ色の
Ⓓ名残ぞをしき
Ⓔ花Ⓕ染の袖

Ⓔ花のⒸ色深く　（ハナヌ　イル　フカク）
なれⒻそめし袖も　（ナリスミシ　スディン）
ぬぎⒶかへてⒷ春の　（ヌジカイティ　ハルヌ）
Ⓓ名残ないさめ　（ナグリ　ネサミ）

現代語訳――春の間着ていた花模様の色深く染めた着物も、初夏になったのでぬぎかえて、別に春の名残りを惜しむ気持ちもない。

最後に取り上げるこの改作琉歌の工夫は、遊び心を持ち、大変興味深いものだと考えられる。両歌とも同様の表現を用いながら、夏に変わる際、春の色深い花染の袖を脱ぎ変えるという同じ場面を詠んでいる。しかし、和歌は、春が過ぎ夏になった証拠として取り上げている、着物の交換という場面を深く惜しみ、過ぎ去った春を「名残ぞをしき」という表現で悲しく嘆くのに対し、琉歌は春の着物を脱ぎ変えても名残はない、とする。この和歌と琉歌をセットで読むと、琉歌は和歌に対する返答となっているように感じられ、非常に興味深い改作琉歌である。同じ「春」を描きながら、和歌では名残惜しさと悲しみを、琉歌では喜ばしく若々しい気持ちを歌っており、それぞれの特徴が明瞭に現われている。

この和歌は、江戸時代の歌人冷泉為村（一七一三—一七七四）の家集に含まれている歌である。

以上、「春」を詠み込んだ一九首の改作琉歌についてまとめると、まず、特定の歌人によって詠じられた歌は一〇首あり、また読人知らずの歌は九首あることが判明した。歌人が特定できる歌数と歌人不明の歌数はほぼ同数ということになる。

また、それらの一九首の琉歌の改作元の和歌は、一八首ある可能性を指摘できる。それらの一八首を初出年代で整理すると、以下の通りになる。

- 平安時代初出の和歌：六首（三三％）
- 室町時代初出の和歌：五首（二八％）
- 鎌倉時代初出の和歌：四首（二二％）
- 江戸時代初出の和歌：三首（一七％）

これらの一八首の和歌の中には、勅撰和歌集［1］に収められる歌が八首、勅撰和歌集の応制百首（『永享百首』）の歌が一首、そして物語（『伊勢物語』）の歌も一首見られる。これらは計一〇首となり、全体の過半数を占めている。また、藤原定家（一首）や、頓阿（二首）、躬恒（一首）という歌人によって詠まれた和歌の改作琉歌も僅かながら見られる。

五　「夏」の歌について

先に述べた通り、和歌も琉歌も、「夏」は動詞との組み合わせが他の季節語と比較し最も少なく、「夏」＋名詞というパターンが著しい。例えば「夏の夜」「夏の日」「夏の衣」「夏の草」「夏山」「夏虫」がその典型的な例である。『おもろさうし』の中にも、「夏」を歌った歌が九首見られるが、「夏」と動詞との組み合わせは琉歌とは全く一致していない。また、琉歌の中にも、オモロの中にも、沖縄の独特の季節「うりずん」〔2〕や「若夏」〔3〕が共通して見られる。しかし、オモロの場合は、「うりずん」〔4〕が「立つ」や「待つ」と呼応し、「若夏」が全て動詞「立つ」と呼応しているのに対し、琉歌の場合は、「うりずん」が動詞「なる」のみと呼応しており、また「若夏」が動詞「なる」や「巡る」と呼応している。琉歌とオモロに共通して見られる沖縄の独特の季節表現「うりずん」「若夏」と動詞の組み合わせに関しても、琉歌とオモロとで一致していないということになる。

「夏」を詠み込んだ琉歌が、オモロや和歌の影響をどこまで受けているのかを明らかにするために、その一つの手掛かりとして、オモロや和歌の改作琉歌の割合を算出する。「夏」を歌った計六〇首の琉歌の中に、和歌の改作琉歌は五首のみ見られ、八％にしか及ばない。その理由は沖縄の夏は独特の趣きがあり、その季節感も琉歌に深く染み込んでいるためであろう。

また、「夏」を詠み込んだオモロの改作琉歌も二首見られる。その琉歌は「夏」と共に「冬」という季節語も同時に詠み込んでいるため、「冬」を詠み込んだ改作琉歌のところで詳しく紹介する。

以下に和歌の改作琉歌五首を列挙する。なお、①および②の歌は先行研究ですでに指摘されている。

改作琉歌①

『古今和歌集』（一六六・清原深養父）／『琉歌全集』（一五〇五・岡本岱嶺）

Ⓐ夏の夜は　　　　Ⓑ宵とめばⒸ明ける　（ユイ　トゥミバ　アキル）
まだⒷよひながら　Ⓐ夏の夜のⒺお月　（ナツィヌ　ユヌ　ウツィチ）
Ⓒあけぬるを　　　Ⓓ雲のいづ方に　（クムヌ　イズカタニ）
Ⓓ雲のいづこに　　Ⓕお宿めしやいが　（ウヤドゥ　ミシェガ）
Ⓔ月Ⓕやどるらむ

現代語訳——夕方だと思えば明ける夏の短夜のお月さまは、雲のどこにお宿をなさるであろうか。

この改作琉歌については、池宮〔一九七六　一五五頁〕や島袋・翁長〔一九九五　三二六—三二七頁〕がすでに指摘しているが、ここで付け加えたいのは、和歌の「まだ宵ながら　明けぬるを」という二句は琉歌の「宵とめば明ける」（意味：宵と思えば、すぐ明ける）のように一句に収まり、また琉歌における「月」は音数律の関係で「お月」となっており、同時にふさわしい尊敬語「めしやいが」（意味：なさるか）も付いていることである。

なお、この和歌は非常に有名な歌であったと考えられ、『古今和歌集』以外にも、平安時代から室町時代にわたって多様な歌書に含まれている。歌書の一覧は以下の通りである。

- 『古今和歌六帖』（平安時代）
- 『後六々撰』（平安時代）
- 『深養父集』（平安時代）

・『百人秀歌』（鎌倉時代）
・『百人一首』（鎌倉時代）
・『定家八代抄』（鎌倉時代）
・『時代不同歌合』（鎌倉時代）
・『和歌用意条々』（鎌倉時代）
・『桐火桶』（鎌倉時代）
・『井蛙抄』（室町時代）

改作琉歌②

この②の琉歌も①の和歌を元に詠じられたものであるため、簡単に紹介する。この琉歌についても、すでに指摘がなされている〔島袋・翁長 一九九五 二七七頁〕。

『古今和歌集』（一六六・清原深養父）

Ⓐ夏の夜は　まだⒷよひながら　Ⓒあけぬるを　Ⓓ雲のいづこに　Ⓔ月Ⓕやどるらむ

『琉歌全集』（一三一〇・読人知らず）

Ⓑ宵とめば　Ⓒ明ける　Ⓐ夏の夜の　Ⓔ月や　白Ⓓ雲に　Ⓕやどる　暇やないらぬ

改作琉歌③

『後撰和歌集』（二〇九・わらは）／『琉歌全集』（二三二〇・安仁屋政清）

Ⓐつつめども　かくれぬ物は　Ⓑ夏虫の　Ⓒ身よりあまれる　Ⓓ思ひなりけり

Ⓐつつでつつまらぬ（ツィツィディ　ツィツィマラヌ）
哀れⒷ夏虫の（アワリ　ナツィムシヌ）
Ⓒ身にあまるほどの（ミニ　アマル　フドゥヌ）
Ⓓ思やれば（ウムイ　ヤリバ）

現代語訳――自分の胸中の思いは、つつもうとしてもつつみきれるものではない。それは螢が身を焦がすほど思いこがれて、その光が他にもわかるようなものだ。隠そうとしても、隠しきれるものではない。

この和歌の読み人と記されているのは、「わらは」であり、歌集によって「うなゐをとこ」もしくは「よみびと知らず」とも記録されており、伝説的な男性のように思われるが、この和歌自体は非常に有名であり、『後撰和歌集』以外に『定家十体』などの様々な歌書に見られる。琉歌も意図的にこの和歌を改作したと考えられる。琉歌は、和歌における「つつめども　かくれぬ」（意味：包んでも隠れない）という表現を、同じ意味を維持しながら「つつでつつまらぬ」（意味：包んでも包まれない、要するに隠れない）のように見事に類義語に変え、和歌の五音の初句と四音の表現を、琉歌の八音の初句に変形していることが指摘できる。また、和歌における第三句「夏虫の」は五音であるため、「夏虫の」という五音の表現に三音の「哀れ」を接頭しつつ、ここも八音句を完成する。さらに、和歌の「身よりあまれる」という七音句における表現を用いつつ、沖縄語の文法を適用することによって「身にあまるほどの」という八音句が出来る。

この和歌は様々な歌書に含まれており、藤原定家が関わっていた歌書も多く見られる。したがって、琉歌人もこの和歌を改作した可能性が高いと言えるだろう。『後撰和歌集』以外にも以下のような歌書に含まれている。

- 『大和物語』（平安時代）
- 『和漢朗詠集』（平安時代）
- 『和歌童蒙抄』（平安時代）
- 『古来風体抄』（鎌倉時代）
- 『定家十体』（鎌倉時代）
- 『定家八代抄』（鎌倉時代）
- 『瑩玉集』（鎌倉時代）
- 『近代秀歌』（鎌倉時代）
- 『八代集秀逸』（鎌倉時代）
- 『今物語』（鎌倉時代）
- 『十訓抄』（鎌倉時代）
- 『詠歌一体』（鎌倉時代）
- 『撰集抄』（鎌倉時代）
- 『世継物語』（鎌倉時代）

改作琉歌④

次の琉歌は、改作元の和歌が二首あると推定される。

まず、第一の可能性として、比較①にある『風情集』に含まれる藤原公重の和歌を紹介する。

比較①

『風情集』（一八三・藤原公重、更衣）／『琉歌全集』（一五〇八・読人知らず）、『古今琉歌集』（一三四）

Ⓐぬぎかふる　Ⓑ蟬の　Ⓒ羽衣
うすければ
Ⓓ夏はきたれど
Ⓔすずしかりけり

Ⓓ若夏がなれば（ワカナツィガ　ナリバ）
Ⓑ蟬の　Ⓒ羽衣に（シミヌ　ハグルムニ）
Ⓐぬぎかへて心（ヌジカイティ　ククル）
Ⓔすだくなゆさ（スィダク　ナユサ）

現代語訳――初夏ともなれば、蟬の羽衣のような薄衣に着替えて、体はいうまでもなく、心まで涼しくなるようだ。

両歌は、「夏」「蟬の羽衣」「脱ぎ変える」「涼しい」という表現を用いながら、「夏が来た時に薄い蟬の羽衣のような着物に脱ぎ変えたら涼しい気持ちになる」と同様の内容を詠んでいる。琉歌のほうは、「若夏」や「すだく」という沖縄語や琉歌独特の表現を用いる。「若夏」は和歌には見られない語であり、「うりずん」と共に沖縄の風土の独特の表現であり、梅雨入り後の夏直前の時期（旧暦四・五月）を言う。「若夏」という表現は琉歌の他にオモロにも見られ、琉歌とオモロとの大きな共通点となっているが、琉歌とオモロで「若夏」が呼応する動詞は異なっており、さらに、「若夏」を取り入れた琉歌にオモロの改作琉歌は存在しないため、オモロからの影響は単語レベルでしか確認することができない。また、「すだくなゆさ」（意味：涼しくなる）という句における形容詞「すだしさ（涼だしさ、スィダシャン／スィダサン）」は琉歌と組踊にのみ見られ、『沖縄古語大辞典』によると「涼しい」という意を持つ。このように、和歌における「すずし」は沖縄語に変えられ、琉歌に取り入れられていることが分かる。

なお、この琉歌の元になった和歌は藤原公重（一一一八―一一七八）晩年の私家集『風情集』の和歌である。同歌は、他に『実国家歌合』にも載っており、『新編国歌大観・第五巻』によると、「嘉応二年（一一七〇）五月二九日に行われた歌合」（一四四一頁）であるため、この和歌はすでに一一七〇年に存在したことが分かる。この平安末期成立の和歌における上句は、後代の和歌の元ともなったことが次の三首からうかがえる。以下に列挙する三首目の和歌は上二句のみ取り入れているものの、藤原公重の和歌の影響が推定できるだろう。

『出観集』（六九七・覚性法親王）→一一七五年成立（推定）
ぬぎかふる　せみのは衣　うすけれど　思ふこころを　えこそもらさね

『為家千首』（二〇一・藤原為家）→一二二三年成立
ぬぎかふる　せみのはごろも　うすけれど　ふかくも春を　しのぶころかな

『拾遺愚草』（五二一・藤原定家）→一二三三年成立（推定）
ぬぎかふる　せみのは衣　袖ぬれて　春の名残を　忍音ぞなく

これらの用例から明らかなように、一一七〇年の歌合にすでに確実に詠まれた藤原公重の和歌は、後代の歌人や藤原定家と為家にまで影響を及ぼした。このような和歌は琉歌にも影響を与えたことが同様に推定できるだろう。

次に、第二の可能性は以下の比較②の通りである。

比較②

『浦のしほ貝』（三九八・熊谷直好）／『琉歌全集』（一五〇八・読人知らず）、『古今琉歌集』（一三四）

からⒶころも
Ⓑぬぎて出でたる
うつⒸ蟬の
よはⒹこころから
Ⓔすずしかりけり

若夏がなれば　（ワカナツィガ　ナリバ）
Ⓒ蟬の羽Ⓐ衣に　（シミヌ　ハグルムニ）
Ⓑぬぎかへて　Ⓓ心　（ヌジカイティ　ククル）
Ⓔすだくなゆさ　（スィダク　ナユサ）

両歌の共通表現は五語であり、比較①で紹介した公重の和歌にない「心」という共通表現も含まれる。一方、この比較②の和歌では、人間が薄い蟬の羽衣を脱いだ場面ではなく、蟬が衣を脱ぎ、心が涼しくなった場面が詠まれる。つまり、この比較②の和歌には、比較①には見られない、擬人化した現象が詠まれていることが分かる。この点は、逆に比較①の和歌が改作された可能性を高めていると言えるだろう。

上句における歌の流れについては若干の相違があるものの、歌における表現や趣旨はほぼ同様のものであるため、この比較②の和歌も右の琉歌に改作された可能性が十分考えられる。

改作琉歌⑤

『為村集』（八〇一・冷泉為村卿）／『琉歌全集』（一五五・読人知らず）

よひよひに
ⒶならすⒶ扇の
Ⓑ風なくは
ねやのⒸあつさは
Ⓓいかで忘れん

手にⒶなれし扇の　（ティニ　ナリシ　オジヌ）
Ⓑ風のないぬあれば　（カジヌ　ネン　アリバ）
Ⓓいきやす忘れゆが　（イチャスィ　ワシリユガ）
夏のⒸ暑さ　（ナツィヌ　アツィサ）

現代語訳——手に持ち馴れた扇の風がなかったら、どうして夏の暑さを忘れることができよう。

この和歌には、「夏」という表現が詠み込まれておらず、その代わりに「寝屋」という表現が見られるが、「扇」や「暑さ」は詠まれているので、夏を想像させる。この改作琉歌は、和歌における表現を沖縄語の文法に巧みに変え、琉歌の独特の表現を生み出している（和歌の「いかで忘れん」→「いきやす忘れゆが」、和歌の「風なくは」→「風のないぬあれば」）。

この和歌は、江戸時代に成立した冷泉為村の私家集『為村集』にのみ含まれている。

以上をまとめてみると、「夏」を歌った琉歌には和歌の改作琉歌が少なく、五首にとどまる。その作者については、読人知らずの琉歌が三首あり、また残りの二首は特定の歌人による歌となる。それらの琉歌の元になった可能性がある和歌は五首あり、その内訳は、平安時代成立の歌集に初出の和歌が三首、江戸時代成立の歌集に初出の和歌が二首ある。また、その中で、『古今和歌集』および『後撰和歌集』のように、勅撰和歌集に見られる和歌は二首あることが明らかになった。

六 「秋」の歌について

『おもろさうし』の中には「秋」を歌ったオモロが全く見られないが、和歌には「秋」を詠んだ歌が季節の中で最も多く、琉歌には二番目に多く見られる。

「秋」と動詞との組み合わせに関しては、表⑭のように呼応する動詞に共通性はあるが、出現頻度の順には、はっきりとした関連が見られない。

名詞との呼応に関しては、両歌の中には、「秋風」や「秋の夜」が目立つ。「秋の夜の（お）月」が両歌共に非常に多く、和歌の場合は、「秋の夜」を詠んだ歌の五二%を占め、琉歌の場合も四一%まで及んでいる。また、「紅葉」も多く見られる。

「秋」を詠み込んだ計一二九首の琉歌の中に、和歌の改作琉歌と考えられるものが一二首あり、およそ九%となっ

表⑭ 琉歌・和歌における「秋」と動詞との組み合わせ

琉歌			和歌		
動詞	歌数	割合	動詞	歌数	割合
なる／過ぐ	六ずつ	四・七%	来る	一四九	五・五%
暮れる	五	三・九%	知る	五〇	一・九%
知る／忘れる／行く／来る	四ずつ	三・一%	行く	四七	一・七%
言う	二	一・六%	暮れる	三三	一・二%
込める／まさる等	一ずつ	〇・八%	なる／待つ	三二ずつ	一・二%

ている。以下にその歌を列挙する。なお、改作琉歌②以外の一一首については先行研究の指摘が見られない。また、「秋」を歌ったオモロがないので、オモロの改作琉歌も一切見られない。

改作琉歌①

『古今和歌集』（二一五・猿丸大夫［5］）／『琉歌大成』（四一六七・故津波古親雲上）

Ⓐおく山に　　Ⓐ深山住むならひや（ミヤマ　スィム　ナレヤ）
Ⓑもみぢふみわけ　　Ⓑ紅葉ふみわけて（ムミジ　フミワキティ）
なくⒸ鹿の　　Ⓒ鹿のⒹ声聞きど（シカヌ　クヰ　チチドゥ）
Ⓓこゑきく時ぞ　　Ⓔ秋や知ゆる（アチヤ　シユル）
Ⓔ秋は悲しき

現代語訳――深山に住む者は、紅葉を踏み分けて鳴く鹿の声を聞いて、秋を知ることができる。

この和歌は当時大変有名な歌であったと考えられ、『古今和歌集』以外にも様々な歌書に含まれており、定家の歌書にも見られる。琉歌はこの有名な和歌に倣って作られたと考えられるだろう。

詳しく分析すれば、まず、和歌の五音の初句「おく山に」は、琉歌において類義語「深山」に変えられ、三音の表現であるため、残りの五音が「住むならひや《スィムナレヤ》」という表現で埋められていることが分かる。次に、和歌の第二句「もみぢふみわけ」は七音句であるので、八音句に変形するために、完了助動詞「つ」の連用形「て」という一音の語を動詞「ふみわけ」に接尾しつつ、和歌と同様の意味を表す。そして、琉歌は和歌における第三・四句「なく鹿の　こゑきく時ぞ」を結合し、「鳴く」と「時ぞ」を省略しつつ、「鹿の声聞く」という主な意味を和歌から取り入れる。しかし、このように出来た「鹿の声聞く」という表現は、七音であるため、琉歌は異なる文法を用い、和歌における二音の「聞く」という動詞の連体形を「聞き」という接続形に変え、さらに強意を表す係助詞「ど」をつけ、「聞きど」という三音の表現に変形することによって、ふさわしい八音の第三句を完成する。また、結句にも注目すると、和歌における「秋は悲しき」は琉歌において「秋は知ゆる」のように改作される。和歌に多く見られる「悲し」は音数律の関係で取り入れられなかったことも考えられるのだが、「春夏秋」の琉歌には「悲し」などの切ない気持ちを表す表現があまり見られないという特徴のためであるとも言える。

なお、この和歌は大変有名な歌であり、他にも以下の歌書に含まれている。

- 『寛平御時后宮歌合』（平安時代）
- 『三十六人撰』（平安時代）
- 『古来風体抄』（鎌倉時代）
- 『俊成三十六人歌合』（鎌倉時代）
- 『定家八代抄』（鎌倉時代）
- 『近代秀歌』（鎌倉時代）
- 『詠歌大概』（鎌倉時代）
- 『百人秀歌』（鎌倉時代）
- 『百人一首』（鎌倉時代）
- 『三十番歌合』（鎌倉時代）
- 『桐火桶』（鎌倉時代）

改作琉歌②

『古今和歌集』（一七〇・紀貫之）／『琉歌全集』（一四九一・読人知らず）、『古今琉歌集』（一四一）

Ⓐ川Ⓑ風の
Ⓒ涼しくもあるか
打寄する
Ⓓ浪と共にや
Ⓔ秋は立つらむ

夏の走Ⓐ川に（ナツィヌ　ハイカワニ）
Ⓒ涼しⒷ風立ちゆす（スズシ　カジ　タチュスィ）
もしかⒹ水上や（ムシカ　ミナカミヤ）
Ⓔ秋やあらね（アチヤ　アラニ）

現代語訳——夏の川に涼しい風が吹いて来る。もしや水上は秋ではないか。

この琉歌については、先行研究で改作琉歌とまでは呼ばれないが、この和歌に似ていることがすでに島袋盛敏と翁長敏郎によって指摘されている（島袋・翁長 一九九五 三一四頁）。両歌の共通表現は他の改作琉歌の場合より少ないものの、歌の流れ（順番）や趣旨は同様のものとなっていることが分かる。「川風が涼しくなっているので、波と共に秋が来ただろう」という和歌の内容に対し、琉歌は「夏の川に涼しい風が立っているので、水上は秋が来たのではないか」とほぼ同様の内容を歌っている。「川」「風」「涼し」「秋」という同じ表現を同じ順番で取り入れているのみならず、和歌における二句「打ち寄する　浪と共にや」の代わりに琉歌の中で「もしか水上や」という類似表現を取り入れた一句も見られ、和歌と同様の内容が保たれている。したがって、ここでは改作琉歌として指摘できると考えられる。

この和歌は、『古今和歌集』以外に次の歌書にも見られる。

・『貫之集』（平安時代）
・『古今和歌六帖』（平安時代）
・『新撰朗詠集』（平安時代）
・『古来風体抄』（鎌倉初期）
・『定家八代抄』（鎌倉時代）
・『秀歌大体』（鎌倉時代）
・『桐火桶』（鎌倉後期）

また、先行研究で指摘されているこの和歌以外に、次の類似する二首も新たに指摘できると考えられる。

『嘉元百首』（七二六、納涼／鎌倉時代）
くれはつる　夏みの川の　河風に　山かげすずし　秋かよふらし

『新千載和歌集』（三〇四・読人知らず、前中納言匡房家の歌合に、納涼／室町時代）
大井河　まだ夏ながら　涼しきは　ゐせきに秋や　もりてきつらん

後者は、鎌倉時代成立の『歌枕名寄』や江戸時代成立の『類題和歌集』の中にも見られる。

これらの和歌は二首とも、②の改作琉歌と共通表現が四、五語程度あり、歌の流れも共通している。したがって、琉歌がこれらの和歌を改作した可能性は十分考えられる。さらに、『嘉元百首』の歌における「くれはつる夏」や『新千載和歌集』の歌における「まだ夏ながら」のように、両歌は先行研究で紹介されている古今和歌には見られない「夏」という表現まで取り入れ、琉歌との共通表現が増していると指摘できる。

一方、『嘉元百首』の和歌は、琉歌に見られる「風の涼しさ」ではなく、「川風に山かげの涼しい秋が通う」と詠んでいるため、「風の涼しさ」より「山かげの涼しさ」に焦点があてられている。また、『新千載和歌集』の和歌は「風」の様子を取り入れずに「川の涼しさ」を詠んでいる。これらは、②の改作琉歌や古今和歌と異なる。

以上、相違点もあるが、共通点の多さから『嘉元百首』と『新千載和歌集』の二首の和歌も先行研究で紹介されている古今和歌と共に、②の琉歌が作られた時に改作の元となった可能性を指摘できるだろう。

改作琉歌③

『新勅撰和歌集』（二八一・読人知らず）／『琉歌大成』（七三）

Ⓐ秋の夜の
あまてるⒷ月の
Ⓒひかりには
おくしらⒹつゆを
Ⓔたまとこそ Ⓕ見れ

Ⓐ秋の夜のⒷ月に（アチヌ　ユヌ　ツィチニ）
草葉Ⓓ露むすで（クサバ　ツィユ　ムスディ）
すださⒻ見てきよらさ（スィダサ　ンチ　チュラサ）
Ⓔ玉のⒸ光（タマヌ　フィカリ）

現代語訳——草の葉に結ぶ露が秋の夜の月の光に玉のように輝いて、涼しげなことよ、美しいことよ。

この和歌は、鎌倉時代成立の『新勅撰和歌集』の歌として挙げたが、初出は平安時代にあり、八九二年頃に行われた『寛平御時后宮歌合』にすでに詠まれていたことが今回の調査で明らかになった。その後、鎌倉時代の『新勅撰和歌集』にも含まれるので、琉歌人もこの勅撰和歌集を参考にしたと推定できる。

この改作琉歌と和歌の順番は、「光」という表現に関して少しずれている。両歌は「秋の夜の月のおかげで露の玉が美しく見える」という同様の意味を表しているが、それぞれの歌で異なったニュアンスを持つ。和歌では、露が秋の月の光に置かれており、玉のように見える場面が詠まれているのに対し、琉歌では、秋の月の時に眺めている露の玉の、その光が美しいことが歌われている。

改作琉歌④

『新勅撰和歌集』（二五三・大炊御門右大臣）／『琉歌大成』（四一九八）

Ⓐあまつそら
Ⓑうきくもはらふ
Ⓒ秋風に
くまなくⒹすめる
よはのⒺ月かな

Ⓐ見ればⒸ秋風の　（ミリバ　アチカジヌ）
Ⓑ雲やおし払て　（クムヤ　ウシハラティ）
Ⓓ澄みて照るⒺ月の　（スィミティ　ティル　ツィチヌ）
影のきよらさ　（カジヌ　チュラサ）

現代語訳――見れば秋風が雲を押し払って、月の澄んで照る光の美しいことよ。

両歌の前半を分析すれば、「秋風」「雲」「払ふ」という三つの共通表現が詠み込まれていることが分かる。「秋風」が和歌では第三句に、琉歌では初句にと異なる位置に置かれているものの、「雲」と「払ふ」は共に第二句として見られる。和歌における「あまつそら」という初句は、琉歌において「見れば」という表現に置き換えられていると言えるのではないだろうか。なぜならば、常識で考えれば、「あまつそら」は見るものであるため、琉歌は「空」という表現の代わりに「空」とよく呼応する動詞「見れば」を用いながら、和歌と同じような感覚を詠んでいると言えるからである。このように、この改作琉歌は和歌の初句「あまつそら」と第三句「秋風に」を巧みに結合しながら、「見れば秋風の」という初句を形成していると言えるだろう。また、琉歌はさらに和歌の第二句における「雲」と「払ふ」という共通表現を取り入れながら、和歌の「うきくもはらふ」という七音の第二句を「雲やおし払て」という八音の第二句に改作していることが分かる。

両歌は秋風に雲が消えた空の中で清かに照っている月を誉めているものの、琉歌は和歌の「くまなくすめる　よはの月かな」という七・七音の下句を、「澄みて照る月の」のように、八音の第三句として収めつつ、結句の中に琉歌にしか見られない典型的な表現「きよらさ（チュラサ）」を取り入れることで、和歌らしい内気な誉め方を琉歌らしい率直な誉め方に変え、和歌と異なる魅力を生み出している。

この和歌は、定家によって編纂された鎌倉時代成立の勅撰和歌集『新勅撰和歌集』に含まれており、琉歌人もその歌集を学んだ可能性が高いと思われる。したがって、この琉歌も『新勅撰和歌集』の和歌を改作したと推定される。この和歌は、『新勅撰和歌集』以外に、室町時代成立の『題林愚抄』、鎌倉中期～室町前期成立の『明題和歌全集』や江戸時代成立の『類題和歌集』にも見られるため、琉歌人はそれらの歌集も参考にした可能性がある。

改作琉歌⑤

『秋風和歌集』（六五〇・後二条の関白）／『琉歌全集』（一六八九・読人知らず）

Ⓐここのへの　Ⓕ千代の秋ごとに　（チユヌ　アチグトゥニ）

Ⓑうちに Ⓒやへ Ⓓさく　七重 Ⓒ八重 Ⓔ菊の　（ナナヰ　ヤヰ　チクヌ）

しらⒺ菊の　　Ⓐ九重のⒷ内に　（ククヌキヌ　ウチニ）
はなはⒻ千とせの　Ⓓ咲きやるきよらさ　（サチャル　チュラサ）
はじめなりける

現代語訳——千代の秋毎に、七重八重の菊が、九重の王城内に咲いたのが美しい。

この琉歌は、和歌の「九重の　内に八重咲く　白菊の」という上三句を「七重八重菊の　九重の内に　咲きやるきよらさ」という下三句に変形し、ここも「きよらさ」という表現を入れ、和歌を巧みに改作していることが分かる。また、和歌の「千歳」を「千代」に変えていることも、この改作琉歌の工夫の一つとして挙げられるだろう。この改作琉歌は、和歌との共通表現を「九重」「八重」「内に」「咲く」「菊」のように五語含み、また、「千歳」の代わりに「千代」という類義語も用いている。

この琉歌の元になった和歌が含まれる歌集は、鎌倉時代の歌人の葉室光俊によって編纂された。葉室光俊は藤原定家に師事したことが知られている。

改作琉歌⑥

『宝治百首』（一九二六・隆親）／『琉歌全集』（一五三〇・本村朝照）

Ⓐ紅葉ばの　　澄みてⒹ流れゆる　（スミティ　ナガリユル）
下てるⒷ色や　　Ⓔ山川の水に　（ヤマカワヌ　ミズィニ）
Ⓒうつるらん　　Ⓑ色深くⒸうつる　（イル　フカク　ウツィル）
錦Ⓓながるる　　秋のⒶ紅葉　（アチヌ　ムミジ）

Ⓔやまがはの水

現代語訳――澄んで流れるきれいな山川の水に、色深くあざやかに映る紅葉のかげがとても美しい。

同様の場面を詠みながら、上句と下句の順番が逆になっていることで、それぞれの歌で強調されていることも異なってくる。和歌は、紅葉の錦が流れている「山川の水」に焦点を当てているのに対し、琉歌は、きれいに澄んでいる山川の水に色深く写っている「紅葉」に注目し歌を展開する。『宝治百首』は勅撰和歌集ではないものの、『続後撰和歌集』の選歌資料であり、後嵯峨院が宝治二年（一二四八年）に当時の主要歌人四〇人に詠進させた百首である。したがって、琉歌の歌人もそれを参考にしていた可能性が考えられるだろう。

なお、この和歌は鎌倉時代成立の『宝治百首』以外に、次の歌集にも見られるため、それらの歌集も琉歌人に参考された可能性が指摘できるだろう。

- 『明題和歌全集』（鎌倉中期～室町前期）
- 『題林愚抄』（室町時代）
- 『類題和歌集』（江戸時代）

改作琉歌⑦

『頓阿百首』（四〇・頓阿）／『琉歌全集』（一五三七・美里王子）

Ⓐあさくまの　　Ⓐ虎頭Ⓑ山出ぢる（トゥラズィヤマ　うジル）

Ⓑ山のは出づる　　秋の夜のⒸお月（アチヌ　ユヌ　ウツィチ）

Ⓒ月かげや
Ⓓくもりなき代の
Ⓔ鏡なるらん

Ⓓ曇りないぬ御代の（クムリネン　ミユヌ）
Ⓔ鏡さらめ（カガミ　サラミ）

現代語訳――虎頭山の上に出た秋の夜のお月さまは、くもりない御代の鏡であろう。

両歌は内容、順番共に一致しており、非常に似通っていることが明らかである。また、和歌との共通表現も七語あり、典型的な改作琉歌の一首として指摘できる。この琉歌の特徴は、和歌に詠まれる「あさくまの山」という名前を、沖縄の地理に合わせて「虎頭山」に変えていることである。また、琉歌と和歌の異なる音数律の関係で、和歌の句を結合したり、和歌の表現の音数を少し変えたりするなど、改作に必要な小さな変形が見られる。

詳しく見てみれば、まず、和歌の上二句、つまり五・七音は、琉歌において八音の初句として圧縮されている点が注目される。両歌共に「出づる／出ぢる」という三音の共通動詞を用いているのだが、和歌の「あさくまの山の端」という九音を琉歌に適切な五音に直し、三音の「出ぢる」と接続することで琉歌の典型的な八音句を作る。そのため、琉歌は大和地名における「あさくまの山」という七音の表現を沖縄の地名として知られる「虎頭山」という五音の表現に変形し、また、和歌における「の端」という二音表現を省略しつつ、琉歌にふさわしい「虎頭山出ぢる」という八音句を完成させる。また、和歌に見られる「くもりなき代の」という七音句に一音を足すために、和歌の一音の表現「代」を二音の表現「御代」に変形し、「曇りないの御代の《クモリネンミユヌ》」という八音句が出来上がる。最後に、和歌の結句「鏡なるらん」における「鏡」をそのまま取り入れ、残りの四音の「なるらん」という現在推量を表す表現を、似たような意味を持つ沖縄語の文法に変え、感嘆を表す「さらめ」（意味：であろうなあ）という三音の助詞に変形している。このように、和歌の七音の結句が琉歌においては六音の結句となっている。

この和歌は、室町時代成立の『頓阿百首』という頓阿の歌集に見られる。これまでにも見てきたように、琉歌人は頓阿の歌から改作琉歌を作っており、この琉歌の場合も、その元として頓阿の和歌が指摘できる。

改作琉歌⑧

『頓阿百首』（四〇・頓阿）／『琉歌全集』（一二八七・読人知らず）

Ⓐあさくまの
Ⓑ山のは出づる
Ⓒ月かげや
Ⓓくもりなき代の
Ⓔ鏡なるらん

Ⓐ虎頭Ⓑ山の端の（トゥラズィ　ヤマヌ　フヮヌ）
秋の夜のⒸお月（アチヌ　ユヌ　ウツィチ）
Ⓓ曇りないぬ御代の（クムリネン　ミユヌ）
Ⓔ鏡さらめ（カガミ　サラミ）

現代語訳――虎頭山の端にかかる秋の夜のお月さまは、くもりのない御代を映す鏡であろう。

⑦および⑧の琉歌は頓阿が詠んだ同じ和歌を元にしているが、異なるのは和歌における「山の端出づる」が⑦では「山出ぢる」に変形されており、⑧では「山の端の」に変形されていることのみである。頓阿の和歌の中には、⑦の琉歌に見られる動詞「出づ」も⑧の琉歌に見られる「山の端」も含まれているため、⑦⑧共に、この和歌に倣って作られたと推定できる。

改作琉歌⑨

次の琉歌は、和歌の改作作業に当たって影響を受けた可能性が指摘できる和歌が二首ある。

まず、一首目の和歌を比較①で紹介する。

比較①

『新千載和歌集』（六三四・入道二品親王尊円）／『琉歌全集』（一五二六・今帰仁王子朝敷）、『古今琉歌集』（一九五）

初Ⓐ霜の
をかのかやはら
Ⓑいつのまに
Ⓒ秋みしⒹ露の
むすびかふらん

草の葉のⒶ霜や（クサヌ　フヮヌ　シムヤ）
Ⓓ玉と思なちやさ（タマトゥ　ウミナチャサ）
Ⓑいつの間ににやまた（イツィヌマニ　ニャマタ）
Ⓒ秋やなたが（アチヤ　ナタガ）

現代語訳――草の葉の霜は玉かと思った。いつの間にもうまた秋になっていたか。

比較①の共通表現は三語、或いは、「露」と「玉」を数えても、四語のみで、少ないように思える。さらに、「秋になった際、露が霜に結び、霜に置き変えられる」という状態は数多くの和歌の中で詠まれており、右の和歌のみが唯一そのような状態を描いている訳ではない。

しかし、ここで着目したいのは「いつのまに」という表現である。「露が霜に置き換えられる」場面を詠んだ全ての和歌の中で「いつのまに」を取り入れた歌は二首のみあり、その一首は右の和歌である。琉歌もおそらくその表現を和歌から借用し、和歌における「露がいつのまに霜と結び付いた」という内容を「霜は露だと思ってしまったが、いつのまに秋になったか」に巧みに変えた。また、和歌における五音句を琉歌の形式に合わせるために三音の「にやまた」（意味：もうまた）に接続し、「いつの間ににやまた」という八音句を形成していることも分かる。

なお、この和歌は室町時代の勅撰和歌集である『新千載和歌集』以外に以下の和歌集にも見られる。

- 『尊円親王百首』（一三四六年・室町時代）
- 『明題和歌全集』（鎌倉中期〜室町前期）
- 『題林愚抄』（一四四七〜一四七〇年・室町時代）
- 『類題和歌集』（江戸初期）

この琉歌に影響を与えた可能性のある和歌は、他に一首考えられる。その和歌を以下の比較②で紹介しておく。

比較②

『鳥の迹』（四四四・長田信庸娘）／『琉歌全集』（一五二六・今帰仁王子朝敷）、『古今琉歌集』（一九五）

Ⓐ草の葉に
みだれしⒷ露の
Ⓒいつのまに
結びやかへし
けさの初Ⓓしも

Ⓐ草の葉のⒹ霜や　（クサヌ　フヮヌ　シムヤ）
Ⓑ玉と思なちやさ　（タマトゥ　ウミナチャサ）
Ⓒいつの間ににやまた　（イツィヌマニ　ニャマタ）
秋やなたが　（アチヤ　ナタガ）

この和歌は一七〇二年成立の『鳥の迹』という歌集に収められ、一五二六番琉歌を詠んだ今帰仁王子朝敷（一八四七—一九一五）がこの和歌を元にした可能性は、時代の観点からも無理はないと考えられる。この歌にも「いつのまに」という表現が見られ、比較①の歌にない「草の葉」という表現も琉歌と共通している。

比較①の和歌も比較②の和歌も、「いつの間に秋になったか」ではなく、「いつの間に露が霜になった」という内容を詠み、琉歌と異なる部分を含んでいるとも言えるが、琉歌も「秋の露は霜となった」という和歌と同じような場面を上二句において歌っており、さらに「いつのまに」という注目すべき表現も詠み込んでいるため、右の二首の和歌（のどちらか）に倣って誕生したのではないかと推定できる。

改作琉歌⑩

『衆妙集』（一一六・細川幽斎の家集）／『琉歌大成』（四六三二）

Ⓐもも草の　Ⓑうらがれはつる
露Ⓒ霜に　Ⓓ一花のこる
Ⓔ庭のしら菊

四方のⒶ百草や　（ユムヌ　ムムクサヤ）
秋にⒷうらがれて　（アチニ　ウラガリティ）
Ⓒ霜にⒹ色まさる　（シムニ　イル　マサル）
Ⓔ庭の小菊　（ニワヌ　クヂク）

現代語訳——すべての草が枯れている秋に、霜のなかで美しい色を庭の小菊が際立たせている。

この両歌も句の順番が同様であり、歌の流れは同じ傾向を示している。琉歌は、和歌における表現を殆どそのまま取り入れているが、詳しい分析をしてみれば、まず、琉歌は和歌の五音の初句「もも草の」の冒頭に「四方の」という三音の表現を入れつつ、八音の初句にきれいに収めている。また、和歌における「庭の白菊」という七音の結句を六音の結句に変形するために、「白菊」という四音の代わりに「小菊」という三音の語を用いている。さらに、和歌における第三句と第四句を結合しつつ琉歌の第三句が完成されるのだが、琉歌は和歌の第三句から「霜に」という三音の表現を取り、また「一花残る」という第四句の代わりに、「色まさる」という五音の表現を使いながら、八音の第三句を作る。「一本の花のみ残っている」という和歌において描かれた淋しい秋の風景は、「色まさる」への置換によって琉歌の中で楽観的な気持ちで彩られるものとなると言える。

この和歌は江戸初期の和歌界に影響を残した細川幽斎の歌集である『衆妙集』に見られる。

改作琉歌⑪

『鳥の迹』（六二五・読人知らず）／『琉歌全集』（五三〇・読人知らず）

いつの世に
Ⓐ誰かⒷ見初めし
Ⓒ秋の夜と
Ⓓ月にⒺ昔の
ことをⒻ尋ねん

Ⓔ昔Ⓑ見そめたる（ンカシ　ミスミタル）
人やⒶ誰がやゆら（フィトゥヤ　タガ　ヤユラ）
Ⓓ月にⒻ尋ねぼしや（ツィチニ　タズィニブシャ）
Ⓒ秋の今宵（アチヌ　クユイ）

現代語訳――月をはじめて見て、美しいと見とれた人は誰であったろうか。月はよく知っているであろうから、月に尋ねてみたい。

この琉歌は、内容、表現共に和歌と同様であるため、江戸時代のこの和歌を意図的に改作したと言えるだろう。「昔のこと」と「秋の今宵」の順番のみが元の和歌と異なっているものの、両歌の表している意味は、上句において「昔初めて月を眺めたのは誰であるか」となり、また下句において「秋の夜にそれを月に尋ねよう」となっており、一致していることが明らかである。

改作琉歌⑫

『新明題和歌集』（一五七一・為教）／『琉歌大成』（二六九八）

おくⒶ露の
Ⓑ光をそへて
Ⓒ夕顔の
垣ねⒹ涼しく
やどるⒺ月影

Ⓔ月にⒹ面白さ　（ツィチニ　ウムシルサ）
Ⓒ夕顔の花の　（ユウガヲゥヌ　ハナヌ）
秋の夜のⒶ露に　（アチヌ　ユヌ　ツィユニ）
Ⓑ光そへて　（フィカリ　スイティ）

現代語訳——月光のもとに夕顔の花が、秋の夜の露に光り輝いているのが面白い。

両歌の上句と下句の順番は逆でありながらも、内容や表現は同様であり、和歌の改作琉歌と考えてよいだろう。琉歌においては、「面白さ」が「涼しさ」とセットで「すださ面白さ」のように用いられることが多いため、ここでは和歌における「涼しく」という表現を琉歌の中で「面白さ」に意図的に変えたのではないかと推定される。さらに、この改作琉歌の工夫は、和歌における五・七・五音の上三句を八・八・六音の下三句に変形することである。具体的には、琉歌は、和歌の「おく露の」という五音句における三音の「露の」を同じ音数律を持つ「露に」に入れ替え、また、「おく」という二音の語を省き、その代わり「秋の夜の」という五音の表現を取り入れることで、「秋の夜の露に」という八音句を完成する。また、和歌の「光をそへて」という第二句は七音であるため、一音を足すか省く必要があるので、琉歌は助詞「を」を省略することで、「光そへて」のように六音の結句として歌を閉幕する。また、和歌における「夕顔の」という五音句に三音の「花の」をつけ、琉歌に適切な八音句を完成させていることが分かる。

この⑫の和歌を詠んだ歌人の京極為教は藤原為家の三男であり、藤原定家系列の歌人に当たることも注目される。この和歌は江戸時代成立の歌集『新明題和歌集』にのみ見られることが本調査で明らかになった。

以上をまとめると、「秋」を歌った改作琉歌一二首の中、特定の歌人によって詠じられたものは四首（三三％）のみとなり、残りの八首（六七％）は読人知らずの歌となっていることが判明した。また、それら一二首の琉歌の元となった可能性の高い和歌を計一四首指摘した。この一四首の和歌を初出時代別に分類してみれば、その分布が時代ごとにかなり均等であることが分かる。具体的な内訳は以下の通りである。

・平安時代初出の和歌：三首（二一％）
・鎌倉時代初出の和歌：四首（二九％）
・室町時代初出の和歌：三首（二一％）
・江戸時代初出の和歌：四首（二九％）

また、これらの一四首の和歌の中に、勅撰和歌集の歌が六首［6］、勅撰和歌集の選歌資料となる歌集に含まれている歌が二首［7］見られる。つまり、合わせて八首（五七％）の和歌は有名な歌集に含まれていると言える。さらに、右の和歌の中で、頓阿や為教という定家系列の歌人の和歌も一首ずつ見られることが判明した。

七　「冬」の歌について

「冬」と動詞との組み合わせに関しても、「秋」の場合と同じように琉歌と和歌の間ではあまり顕著な共通点が見られない。和歌の場合には、動詞「来る」の詠まれる歌数が一番多くあるものの、琉歌の場合には動詞に偏りがなく、加えてオモロにおける「冬」と呼応する動詞にも、琉歌と一致する動詞はない。

「冬」を歌った琉歌の特徴は、悲しい趣きがあることである。他の季節語を詠み込んだ琉歌とは違い、「冬」を歌った琉歌は「つれなさ」「つらさ」「さびしさ」という語を多く含み、「冬」の琉歌全体の二九％に達する。つまり、冬の琉歌の三分の一は悲しい歌となっている。その理由としては、沖縄では冬の間、雨の多い、寂しさを誘う天気が続くからだと考えられる。雪ではなく、霰と時雨しか降らない特徴的な沖縄の冬が、琉歌に反映されている。

「冬」を詠んだ琉歌には和歌の改作琉歌が八首（一七％）見られ、以下にそれを列挙する。

改作琉歌①

『古今和歌集』の二四番歌を改作した『琉歌全集』の七六番歌については、「春」の歌のところで既述しているので、ここでは省略する。なお、この歌についてはすでに先行研究で指摘がある。

改作琉歌②

『後撰和歌集』（四四五・読人知らず）／『琉歌全集』（一五八四・読人知らず）

神な月　　天のⒶお定めや　（ティンヌ　ウサダミヤ）

ふりみふらずみ　　変わることⒷないさめ（カワル　クトゥ　ネサミ）
Ⓐ定Ⓑなき　　Ⓒしぐれ雲渡る（シグリグム　ワタル）
Ⓒ時雨ぞⒹ冬の　　Ⓓ冬のⒺはじめ（フユヌ　ハジミ）
Ⓔ始なりける

現代語訳――天の定めは変わることはあるまい。冬の初めになればしぐれ雲が渡って行くのが見られる。

両歌には共通表現が四語あり、他の歌より少ないように思える。しかし、この和歌のみならず、数首の和歌において「冬の時雨」が「定めなき」と関連し、この琉歌も「時雨」を「定め」に関連付けているので、決して偶然ではないだろうと考えられる。したがって、この和歌も、以下に紹介する他二首の和歌と共に、琉歌の改作元となった可能性が高いと推定できる。

ただし、ここで琉歌における「定め」の意味のズレに注目したい。樋口・後藤〔一九九六〕によると、この和歌の意味は「陰暦一〇月の降ったり降らなかったり一定しない時雨が、冬の始めを示すものでありました」〔一三五頁〕となり、和歌における「定めなき時雨」は「一定しない時雨」のように訳されている。一方、琉歌では、和歌における「定めなき時雨」が持つ「一定しない、移り変わりやすい時雨」が、「天の定めは変わることはあるまい」という異なる意味となる。即ち、和歌の「定めなき」（意味：一定しない）が琉歌において「お定め」（意味：掟）になるのである。琉歌も「ない」を用いているが、それが「変わること」と結びつくことで、「掟が変わることがない」という意味に変わり、それがこの歌の面白みとも言える。

なお、この和歌は有名であり、右に挙げた平安時代成立の勅撰和歌集以外に多様な歌書に含まれている。以下の通りである。

・『古今和歌六帖』（平安時代）
・『和漢朗詠集』（平安時代）
・『綺語抄』（平安時代）
・『隆源口伝』（平安時代）
・『古来風体抄』（鎌倉時代）
・『定家八代抄』（鎌倉時代）
・『六華和歌集』（室町時代）

また、「冬の時雨」が「定めなき」と呼応している和歌は数首見られ、この琉歌に類似している歌が他に二首ある。以下に示す。

『玉葉和歌集』（二〇二九・真昭法師／鎌倉時代）
さだめなき　しぐれの雨の　いかにして　冬のはじめを　空にしるらん

『新千載和歌集』（六〇八・前大納言経顕／室町時代）
さだめなく　時雨るる雲の　晴まより　日影さびしき　冬はきにけり

これらの勅撰和歌集の二首もこの琉歌と共通表現を四語ずつ含んでおり、『後撰和歌集』の和歌と同様にこの琉歌に似ていると言える。二首目の『新千載和歌集』の歌は、結句として「冬のはじめ」のような表現の代わりに、「冬はきにけり」という表現を詠み込んでおり、他の二首の和歌や琉歌と違うものの、「雲」という他二首にはない共通表現を含んでいる。

このように、『玉葉和歌集』と『新千載和歌集』の歌も琉歌へ改作された可能性があり得るだろう。したがって、改作の可能性のある和歌として、三首全てを挙げたい。

改作琉歌③

『夫木和歌抄』（六六六二・民部卿為家卿）／『琉歌全集』（一五六八・渡口政発）

Ⓐ冬のⒷ雨の　　Ⓑ雨に流されて　（アミニ　ナガサリティ）
名残のⒸきりは　　Ⓔ空や雲Ⓒ霧も　（スラヤ　クムチリン）
Ⓓあけ過ぎて　　Ⓓはれてすみ渡る　（ハリティ　スミワタル）
Ⓔくもらぬ空に　　Ⓐ冬のⒻお月　（フユヌ　ウツィチ）
のこるⒻ月かげ

現代語訳——空は雲も霧も雨に洗い流されて、すっかりはれ渡り、冬のお月さまが澄んで輝いている。

改作琉歌④

『為家集』（八六六・藤原為家）／『琉歌全集』（一五八一・高良睦輝）

ふるⒶ雨の　　空やⒶ雨はれて　（スラヤ　アミ　ハリティ）
Ⓑ雲ふきはらふ　　Ⓑくもきりもないらぬ　（クムチリン　ネラヌ）

山かぜを
たよりにⒸさゆる　　Ⓒすみて照り渡る（スミティ　ティリワタル）
Ⓓ冬の夜の月　　Ⓓ冬のお月（フユヌ　ウツィチ）

現代語訳——空は雨がはれて、雲や霧もなく、冬のお月さまが澄んで照り輝いている。

これらの③および④の琉歌の内容は、それぞれ為家の和歌二首に非常に近いため、影響を受けたと考えられる。『国歌大観』で調べたところ、為家のこの二首のみに「雨が晴れてから雲、或いは雲霧も消え、澄んで冴える冬の月がきれいに見える」という概念に「雨」の要素が含まれているため、琉歌は為家のこの二首を参考にし、作られたと推定できよう。③④の和歌共に鎌倉時代の成立である。

改作琉歌⑤

『嘉元百首』（一二四七）／『琉歌全集』（一五七九・読人知らず）

浅茅生の　　白Ⓐ露の玉と（シラツィユヌ　タマトゥ）
Ⓐつゆのやどりも　　Ⓑ今日や初Ⓒ霜の（キユヤ　ハツィシムヌ）
Ⓑけさよりは　　草にⒹおきかはて（クサニ　ウチカワティ）
Ⓒしも　Ⓓおきかへて　　Ⓔ冬や来ちやる（フユヤ　チチャル）
Ⓔ冬は来にけり

現代語訳——今日は白露の玉と初霜が、草におき代って、早くも冬が来てしまった。

「露を霜に置き換える」という概念を表す和歌は、この和歌以外にも数多く見られ、琉歌にも二首見られる（他に『琉歌全集』の一三二一番歌）。なお、一三二一番歌は、この一五七九番歌と上三句が一致しており、結句のみは「冬や来ちやる」を「冬やつきやさ」に置き換えている。したがって、一三二一番歌は、おそらく和歌の改作琉歌として生まれたと考えられるこの一五七九番歌の結句をアレンジして作られたものではないかと推定できる。なぜならば、この一五七九番歌は、和歌の結句「冬は来にけり」を沖縄語に直しつつ、「冬や来ちやる」に変えているが、一三二一番歌における「冬やつきやさ」は和歌の表現から少し離れており、一五七九番歌の結句の違うバージョンのように見えるからである。

この和歌が含まれる『嘉元百首』は、『新後撰和歌集』（定家系列歌人の二条為世撰）の選歌資料となっているため、琉歌もおそらくその鎌倉時代の有名な百首から影響を受けたのだろう。ちなみに、この和歌は『嘉元百首』のみに見られることが本調査で明らかになった。

改作琉歌⑥

『新後撰和歌集』（四八二・権大納言公実）／『琉歌全集』（二七七・神村親方）

Ⓐ志賀の浦の
Ⓑ松ふく風の
Ⓒさびしさに
夕なみⒹ千鳥
たちゐⒺなくなり

Ⓐ仲島の浦の　（ナカシマヌ　ウラヌ）
冬のⒸさびしさや　（フユヌ　サビシサヤ）
Ⓓ千鳥Ⓔ鳴く声に　（チドゥリ　ナク　クイニ）
Ⓑ松のあらし　（マツィヌ　アラシ）

現代語訳——仲島の浦の冬のさびしさは、千鳥の鳴く声や松の嵐で、まことにわびしい。

この和歌は、鎌倉時代成立の『新後撰和歌集』に含まれている歌としたが、初出は平安時代であるため、厳密には平安時代の歌として考えねばならない。『新後撰和歌集』以外に、平安時代の『堀河百首』や鎌倉時代の『歌枕名寄』にも含まれている。なお、二条為世撰の『新後撰和歌集』に載録された歌人は定家、為家などであり、琉歌の歌人はおそらくその勅撰和歌集から学んだと推定できる。

この改作琉歌の特徴としては、和歌における浦の地名を沖縄の地名に変えている点、また和歌の七音句「松ふく風の」の意味を維持しながら琉歌にふさわしい六音句「松の嵐」に変形している点が挙げられる。

また、この改作琉歌も和歌の句をそのまま取り入れながら、特定の表現を変えることで句を琉歌にふさわしい音数律に変形している。具体的には、和歌の「志賀の浦の」という六音句における三音の「志賀の」を五音の「仲島の」に変えつつ、「仲島の浦の」という八音句が出来上がる。また、和歌の「さびしさに」という五音句には、三音の「冬の」という表現を接頭しながら、「冬のさびしさや」という八音句を作る。

改作琉歌⑦

『延文百首』（一二〇七・権大納言藤原忠季）／『琉歌全集』（一五八七・護得久朝置）

Ⓐ色にこそ
あまぎるⒷ雪も
Ⓒまがひけれ
Ⓓ香Ⓔやはかくるる
Ⓕ梅の下風

冬の白Ⓑ雪の　（フユヌ　シラユチヌ）
Ⓐ色にⒸまぎれても　（イルニ　マヂリティン）
Ⓔかくれないぬものや　（カクリネヌ　ムヌヤ）
Ⓕ花のⒹ匂　（ハナヌ　ニヲゥイ）

現代語訳――万物が冬の白雪の色にまぎれても、かくれないものは花の匂である。

この両歌は内容も表現も同じである。句ごとに若干の順番のズレが見られるものの、両歌の上句と下句、即ち「雪の（白い）色に紛れても」という内容を詠む歌の前半および、「梅の花の匂いは隠れない」という内容を詠む歌の後半の意味は、共通していることが明らかである。

一方、それぞれの歌の中に特徴も見られる。琉歌は、「香」や「まがふ」の代わりに、同じ意味を有する「匂」や「紛れる」を用い、さらに、和歌における疑問・反語を表す「香やはかくるる」を見事に否定形の表現「かくれない」に改作していることが指摘できる。

この和歌は、室町時代成立の『延文百首』にのみ見られる。『延文百首』は『新千載和歌集』という同時代の勅撰和歌集の選歌資料となっているため、琉歌人もおそらくこの百首を参考にし、琉歌を詠じたのであろう。

改作琉歌⑧

『新明題和歌集』（二八五九・為教）／『琉歌全集』（一五七四・上江州由恕）、『古今琉歌集』（一六三五）

Ⓐ浦風に
声Ⓑさびしくも
Ⓒ夜もすがら
友なしⒹ千鳥
Ⓔ月に鳴くなり

聞くもⒷさびしさや（チクン　サビシサヤ）
冬のⒸ夜の空の（フユヌ　ユヌ　スラヌ）
Ⓔ月に鳴き渡る（ツィチニ　ナチワタル）
Ⓐ浦のⒹ千鳥（ウラヌ　チドゥリ）

現代語訳――聞くもさびしいのは、冬の夜の空の月に鳴いて渡る浦の千鳥の声である。

この和歌を詠んだ為教は定家系列の歌人であり、鎌倉時代に活躍した人物である。為教によって詠まれたこの和歌は、江戸時代成立の『新明題和歌集』以外にはどの歌集にも見られない。したがって、琉歌人はこの鎌倉時代の歌人によって詠じられた和歌を、江戸時代成立の歌集から学んだ可能性が高いと言えるだろう。

この琉歌は、和歌と内容も表現も類似しているが、「声」という表現を関連表現である「聞く」に置き換えたりするなどの、細微なニュアンスの違いも見られる。

以上をまとめると、「秋」を詠み込んだ改作琉歌と違い、「冬」を詠み込んだ改作琉歌は、殆どが特定の歌人によって詠じられたものである。八首の中、特定の歌人の歌は六首（七五％）あり、読人知らずの琉歌は二首、二五％である。また、これらの八首の改作元となった可能性が高いと考えられる和歌は、一〇首指摘できる。当該の一〇首の和歌は、その初出時代別に以下のように分けることができる。

- 平安時代初出の和歌：三首（三〇％）
- 鎌倉時代初出の和歌：四首（四〇％）
- 室町時代初出の和歌：二首（二〇％）
- 江戸時代初出の和歌：一首（一〇％）

ここから、「冬」を詠み込んだ改作琉歌の元と考えられる和歌は、鎌倉時代や平安時代に最も多く見られることが分かる。また、これらの一〇首の和歌のうち、五首が勅撰和歌集［8］、二首がその選歌資料［9］となった百首に依るものであり、残りの三首は、為家（二首）や為教（一首）によって詠まれた歌であることが判明した。したがって、一〇首全てが当時の琉球の知識人にとってかなり有名なものであったと推定でき、琉歌人もおそらくこれらの和歌を改作したのであろう。

最後に、第五節「「夏」の歌について」でも述べたように、オモロの改作琉歌についてふれたい。次に示す「夏」と「冬」という季節語を詠み込んだ歌は、季節と深いつながりは見えないが、オモロとの関係を示す重要な証拠の一つであろう。なお、このオモロの改作琉歌の存在については、序章で既述しているように、多くの研究者がすでに指摘している。

『おもろさうし』（巻一二・六七一、重複オモロもあり→巻一五・一〇六）

きみがなしが節

一　Ⓐ伊祖《ゑぞ》の戦思《いくさも》ひ
月の数《かず》Ⓑ遊《あす》び立《た》ち
十百年《とももと》　若《わか》てだ　栄《はや》せ

又　意地気《いぢき》戦思《いくさめ》い

又　Ⓒ夏《なつ》は　しけち　盛《も》る

又　Ⓓ冬《ふゆ》は　御酒《さけ》　盛《も》る

大意――伊祖の戦思ひ様（英祖王）、立派な戦思ひ様が、月ごとに神遊びをして、千年も末永く、勝れた按司様を盛んに盛りあがらせよ。夏は神酒を盛り、冬は御酒を盛って栄えていることだ。

『琉歌全集』（一六〇四・読人知らず）

Ⓐ伊祖のいくさもり　（イズヌ　イクサムイ）
Ⓒ夏しげちⒹ冬や　（ナツィ　シギチ　フユヤ）
Ⓓお酒もてよらて　（ウサキ　ムティ　ユラティ）
Ⓑ遊びめしやうち　（アスィビ　ミショチ）

現代語訳――伊祖の英祖王は夏はしげちという甘い酒で、さかもりを催され、冬は強いお酒で、さかもりを開かれて、お遊びになった。

『琉歌全集』（一六二三・読人知らず）

Ⓐ英祖のいくさもり　（イズヌ　イクサムイ）
Ⓒ夏すぎてⒹ冬や　（ナツィ　スィジティ　フユヤ）
Ⓓお酒もてよらて　（ウサキ　ムティ　ユラティ）
Ⓑ遊びめしやうち　（アスィビ　ミショチ）

現代語訳――英祖王は、夏が過ぎて冬になると、さかもりをされて、大勢の部下と寄り合ってお遊びになった。

オモロ二首（重複オモロも含む）に対して、その改作琉歌も二首見られる。季節語を詠み込んでいるが、季節感を表すというより、英祖王を誉め称える役割を果たすものである。ここで注目したいのは、「夏しげち冬や」および「夏すぎて冬や」、とりわけ「しげち」という語である。「しけち」は、「神酒。「しけ」は聖なる、「ち」は「き（酒）」」

〔『おもろさうし　上』四四八頁〕となっており、このオモロから一六〇四番の琉歌に「しけち」→「しげち」のように伝わったのだろう。しかし、琉歌には「しける」という動詞も「空しける雨も」などのように見られる。その解釈について、前城〔二〇〇六〕は「動詞「茂る」は植物が生い茂る意で、雨が甚だしく降る意で用いられた例は見られない。また、「しける」を程度が甚だしいさまを表す形容詞「茂さ」とするには語形があわず、動詞「過ぎる」と解釈するのが妥当であろう」〔九八頁〕と述べている。「しげち」と表記し、「シギチ」と発音し、その「シギチ」は、「シジチ」→「スィジティ」という「過ぎて」の発音に変化したことが考えられる。したがって、一六二三番の琉歌においては「夏しげち冬や」という句が、「夏すぎて冬や」に変化したと見なすことができる。

八　おわりに

昔から沖縄の気候になじんだ季節語「夏・冬・若夏・うりずん」のみが登場するオモロに対し、琉歌はそれらの季節語だけではなく、和歌と同様に「春」と「秋」も詠み込んでいる。さらに、琉歌も和歌も「春」と「秋」は季節語として最も高い割合を占めている。また、季節語と動詞との組み合わせに関しても、「夏」「冬」と動詞との組み合わせのみならず、オモロと琉歌に共通して見られる沖縄の独特の表現「うりずん」「若夏」と呼応する動詞も、琉歌とオモロとで一致していないことが判明した。季節語と動詞／名詞との組み合わせに関しては、琉歌と和歌で共通点が多く、特に「春」と「夏」を取り入れた歌で、その傾向が強い。

季節語を詠み込んだ琉歌と和歌の句ごとの調査を行った結果、半数以上は類似していることが分かった。「春夏秋冬」を詠み込んだ和歌の改作琉歌は、オモロの改作琉歌より遥かに多く見られ、重複歌を除けば、四一五首中に四三首あり、一〇％程度となっている。それらの琉歌の歌人について調査したところ、四三首のうち、特定の歌人によって詠じられた歌数が二一首、読人知らずの歌数が二二首と、ほぼ同数となっていることが分かった。読人知らずおよび作者の明記がない歌が過半数に上るため、琉歌は、最初に特定の人物によって詠まれた歌であったとしても、時代の流れで大衆化したことが調査の結果から推測できるだろう。

また、本調査で四三首の改作琉歌の元となった可能性が高いと考えられる和歌は、四六首指摘できた。初出の時代によって区別してみれば、平安時代が一四首で最も多く、三〇%を占めている。二番目に多いのは、鎌倉時代の歌であり、一二首（二六%）となっている。続いては、室町時代や江戸時代初出の和歌で、一〇首ずつ見られ、それぞれ二二%である。また、四六首の和歌の中から、重複歌や重複歌集を除けば、二〇首が勅撰和歌集に、五首が勅撰和歌集の選歌資料となっている百首に見られ、また、一首が物語の中に見られる。このように、少なくとも二六首の和歌は琉歌の作歌当時に有名であった歌集に含まれており、このような和歌は四六首の中で過半数（五七%）を占めていることが分かった。この調査結果は、琉球士族が和歌について学んだ歌書とほぼ一致している。また、重複歌や重複歌集も含めれば、改作琉歌の元となった和歌は、次の勅撰和歌集、選歌資料や物語に見られることが明らかになった（以下の数字は延べ数である。一首の和歌が複数の勅撰和歌集や物語に含まれている場合もあるので、ここでは、歌集の合計数は二六を越えることになる）。

- 『古今和歌集』　五首
- 『新勅撰和歌集』　五首
- 『新千載和歌集』　三首
- 『玉葉和歌集』　二首
- 『後撰和歌集』　二首

・『新古今和歌集』　一首
・『後拾遺和歌集』　一首
・『風雅和歌集』　一首
・『新撰和歌集』　一首
・『新後撰和歌集』　一首
選歌資料：『宝治百首』（二首）、『永享百首』（一首）、『嘉元百首』（一首）、『延文百首』（一首）
物語：『伊勢物語』（一首）、『大和物語』（一首）、『世継物語』（一首）

以上から、季節語を詠み込んだ琉歌は主に『古今和歌集』『新勅撰和歌集』『新千載和歌集』『玉葉和歌集』『後撰和歌集』を参考に詠じられた可能性が高いと考えられるだろう。さらに、改作琉歌の元となっている和歌四六首の中、藤原定家（一首）、為家（二首）、為教（二首）、頓阿（二首）の和歌も指摘でき、このような和歌は合わせて七首（一五％）ある。

季節語を詠み込んだ琉歌は和歌との共通点が多いものの、「夏」と「冬」の両語を歌ったオモロの改作琉歌も二首見られ、琉歌とオモロの関連も判明した。しかし、「春夏秋冬」を詠み込んだ四一五首の琉歌に一〇％を占めている和歌の改作琉歌四三首と比較すれば、オモロの改作琉歌は二首のみであり、〇・五％にとどまるため、改作琉歌に関しては、オモロからの影響は和歌からの影響より極めて低いと言えるだろう。

このように、季節語と動詞／名詞との組み合わせをはじめ、表現の観点から改作琉歌に関する徹底的な調査を行った結果、季節語を詠み込んだ琉歌には、オモロより和歌のほうが大きな影響を及ぼしたと結論付けられる。

[1] 具体的には、『古今和歌集』(二首)、『後拾遺和歌集』(一首)、『玉葉和歌集』(一首)、『新古今和歌集』(一首)、『新勅撰和歌集』(二首)、『風雅集』(一首)。

[2] 旧暦三月の候。秋冬の乾季が過ぎ湿季の初めに黒土が潤う頃をいう(降雨のため土が潤うことを「ウリー」という)。『混効験集(乾、時候)』に「わかおれづみ」として「二三月麦の穂出る比を云」とある(『おもろさうし 辞典・総索引(第二版)』九八頁)。

[3] 初夏。『混効験集(乾、時候)』に「四五月穂出る比を云」とある(『おもろさうし 辞典・総索引(第二版)』三六六頁)。

[4] オモロでは「おれつむ/おれづむ/おれつも」と表記される。

[5] 『古今和歌集』では読人知らずになっているが、『百人一首』では「猿丸大夫」作となっている。

[6] 具体的には、『古今和歌集』に二首、『新勅撰和歌集』に二首、『新千載和歌集』に二首見られる。

[7] 『嘉元百首』と『宝治百首』に一首ずつある。

[8] 具体的には、『古今和歌集』(一首)、『後撰和歌集』(一首)、『玉葉和歌集』(一首)、『新後撰和歌集』(一首)、『新千載和歌集』(一首)。

[9] 『嘉元百首』と『延文百首』に一首ずつ。

第四章

『標音評釈　琉歌全集』の改作琉歌について

一　はじめに

これまで「面影」「影」「春夏秋冬」という語を含んだ琉歌を取り上げ、オモロや和歌からの影響について述べてきた。総じてオモロより和歌のほうが琉歌への影響が強く、和歌の改作琉歌は「面影」や「春夏秋冬」の表現を取り入れた琉歌の中におよそ一〇%程度、「影」を詠み込んだ琉歌の中に二〇%以上存在することが判明した。「面影」「影」「春夏秋冬」を詠んだ琉歌の調査は、『標音評釈　琉歌全集』の全例を対象とし、『琉歌大成』も適宜参照する形をとったが、『標音評釈　琉歌全集』には右の三つの表現以外にもまだ調査すべき歌が数多く残っている。そこで、本章では、『標音評釈　琉歌全集』（以下『琉歌全集』）の中にある「節組の部」の最初の一六〇首および「吟詠の部」の最初の二〇〇首（合わせて三六〇首）を対象にし、その中で和歌の改作琉歌がどの程度見られるのかについて詳しく述べたい。また、それらの改作琉歌はどの時代の和歌や、どの和歌集に倣って作られたのかという問題も検討したい。

最後に、これまで見てきた「面影」「影」「春夏秋冬」を詠み込んだ歌の全例の改作琉歌と、本章の『琉歌全集』の三六〇首の中に指摘できる重複歌を除く和歌の改作琉歌をまとめ、和歌の初出年代、歌人や和歌集の影響について、どのような傾向が見られるのか説明したい。そして、琉歌の成立に関して、田島利三郎、世礼国男、小野重朗説を支持しながら、和歌から琉歌への影響に関する一考察を進めたいと思う。

二 『琉歌全集』の「節組の部」の改作琉歌

島袋盛敏・翁長俊郎『標音評釈 琉歌全集』（武蔵野書院）は、初版が一九六八年に発行された。同著者による『琉歌大観』（沖縄タイムス社・一九六四年）に収録された二八九八首に新たに一〇二首を足し、琉歌の音韻表記（発音表記）を附し、歌数を総計三〇〇〇首とした歌集となっている。清水彰『標音校注 琉歌全集総索引』（武蔵野書院・一九八四年）を参照すると、『琉歌全集』の歌には、現存する最古の歌集である『琉歌百控』（『乾柔節流』一七九五年発行、『独節流』一七九八年発行、『覧節流』一八〇二年発行）や、およそ一〇〇年後の一八九五年発行の『古今琉歌集』の歌も含まれていることが分かる。したがって、『琉歌全集』は歌数や時代の観点から見て総括的な歌集だと言える。

『琉歌全集』は「節組の部」と「吟詠の部」の二編から成っている。「節組の部」は、一〜一四〇三番歌で、「曲に合わせて歌う歌詞ばかりを集め」（『標音校注 琉歌全集総索引』二三頁）、「吟詠の部」は、一四〇四〜三〇〇〇番歌で、「時につけて折にふれ吟じた歌詞を集めたもので、曲はない」（前掲 二三頁）と定義されている。

本調査では、「節組の部」と「吟詠の部」の歌を対象にし、和歌の改作琉歌がどの程度存するかを確認する。まず、本節では「節組の部」の最初の一六〇首（一〜一六〇番歌）の中の改作琉歌を紹介する。改作琉歌は一七首あり、一六〇首中およそ一一％である。『琉歌全集』の歌順で列挙し、見ていきたい。

改作琉歌①

『続詞花和歌集』（三四七・藤原顕綱朝臣）／『琉歌全集』（七・具志川王子朝盈）、『古今琉歌集』（八九八）

Ⓐ君が代は
長井の浜の
Ⓑさざれ石の
Ⓒいはねの山と
Ⓓなりのぼる Ⓔまで

Ⓑ石なごの石の（イシナグヌ　イシヌ）
Ⓒ大瀬 Ⓓなる Ⓔまでも（ウフシ　ナルマディン）
おかけぼさへめしやうれ（ウカキブセ　ミショリ）
Ⓐ我御主がなし（ワウシュ　ガナシ）

現代語訳――小さな石なごの石が、大きな岩となるまでも、我が王様は長く王位につかれてお栄え遊ばされるようにお祈り致します。

この和歌は大変有名であり、平安末期の私撰集である『続詞花和歌集』以外にも数々の歌集に含まれている。さらに、少し異なったバージョンも数首存在している。以下に三例を挙げるが、最初の二例は藤原顕綱によって詠まれた歌であり、三番目の例は式子内親王によって詠まれた歌である。①の和歌と異なった部分に傍線を付した。

『新千載和歌集』（二三四四・藤原顕綱朝臣）
君が代は　ながゐの浦の　さざれ石の　岩ねの山と　なりはつるまで

『高陽院七番歌合』（六二・藤原顕綱朝臣）
きみがよは　ながゐのはまの　さざれいしの　いはねのやまと　なりかへるまで

『新続古今和歌集』（七七八・式子内親王）

君が世は　ちくまの川の　さざれ石の　苔むす岩と　なりつくすまで

これらそれぞれ異なるバージョンの歌四首は、以下のような平安時代から室町時代までの歌書に見られる。

- 『高陽院七番歌合』（平安時代）
- 『題綱集』（平安時代、私家集）
- 『袋草紙』（平安後期、歌論書）
- 『続詞花和歌集』（平安末期、私撰和歌集）
- 『正治百首』（鎌倉初期、勅撰集の選歌資料）
- 『歌枕名寄』（鎌倉時代、歌学書）
- 『万代和歌集』（鎌倉時代、私撰和歌集）
- 『夫木和歌抄』（鎌倉末期、私撰和歌集）
- 『新千載和歌集』（室町初期、勅撰和歌集）
- 『新続古今和歌集』（室町時代、勅撰和歌集）

当時有名であったと考えられるこれらの四首の和歌が、琉歌にも影響を及ぼした可能性は十分あり得るだろう。なぜならば、この①の琉歌は和歌と同様の内容を同様の比喩で歌っているからである。琉歌の表現は、和歌と同じ表現ではなくても、「石なごの石」（意味：小さな石）、「大瀬」（意味：大きな瀬、即ち大きな岩）、「我御主がなし」（意味：我が王様、「がなし」は美称辞の接尾語）の解釈を見ると、それぞれ「さざれ石」「いはねの山」「君が代」の類義語であることが分かる。和歌においては「小さな石が岩になるまで帝の時代が続くように」という祈願の後半が「君が代」と表現されているのに対し、琉歌は同じ祈願を「おかけぼさへめしやうれ　我御主がなし」（意味：王様がお栄えになってくださいませ）と表している。

なお、次のような『古今和歌集』の歌もあり、その内容も琉歌と非常に近い概念を表していることが分かる。

『古今和歌集』（三四三・読人知らず）

わが君は　千世にやちよに　さざれいしの　いはほとなりて　こけのむすまで

しかしこの古今和歌は、そのニュアンスが少し異なることが分かる。この和歌も帝がいつまでも長く統治するよう祈っているものの、その支配期間を①の琉歌と和歌四首における「小石が大きな岩となるまで」とするのではなく、「小石が大きな岩となって苔の生いむすまで」のように、苔の様子を加えて表現している。この古今和歌も①の琉歌に影響を与えた可能性が考えられるのだが、琉歌では苔の生える様子に一切触れていないことを考えると、先の和歌四首より、その可能性が少し低いように思われる。結論としては、先の四首の和歌を①の琉歌の改作元となったと考え、古今和歌（三四三番歌）は参考までに紹介しておく。

なお、この①の琉歌には、似た内容を歌ったオモロも見られるので、以下に紹介する。

『おもろさうし』（巻二二・一五五一、重複オモロもあり→巻六・三一六）

きこへきみがなしみちやるまさりが節

一　聞《きこ》ゑ君加那志《きみがなし》
　根石《ねいし》　真石《まいし》の
　有《あ》らぎやめ　ちよわれ
又　鳴響《とよ》む君加那志《きみがなし》

大意――名高く鳴り轟く君加那志神女が、お祈りをします。国王様は、根をしっかり据えている大石がある限り、末永く栄えてましませ。

このオモロには、「大石がある限り、国王様の治世が続くように」という祈願が込められており、①の琉歌と似通った趣旨が歌われている。また、「石」という共通表現以外に、国王に対する尊敬を表す「がなし」という美称辞も用いられており、両歌ともに共通している。似通った趣旨を歌い込んでいるといっても、オモロにおける「大石がある限り」と琉歌における「小さな石が大きな岩となるまでも」のように、国王の治世が続くことを祈る表現には若干の違いが見られることがわかる。したがって、①の琉歌は、国王の治世の継続の祈願を同じ表現で表した和歌が改作元であり、右のオモロからは「石」と「がなし」という表現のレベルで影響を受けたと推定できるだろう。

改作琉歌②

『夫木和歌抄』（一〇二四五・小侍従）／『琉歌全集』（二五・与那原親方良矩）、『古今琉歌集』（九〇四）

よつの海の　Ⓐ波風の音も　（ナミカジヌ　ウトゥン）
Ⓐ波Ⓑしづかなる　Ⓑ静かなるなまの　（シズィカナル　ナマヌ）

る。

Ⓒ君が代に　Ⓒ御代にⒺ生まれたる（ミユニ　ウマリタル）
Ⓓ海士のⒺ命も　Ⓓ民のⒻうれしや（タミヌ　ウリシャ）
Ⓕうれしかるらん

現代語訳――波風の音もなく静かな今の平和の御代に生まれた人民は、誠に幸せでこの上なくうれしいことである。

この琉歌を作った与那原良矩は、第一章でも述べたように和文学を積極的に学び、和歌も実作していた。②と次の③の改作琉歌は共に与那原良矩の歌であり、この歌人が和歌の影響を強く受けた証拠の一つとなると言える。

②の琉歌では、和歌の第二句となる「波しづかなる」という七音句が見事に二句にわたって分解されていることが分かる。まず、和歌における「波」（二音）は琉歌の初句において「風の音も」（六音）と組み合わされ、「波風の音も」という初句の八音句となっている。さらに、和歌の「しづかなる」という五音の表現は、琉歌の形式に合わせるために三音の「なまの」（意味：今の）と呼応し、「静かなるなまの」という琉歌の第二句の八音句を成している。

また、両歌は表現のみならず、歌の趣旨もほぼ同じである。和歌における「海の波さえも静かなるような御代には海士の命もうれしいものである」という概念に対して、与那原良矩は「波や風の音さえも静かなるような御代に生まれた民もうれしい」と詠んでいる。両歌は「このような平和な御代に生まれた人々は皆幸せである」と同様の意味を表しているが、いささか違いも見られる。それは、和歌における「海」という表現と、それに関連する「海士」に対して、琉歌の「風の音」で思い浮かぶ「草」と関連する「民」である。さらに、与那原良矩は和歌における「命」という表現を琉歌にそのまま用いずに、同義語の動詞である「生まれる」を使っていることも、この改作琉歌の技巧の一つであると指摘できる。

元となった和歌は鎌倉時代の一三一〇年成立『夫木和歌抄』以外に、同じ鎌倉時代の一二〇二年成立の後鳥羽院主催の『千五百番歌合』という歌集にも見られる。

改作琉歌③

次の改作琉歌については、異なる二首の和歌に倣って作られた可能性がある。まず、元となった和歌として推定できるのは、以下の比較①で示した一首である。

比較①

『宝治百首』（三七五三・俊成女）／『琉歌全集』（二八・与那原親方良矩）、『古今琉歌集』（九〇三）

Ⓐ君が代に
あふたのみこそ
Ⓑうれしけれ
いほもるⒸ雨の
Ⓓときもたがはず

降ゆるⒸ雨露の　（フユル　アミツィユヌ）
Ⓓ時よたがはねば　（トゥチユ　タガワニバ）
民も楽しみゆる　（タミン　タヌシミュル）
Ⓐ御代のⒷうれしや　（ミユヌ　ウリシャ）

現代語訳――降る雨露の恵みが、時をたがわないので、農作物がよくできて、人民が喜んでいるこの大御代は実に嬉しいことである。

この比較①の改作琉歌の重要な部分は「時をたがわない雨」という表現である。「このような雨は御代の嬉しさにつながる」ということが、和歌と琉歌共通の趣旨となっていると言える。両歌に見られる動詞の「たがう」は、和歌において「ず」の終止形と呼応し、琉歌においては「ず」の已然形と接続助詞の「ば」と呼応しているため、同じ動詞と助動詞ではあるが、それぞれ異なる活用形によって、和歌における「ときもたがはず」という七音句が「時よたがはねば」という琉歌にふさわしい八音句に変形されていることが注目される。また、和歌における七音句の「いはもる雨の」が、「いはもる」と「雨の」という様に「四・三音」に分解できるのと同じように、琉歌における「降ゆる雨露の」を動詞と名詞に分解すれば、「降ゆる」と「雨露の」のように「三・五音」に分解することができる。和歌の四音動詞「いはもる」が琉歌において三音動詞の「降ゆる」に代わるため、和歌の三音の「雨の」は琉歌の形式を守るために琉歌の中で五音の表現に置き換える必要がある。したがって、「雨の」という三音の表現に「露」という二音の表現を加え、五音の表現を生み出し、また、その表現を三音の動詞の「降ゆる」と呼応させることで見事に琉歌の八音句を成す。

この和歌は鎌倉時代の『宝治百首』に含まれており、藤原俊成女によって詠まれた歌である。したがって、この改作琉歌の場合も、藤原俊成、定家系列の歌人の和歌から影響されていると指摘することができる。

さらに、次に挙げる和歌も、藤原定家系列の歌人の歌であり、この琉歌の改作元と考えられる。

比較②

『白河殿七百首』（六九五・為氏）／『琉歌全集』（二一八・与那原親方良矩）、『古今琉歌集』（九〇三）

Ⓐふる雨も　　　　Ⓐ降ゆる雨露の（フユル　アミツィユヌ）
Ⓑ時をたがへぬ　　Ⓑ時よたがはねば（トゥチユ　タガワニバ）
Ⓒ御代なれば　　　民も楽しみゆる（タミン　タヌシミュル）
空にぞあふぐ　　　Ⓒ御代のうれしや（ミユヌ　ウリシヤ）

君のちとせを

この和歌の上句は琉歌と非常に似通っていることが注目される。和歌の五音句の「降る雨も」は琉歌において八音句の「降ゆる雨露の」として見られるのだが、和歌における二音の動詞の「降る」は琉歌においては「降ゆる」という三音の動詞となっているため、和歌の残りの三音の「雨も」という表現は琉歌の中で五音の「雨露の」という表現に置き換えられる必要がある。

この比較②の和歌の下句は、琉歌の表現や概念と若干違う点があるが、広い意味では両歌とも上句で描写された「降る雨が時をたがわないような御代」を、下句において誉め称えていることが分かる。さらに、和歌の上二句は琉歌の上二句との順番が同様であると指摘できる。したがって、与那原良矩はこの比較②の和歌も参考にした可能性があるだろう。

なお、藤原為家の長男である二条為氏によって詠まれたこの和歌も、藤原定家や為家系列の歌人の歌である。鎌倉後期成立の『白河殿七百首』以外に、鎌倉中期~室町前期成立の『明題和歌全集』、室町中期成立の『題林愚抄』や江戸初期成立の『類題和歌集』にも見られる。

改作琉歌④

次の改作琉歌も、少なくとも三首の和歌をその手本として指摘できる。この琉歌が導入した概念は和歌ではより広く詠まれ、比較①~③で紹介する改作元の和歌三首以外にも、似たような和歌が何首か見られる。
まず、改作の際に琉歌に影響を与えた可能性の最も高い和歌を、以下の比較①~③で示したい。

比較①

『千載和歌集』（六〇七・後三条内大臣〈藤原公教〉）／『琉歌全集』（二九・読人知らず）

うゑてみる
籬のⒶ竹の
Ⓑふしごとに
Ⓒこもれる Ⓓ千代は
Ⓔ君ぞかぞへん

みどりなる Ⓐ竹の　（ミドゥリナル　ダキヌ）
よよの Ⓑふしぶしに　（ユユヌ　フシブシニ）
Ⓒこもる Ⓓ万代や　（クムル　ユルズィユヤ）
Ⓔ君と親と　（キミトゥ　ウヤトゥ）

現代語訳——みどりの竹の節々の間によよが沢山あるように、君と親との代も沢山こもり、万代に続くようお祈りしたいものである。

この和歌は平安末期の勅撰和歌集である『千載和歌集』に含まれており、琉歌もこの和歌を学び改作した可能性が高いと考えられる。共通表現が「竹」「ふし」「こもる」「代」「君」の五語あるだけでなく、歌の流れも両歌共に同様であることが注目される。さらに、両歌が表している概念も「竹の節ごとによがあるように、君（もしくは親）のよ（代）も沢山こもり、千代／万代まで末永く続くように」という願いを込めており、一致していると言える。

両歌とも、「よ」という掛詞が有する「竹の節の間にあるよ」および「代」という二つの意味が潜んでおり、両歌の大きな特徴となっている。和歌の中では、「竹のよ」という表現はないが、「ふしごとにこもれる千代は」という二句から、「竹の節ごとによがある」という意味を当然に察することができる。それに対し、琉歌は和歌に非常に似た「ふしぶしにこもる万代や」という表現のみならず、「竹のよよ」という表現までも詠みつつ、歌の中で「竹の節の間によがある」という明確な説明をしていることが分かる。『沖縄古語大辞典』によると、「よよ」は二つの異なる意味を有する。①「世々」が有する「いつまでも。幾代も」という意味と、②「節々」が持つ「竹などの節と節との間」という意味である。琉歌は「よよ」という掛詞を詠み込むことによって、右の二つの意味を明瞭に表している。和歌のほうには、「よよ」という表現が詠み込まれていないが、この表現は琉歌独自の表現ではなく、和歌にも見られる。これについては後述する。

なお、この和歌は平安末期成立の『千載和歌集』のみならず、鎌倉中期〜室町前期成立の『明題和歌全集』や室町中期成立の『題林愚抄』にも含まれている。

次に、琉歌に影響を与えた可能性の高い和歌をもう一首紹介したい。

比較②

『林葉和歌集』（九六〇・俊恵）／『琉歌全集』（二九・読人知らず）

かぜさやぐ
まがきのⒶ竹の
Ⓑふしごとに
そそや我がⒸ君
Ⓓ万よまでも

みどりなるⒶ竹の　（ミドゥリナル　ダキヌ）
よよのⒷふしぶしに　（ユユヌ　フシブシニ）
こもるⒹ万代や　（クムル　ユルズィユヤ）
Ⓒ君と親と　（キミトゥ　ウヤトゥ）

この和歌は平安末期の僧俊恵の家集の『林葉和歌集』に含まれている。比較①にある「こもる」という動詞が見られないが、代わりに、「千代」ではなく、琉歌と一致する「万代」を用いている。この和歌の下句の順番は琉歌と若干ずれてはいるが、この和歌もこの琉歌に影響を与えた可能性があることを、ここで指摘しておきたい。

最後に、比較③の和歌も琉歌に影響を与えた可能性があると考えられる。

比較③

『洞院摂政家百首』（一九七八・但馬）／『琉歌全集』（二九・読人知らず）

Ⓐ色かへぬ
千尋のⒷ竹の
Ⓒふしごとに
Ⓓ君がⒺよはひの
数ぞⒻこもれる

ⒶみどりなるⒷ竹の　（ミドゥリナル　ダキヌ）
よよのⒸふしぶしに　（ユユヌ　フシブシニ）
Ⓕこもる Ⓔ万代や　（クムル　ユルズィユヤ）
Ⓓ君と親と　（キミトゥ　ウヤトゥ）

この比較③の和歌も、琉歌との共通表現が多く見られる。「竹」「ふし」「君」「こもる」という四語以外にも、同様の意味を表す表現が取り入れられていることが分かる。和歌における「竹」の性質を描写する「色かへぬ」という単語は、「いつも緑のままである」ということを意味しており、琉歌の「みどりなる」竹という表現はその意味を取り入れた特徴的な表現として、歌の中に詠み込まれている。また、和歌には「よはひ（齢）」即ち天皇個人の命を祈っている表現が見られるのに対し、琉歌ではそれが「万代」に置き換えられていることが分かる。鎌倉時代の『洞院摂政家百首』に含まれているこの和歌も、影響を与えた可能性があるだろう。

右の三首の和歌は、共通表現の数や歌の流れから見て、琉歌の元となった可能性が高いと推定できるだろう。ただし、先に述べたように、これらの三首以外にも「竹の節の間にこもる代」というテーマを詠んだ和歌が見られる。さらに、以下に取り上げる和歌の中にある『嘉元百首』の一三七八番歌は、琉歌と同様の「竹のよよ」という表現を詠み込んでいることに注目したい。しかし、以下の六首の和歌は特に歌の流れの観点からは、琉歌と大幅に異なるため、結論としては比較①～③で示している和歌のほうが琉歌に改作された可能性が高いと考えられる。したがって、六首の和歌は参考までに列挙しておくにとどめる。

『嘉元百首』（一二三七八・正二位臣藤原朝臣俊定上）
くれ竹の　よよのふるごと　跡とめて　また一ふしを　君ぞのこさん

『嘉元百首』（一二三八二・法印定為上）
わが君の　千代をこめたる　呉竹の　ふしみのさとは　末ぞさかへん

『源大納言家歌合長暦二年』（四・左近〔小大君〕）
ふしごとに　ちよをこめたる　たけなれば　かはらぬいろは　君ぞみるべき

『千五百番歌合』（二一八一・舟後）
君がため　うゑおくたけの　ふししげみ　そのかずかずに　ちよぞこもれる

『新明題和歌集』（四六九七・雅喬）
ふしごとに　こめてもあかぬ　此君の　ちよを緑に　なびく竹かも

『為家千首』（九九三）

ふしごとに　やちよをこむる　くれたけの　かはらぬかげは　君にまかせむ

改作琉歌⑤

『鳥の迹』（七九五）／『琉歌全集』（三七・読人知らず）

Ⓐ海山を
Ⓑ越えて　Ⓒみつぎを
Ⓓはこぶにも
Ⓔ道ある御代は
Ⓕ遠しともせず

Ⓐ海山よ　Ⓑ越えて　（ウミヤマユ　クイティ）
Ⓒみつぎ　Ⓓ納めても　（ミツィジ　ヲゥサミティン）
Ⓔ道直くあれば　（ミチ　スィグク　アリバ）
Ⓕ近くなゆさ　（チカク　ナユサ）

現代語訳——海山を越えて租税を納めるということは苦しいことだが、人の道も政の道も真直で正しければ、どんな遠い道でも近いように思われる。

和歌における「海山を　越えてみつぎを」という上二句（五・七音句）は、琉歌においては「海山よ越えて」という八音の一句および「みつぎ」という第二句の最初の三音の表現として見られる。また、和歌の第三句である「はこぶにも」という五音の動詞は、琉歌の中で「納めても」という五音の動詞に換置され、「みつぎ」（三音）との組み合わせで見事に琉歌の八音の第二句を形成している。また、下句に関しては、和歌は明確に「道ある御代」のことを述べているのに対して、琉歌は「御代」などの言葉を用いていないものの、歌の内容から政の道、即ち御代の道を暗示していることが分かる。和歌はその「道」を形容詞で修飾せず、ただ単に「道ある」のように「御代」の正当性を説明しているのに対し、琉歌はその正当性を形容詞の連用形である「直く」を通して表している。また、結句については、和歌における「遠しともせず」と、琉歌における「近くなゆさ」（意味：近くなっている）のように、琉歌は和歌の結句を改作した際「遠し」を反意語に変え、和歌の「遠くない」という否定形を「近い」という表現で表しており、この改作琉歌の技巧となっていると言える。

この⑤の和歌は一七〇二年成立の『鳥の迹』という歌集に見られ、同歌集は第一章で紹介した「面影」を詠み込んだ『琉歌全集』一二八九番歌と、第三章で紹介した「秋」を詠み込んだ五三〇番歌へ影響を与えたことは既述した。

また、琉歌の改作元とまでは断言しかねるが、何らかの影響を与えただろうと推測できる歌が他に一首挙げられる。『新撰和歌六帖』に収められる為家の歌である。

『新撰和歌六帖』（六一七・藤原為家）

ゆたかなれ　ななつの道の　みつぎもの　うみ山かけて　さだめおきてき

この和歌は「道」「みつぎ」「海」「山」という共通表現を四語含んでいるが、『鳥の迹』の和歌と比べれば、改作された可能性は低いため、ここでは参考までに取り上げておく。

改作琉歌⑥

次の琉歌は第一章ですでに取り上げているため、ここでは簡単に紹介する。

『沙弥蓮愉集』（二一五六）

Ⓐおもかげを　Ⓑのこしてみばや　女郎花　野沢のⒸ水の　花のⒹかがみに

『琉歌全集』（三八・玉城親方朝薫）、『古今琉歌集』（九七〇）

Ⓐ面影よⒷ残す　許田の玉川に　なさけ手にくだる　Ⓒ水のⒹ鏡

改作琉歌⑦

次の琉歌についても、第二章ですでに述べているため、ここでは簡単に紹介する。

『風情集』（四八七・藤原公重）

Ⓐいつよりも　Ⓑ今夜の月の　Ⓒくまなきを　Ⓓおもひなしかと　人にとはばや

『琉歌全集』（五七・屋比久朝義夫人）、『古今琉歌集』（一六三）

Ⓓ思なしがやゆら　Ⓑ今宵の月白や　Ⓐいつよりもまさて　影のⒸきよらさ

両歌は、「いつよりも」「今宵の月／今夜の月」「思ひなし」という共通表現や共通の句を持つ。『琉歌全集』の中には、似たような琉歌は他に一首見られる。以下の通りである。

『琉歌全集』（一四一六・読人知らず）、『古今琉歌集』（九〇）

思なしがやゆら　いつよりもまさて　花のかげうつす　月のきよらさ

現代語訳――気のせいであろうか。花の影を照らしている今夜の月は、いつよりも美しいように思われる。

この『琉歌全集』の一四一六番歌を五七番歌と比較すると、傍線部のように共通の部分が多く見られる。一四一六番歌における「思なしがやゆら　いつよりもまさて」という上二句は、五七番歌の初句と第三句をそのまま取り入れており、また、結句についても「名詞」+「のきよらさ」というパターンが共通する。ただし、五七番歌における「今宵の月白や」に対して、一四一六番歌では「花の影うつす月」という表現が用いられているため、「今夜の月の」という句を詠んだ右の和歌からは、一四一六番の琉歌ではなく、五七番の琉歌のほうが影響を受けたと推定できるだろう。一四一六番歌は、和歌から影響を受けた五七番歌に後ほど倣って作られた可能性が高いだろう。したがって、一四一六番歌は和歌には直接影響されていないが、五七番歌を通して和歌にも広く見られる表現を取り入れており、間接的に和歌の表現の影響を受けていることが明らかである。

改作琉歌⑧

この改作琉歌についても、第二章で詳しく述べているため、ここでは簡単に紹介する。

『栄花物語』（三六九・女房）

Ⓐ月影に　Ⓑ照りわたりたる　白Ⓒ菊は　Ⓓ磨きて植ゑし　しるしなりけり

『琉歌全集』（六二・神村親雲上）、『古今琉歌集』（一五五）

Ⓑ照るⒶ月のかげに　色やます鏡　Ⓓみがかれて咲きゆる　Ⓒ菊のきよらさ

改作琉歌⑨

次の琉歌も、第三章で既述したように、大変有名な和歌の改作琉歌であり、すでに様々な先行研究で指摘されている〔外間　一九六五　二六頁、池宮　一九七六　一五四頁、島袋・翁長　一九九五　一九頁、嘉手苅　一九九六　七一頁〕。ここでは簡単に紹介する。

『古今和歌集』（二四・源宗于朝臣）

Ⓐときはなる　Ⓑ松のみどりも　Ⓒ春くれば　今ひとしほの　Ⓓ色まさりけり

『琉歌全集』（七六・北谷王子）

Ⓐときはなる Ⓑ松の　変ることないさめ　いつも Ⓒ春くれば　Ⓓ色どまさる

改作琉歌⑩

この改作琉歌も⑨と同じ和歌に倣って作られたと推定できる。なお、この琉歌についても第三章で詳しく説明しているため、ここでは簡単に紹介する。

『古今和歌集』（二四・源宗于朝臣）

Ⓐときはなる　Ⓑ松の Ⓒみどりも　Ⓓ春くれば　今ひとしほの　Ⓔ色まさりけり

『琉歌全集』（八三・具志川王子朝盈）

めぐてⒹ春くれば　Ⓐときはなる　Ⓑ松も　Ⓒみどりさしそへて　Ⓔ色どまさる

改作琉歌⑪

『新拾遺和歌集』（一三五五・今出河院近衛）／『琉歌全集』（八七・与那原親方良矩）、『古今琉歌集』（二九〇）

Ⓐ恨みても
猶Ⓑしたふかな
Ⓒ恋しさの
Ⓓつらさにまくる
Ⓔならひなければ

あはぬ夜の　Ⓓつらさ　（アワヌ　ユヌ　ツィラサ）
よそに思なちやめ　（ユスニ　ウミナチャミ）
Ⓐ恨めても　Ⓑ忍ぶ　（ウラミティン　シヌブ）
Ⓒ恋の　Ⓔならひや　（クイヌ　ナレヤ）

現代語訳――恋人に会わないで空しく戻った夜のつらさを、他人事であったかのように思いなしたのか。恨んだのも忘れて、またまた恋人のもとへ忍んで行こうとする。恋の習わしだ。

両歌においては、共通表現は四語（「恨みても」「恋」「つらさ」「ならひ」）、類義語は一語（「したふ／しのぶ」）あることが判明した。また、「恋のつらい習わしは、（例えば、恋人に会わないで帰ること等を）どんなに恨んでも再び偲ぶことである」のように、両歌が伝えている趣旨も同様であることが分かる。ただし、和歌は、恋のつらい習わしの性質を普遍化して詠んでいるのに対し、琉歌のほうは、「あはぬ夜のつらさ　よそに思なちやめ」という恋のつらい経験に関する具体的な例も挙げつつ歌を展開している。詳しく見れば、琉歌は、和歌の上二句の「恨みても　猶したふかな」を「恨めても忍ぶ」という一句中に、和歌の第三句と結句の「恋しさの」「ならひなければ」も「恋のならひや」という一句中に収め、即ち和歌の四句を二句に収めつつ、残りの上二句を「恋人に会わない夜のつらさをよそに思ってしまうのか」という恋の経験に関わる具体的な例を述べるために用いる。また、和歌における「したふ」の代わりに、琉歌では「しのぶ」という表現を使っていることが注目される。『沖縄古語大辞典』によると、「しのぶ【忍ぶ・偲ぶ】」は「①慕う。偲ぶ」という意味を有し、和歌における「したふ」の類義語に当たることが分かる。沖縄語や琉歌には大和語の「したふ」が存在しないため、与那原良矩はこの和歌を改作した際、「しのぶ」という類義語に置き換えた。ニュアンスの変更という工夫を行いつつ、琉歌はこの⑪の和歌を巧みに改作していると言える。

この和歌は室町時代に成立した勅撰和歌集『新拾遺和歌集』に含まれる。『新拾遺和歌集』は後光厳院の命を受け、藤原為明が撰修したものであるが、同氏は一三六四年に他界したため、その門弟である頓阿によって完成された。歌集の中には、定家・為家・為世などの歌も見られ、和歌を学んでいた与那原良矩も、この歌集を参考にした可能性が高いであろう。

改作琉歌⑫

比較①

『金葉和歌集（二度本）』（六七七・藤原忠隆）／『琉歌全集』（九三・読人知らず）、『琉歌百控・覧節流』（四二〇）、『古今琉歌集』（一八〇）

Ⓐながむれば　　Ⓐ眺めればⒹ空や（ナガミリバ　スラヤ）
更けゆくままに　　Ⓑくもきりも Ⓒはれて（クムチリン　ハリティ）
Ⓑ雲Ⓒ晴れて　　Ⓔさやか照り渡る（サヤカ　ティリワタル）
Ⓓ空ものどかに　　十五夜Ⓕお月（ジュグヤ　ウツィチ）

ⒺすめるⒻ月かな

現代語訳――空を見ると雲も霧もはれ、輝き渡る十五夜の月が美しい。

この琉歌は、和歌の中でも人気のテーマの一つとして多く見られる「月のさやけさ」を、共通表現として詠んでいる。和歌の「ながむれば」という五音句は琉歌の中で「眺めれば」という五音表現として見られる。しかし、琉歌の句は八音であるため、和歌にもみられる「空も」という三音表現を借りて、沖縄語にふさわしい助詞「や」を用いつつ「空や」に置き換え、「眺めれば空や」という八音句を完成させていることが分かる。また、和歌における五音句の「雲晴れて」も、琉歌の中で五音の表現として見られるが、八音調の形式を守るために、「雲」と「晴れて」の間に「霧も」という三音表現が入れてあり、八音句の「雲霧もはれて」となっている。さらに、両歌の中心である「月」を修飾する表現として、和歌は「すめる」を使っているのに対し、琉歌は「さやか照り渡る」という和歌より長い、八音句を成しているものの、類似の意味を込めた表現であることが分かる。

この和歌は平安末期成立の勅撰和歌集である『金葉和歌集（二度本）』に採集されているものであり、琉歌人もこの和歌に倣った可能性があると考えられる。

また、この和歌は以下の歌集にも見られる。

- 『御裳濯和歌集』（鎌倉中期）
- 『明題和歌全集』（鎌倉中期～室町前期）
- 『題林愚抄』（室町中期）
- 『類題和歌集』（江戸時代）

ただし、比較①の和歌のみならず、もう一首、違う和歌も右の琉歌に影響を与えたと考えられる。その和歌を次の比較②で提示する。

比較②

『為村集』（九〇七・冷泉為村）／『琉歌全集』（九三・読人知らず）、『琉歌百控・覧節流』（四二〇）、『古今琉歌集』（一八〇）

Ⓐさやけしな
秋もⒷ今宵の
なかⒸ空に
Ⓓ雲霧はれて
むかふⒺ月影

眺めればⒸ空や　（ナガミリバ　スラヤ）
Ⓓくもきりもはれて　（クムチリン　ハリティ）
Ⓐさやか照り渡る　（サヤカ　ティィリワタル）
Ⓑ十五夜Ⓔお月　（ジュグヤ　ウツィチ）

比較①と同じく、この和歌も、琉歌とほぼ一致する場面を詠んでいる。しかし、比較②の和歌には、「眺む」という動詞が見られない。つまり、空を眺めている人間の存在が詠まれていないことが、比較①と大きく異なる点である。そのため、琉歌は比較②より比較①の和歌に倣って作られた可能性が高いと推定できるだろう。

一方、比較②の和歌のほうには、琉歌と一致している句が見られる。それは、「雲霧はれて」という七音句である。琉歌は八音調であるため、和歌の七音句を取り入れながら、「も」という助詞を駆使し、「雲霧もはれて」という八音句を成している。この句は、全句がそのまま琉歌の中に詠まれており、比較②の和歌が琉歌の改作元とは言えなくとも、何らかの影響を与えた証として捉えてもいいのではないか、と考えられる。

改作琉歌⑬

次の改作琉歌については、第二章ですでに指摘があるので、ここでは簡単に紹介する。

『為家集』（一五九五・藤原為家）

むかし今　Ⓐ二つのひかり　Ⓑひとつにて　おなじそらにぞ　Ⓒ月日をもみし

『琉歌全集』（一二八・読人知らず）

おしつれて潮花　汲み取ゆる桶に　照るⒸ月やⒷ一つ　Ⓐ影や二つ

改作琉歌⑭

比較①

『千載和歌集』（六〇九・大宮前太政大臣（伊通））／『琉歌全集』（一三六・読人知らず）、『琉歌百控・覧節流』（四四一）、

『古今琉歌集』（一一九三）

Ⓐ君がⒷ代は　Ⓓ照るⒸてだのごとに　（ティル　ティダヌ　グトゥニ）

あまのかご山　仰ぐわがⒶ君の　（オオグ　ワガチミヌ）

いづるⒸ日の　栄えゆくみⒷ代の　（サカイ　イク　ミユヌ）

Ⓓてらむ Ⓔかぎりは　Ⓔ限り Ⓕないさめ　（カジリ　ネサミ）
Ⓕつきじとぞ思ふ

現代語訳――空に照り輝く太陽のように仰ぐわが君の、栄え行くみ代は限りないものであろう。

両歌を対照すれば、「照る」「日／てだ（意味：太陽）」「君が（の）代」「限り」という四つの共通表現を含んでいることが明らかである。なお、「てだ」という表現に関しては、琉球方言で現在も「ティダ」系統の語が用いられ、昔から「てだ」がオモロなどに見られる。しかし、オモロでは「太陽」以外に「按司」「王」の意味も有するのに対し、琉歌では「太陽」という意味で使われている。

共通表現以外にも、両歌は「君が代は、照る太陽のように（或いは、和歌における「太陽が照る限り」）尽きることがなく、限りないものである」と、ほぼ同様の概念を表している点でも共通していることが分かる。さらに、「限りない」或いは「尽きることがない」という意味を、両歌共に打消推量で表現していることに注目したい。琉歌においては、名詞「限り」に打消の意味を込めた形容詞「ない」がつき、終助詞「さめ」と呼応することで、「限りないだろう」という打消推量の意を成している。また、和歌においては、上二段動詞「尽く」の未然形に打消推量の助動詞「じ」が接続するため、「尽きないだろう」と同じく打消推量の意味を表している。

ただし、歌の流れは、琉歌と和歌で若干異なる。和歌における「君が代は」→「太陽の照る限り」→「尽きることがない」という順番に対して、琉歌は、「照る太陽のように」→「君の代は」→「限りない（言い換えれば、尽きることがない）」という順番で歌を展開している。つまり、最初の二つの順番は琉歌と和歌で逆となっていることが分かる。

表現や概念の一致からすれば、この和歌は改作して琉歌に作り直された可能性があり得るであろう。この和歌は平安末期成立の『千載和歌集』だけでなく、以下の様々な歌集・作品にも含まれている。

・『続詞花和歌集』（平安末期）
・『月詣和歌集』（平安末期）
・『宝物集』（平安末期、仏教説話集）
・『歌枕名寄』（鎌倉時代）
・『類題和歌集』（江戸時代）

また、この琉歌に似通った和歌はもう一首ある。琉歌における「太陽」ではなく、「星」という自然現象を取り入れながら、君主の御代が栄える祈願を詠んでいる和歌であり、琉歌と同様の概念を表していると言える。この和歌も琉歌に影響を与えた可能性が考えられるため、比較②として挙げる。

比較②

『現存和歌六帖（抜粋本）』（四四・入道前摂政）／『琉歌全集』（一三六・読人知らず）、『琉歌百控・覧節流』（四四一）、『古今琉歌集』（一一九三）

Ⓐ仰見る
Ⓑほしのくらゐの
数Ⓒごとに
Ⓓ君をぞいのる
Ⓔ代代のⒻ末まで

照るⒷてだのⒸごとに　（ティル　ティダヌ　グトゥニ）
Ⓐ仰ぐわがⒹ君の　（オオグ　ワガチミヌ）
栄えゆくみⒺ代の　（サカイ　イク　ミユヌ）
Ⓕ限りないさめ　（カジリ　ネサミ）

この和歌は、比較①の和歌よりも、琉歌と歌の流れが一致していると言える。琉歌の順番は、「照る太陽のように」→「仰ぐ君の代は」→「限りない」のようになっているのに対し、比較②の和歌は、「仰見る星の数のように」→「君の代は」→「代代の末まで（言い換えれば、いつまでも）続くように」という琉歌と同様の順番となっている。さらに、比較②の和歌のほうは、比較①の和歌には見られない「仰見る」と「ごとに」という表現を詠み込み、琉歌と一致していることが分かる。

しかし、傍線を引いた「太陽」「仰ぐ君」「仰見る星」という表現からは、琉歌と比較②の和歌の相違点も見えてくる。前述したように、琉歌は「照る太陽のように、君の代は限りないものである」という祈願を込めており、比較①の和歌と共に「太陽」という表現を用いている。一方、比較②の和歌は「太陽」ではなく、「星の数」のように君の代がいつまでも続くのを祈っている。また、比較②の和歌は、「仰見る星」という表現を詠み込んでいるものの、琉歌の仰ぐ対象は、「星」の代わりに詠み込まれている「太陽」ではなく、「君」である。これらの二つの相違点に加えて、比較②の和歌は琉歌に見られる「限りないだろう」という打消推量ではなく、「代代の末まで」という肯定的な形を取った名詞と助詞の組み合わせで「いつまでも」という意味を表している。

これらの相違点はあるものの、比較②の和歌と琉歌の間に四つの共通表現が存し、歌の流れも同様であるため、影響関係を認めることができるだろう。鎌倉時代成立の『現存和歌六帖（抜粋本）』という和歌集には藤原為家、知家や衣笠家良などといった定家系列の歌人が多くの歌を残し、琉球の歌人もその歌集を参考にした可能性がありうるだろう。

改作琉歌⑮

次の長歌（琉歌）については、第一章ですでに述べているため、ここでは簡単な紹介にとどめておく。

『新明題和歌集』（三四九一・真教）

Ⓐ名残あれや　Ⓑあかで別れし　Ⓒ俤は　など　Ⓓ有明の　Ⓔ月にとどめて

『大和物語』（一八五・閑院の大君）

むかしより　Ⓕおもふ心は　ありそうみの　Ⓖはまのまさごは　Ⓗかずもしられず

『琉歌全集』（一四八・読人知らず）

Ⓑあかぬ別れ路の　Ⓒ面影やのかぬ　Ⓐ名残りⒹ有明の　Ⓔ月に打ち向ひ　Ⓕ思事やⒽあまた　Ⓖ浜のまさご

改作琉歌⑯

次の琉歌も第三章で取り上げているので、ここでは簡単に紹介する。

『為村集』（八〇一・冷泉為村卿家集）

よひよひに　Ⓐならす扇の　Ⓑ風なくは　ねやのⒸあつさは　Ⓓいかで忘れん

『琉歌全集』（一五五・読人知らず）

手にⒶなれし扇の　Ⓑ風のないぬあれば　Ⓓいきやす忘れゆが　夏のⒸ暑さ

改作琉歌⑰

『草根集』（一〇二七四・正徹）／『琉歌全集』（一五九・与那原親方良矩）、『琉歌百控・覧節流』（四五一）、『古今琉歌集』（九一八）

Ⓐ身はふりて
あやふき淵を
忘るるや
Ⓑわらはⓒ心の
Ⓓままのつぎはし

Ⓐ六七十なても（ルクシチジュ　ナティン）
年よでど知ゆる（トゥシ　ユディドゥ　シユル）
いきやしがなⒸ肝や（イチャシガナ　チムヤ）
Ⓓいつも Ⓑわらべ（イツィン　ワラビ）

現代語訳——六七十歳になっても、年を数えてみて初めて自分が年寄りになったことを知るが、しかし心はいつまでもどうかして童でありたい。

両歌は一見すると確かに共通表現が少ないと言わねばならない。しかし、共通表現が少なくても、概念や歌の流れが一致している。和歌のほうは、「身が古くなり（つまり、年を取って）危うい淵を忘れるのか。童心のままの継橋を渡りたい」のように訳すことができるだろう。それに対し、琉歌は、「六七十歳になっても（つまり、年を取っても）、年を数えて初めて知るのだが、どうにかしていつも童の心のままでありたい」という内容となり、和歌と類似していることが分かる。

両歌の中心部は、「年を取ること」と「童の心のままありたいこと」という二点である。琉歌の中では「心」という表現が使われず、その代わりに琉歌独特の単語「肝（チム）」が用いられている。「心」という表現も琉歌には見られるのだが、「ククル」と「グクル」という二つの読み方があり、後者の「グクル」という接尾語は殆どの場合名詞と呼応し、「～のようなもの」という意味を有する。和歌の「～ごとし」に当たる。前者の「ククル」は和歌に見られる「心」と同じ意味となるが、琉歌では「肝（チム）」という沖縄独特の表現がよく使われている。したがって、和歌における「わらは心」という表現は、琉歌の中で「肝やいつもわらべ」のように表されていると理解できる。

また、「年を取ったこと」を和歌では「忘るるや」（意味：忘れるのか）と表現しているが、琉歌では「年を取ったこと」を忘れており、数えてみたら初めて知ったという少し異なる内容を歌っている。

琉歌の作者である与那原良矩は、多くの和歌を学んだことで知られている。また、良矩が和歌の改作琉歌を数首詠んだ可能性については本書でも指摘してきた。室町時代の有名な歌僧である正徹によって詠まれたこの和歌も、完全な改作ではないが、参考にした可能性は十分あり得ると考えられる。なお、この和歌は正徹の私家集である『草根集』以外に『正徹千首』にも見られる。

以上をまとめると、『琉歌全集』の「節組の部」に含まれる最初の一六〇首の琉歌において、一七首（一一％）が和歌の改作琉歌であることが判明した。

それらの一七首の内訳は、一〇首（五九％）が特定の歌人によって詠まれたものであり、残り七首（四一％）が、読人知らずの歌となっている。また、それらの一七首の琉歌は、二三首の和歌の表現から影響を受けたことが推定できるだろう。当該の二三首の和歌の初出年代は次のように区分することができる。

平安時代：計一〇首（四三・五％）

鎌倉時代：計七首（三〇・五％）
江戸時代：計四首（一七％）
室町時代：計二首（九％）

また、そのうち七首の和歌が勅撰和歌集、一首が勅撰和歌集の選歌資料である歌集、そして二首が物語に見られる。具体的な歌集を含んだ総合的な区分は、本章の最後にある、すべての改作琉歌を整理した表で詳しくまとめてある。

三 『琉歌全集』の「吟詠の部」の改作琉歌

次に『琉歌全集』の「吟詠の部」に含まれている最初の二〇〇首から、和歌の改作琉歌をここで紹介する。「吟詠の部」は『琉歌全集』の後半、一四〇四〜三〇〇〇番歌の琉歌を収め、「節組の部」と違い、曲とは特に結ばれていない。

本章の調査では、「吟詠の部」の最初の二〇〇首（一四〇四〜一六〇四番歌）を対象にし、改作琉歌を調べた。その結果、和歌の改作琉歌は計三四首（一七％）となり、また、オモロの改作琉歌も二首見られる（一六〇四番歌と一六二三番歌であり、先行研究ですでに指摘されており、本書の第三章でも紹介している）。

全ての改作琉歌を『琉歌全集』の歌番号順に以下の通りに紹介する。

改作琉歌①

『玉葉和歌集』（一四八・永福門院、春御歌の中に）／『琉歌全集』（一四〇七・末吉安持）

Ⓐをちこちの
Ⓑ山は桜の
Ⓒ花ざかり
Ⓓ野べは霞に
Ⓔうぐひすの声

Ⓐあまこまに鳴きも（アマクマニ　ナチン）
Ⓔ鶯や見らぬ（ウグイスィヤ　ミラヌ）
Ⓑ山やⒸ花盛り（ヤマヤ　ハナザカイ）
Ⓓ野辺や霞（ヌビヤ　カスミ）

現代語訳――あちらこちらに鶯の鳴く声は聞こえるが、姿は見えない。山は花盛りで野辺は霞がたなびいて長閑な景色だ。

この改作琉歌は、和歌における「をちこち」を、同様の意味を持つ「あまこまに（アマクマニ）」という沖縄言葉に直しているだけでなく、和歌の「鶯の声」を「鶯が鳴いている」様子に置き換えていることが分かる。また、和歌にはない「鶯の姿が見られない」という場面まで詠じ、琉歌にしか見られない新しい感覚をもたらす。

なお、元となった和歌は、鎌倉時代の勅撰和歌集である『玉葉和歌集』所収の歌である。『玉葉和歌集』は、伏見天皇の院宣を奉じて京極為兼によって撰進された歌集である。京極為兼は、藤原為家の三男にあたる京極家の祖・為教の子であり、幼少時の初学期から、いとこの為世と共に祖父為家から和歌を学んだ歌人である。また、和歌を詠んだ永福門院は、伏見天皇の女御となり、次いで中宮となっており、京極為兼・伏見院と共に京極派和歌を代表する歌人である。したがって、この改作琉歌も、定家・為家系列の歌人の間接的な影響を辿ることができる。

改作琉歌②

『草庵集』（五九・頓阿、閑庭梅）／『琉歌全集』（一四一一・読人知らず）、『古今琉歌集』（四三）

Ⓐ鶯の
こゑより Ⓑ外は
Ⓒさそはるる
Ⓓ人こそなけれ
Ⓔやどの Ⓕむめが香

Ⓐ鶯の Ⓑ外に （ウグイスィヌ　フカニ）
Ⓒ知る Ⓓ人やないさめ （シル　フィトゥヤ　ネサミ）
Ⓔ奥山に咲きゆる （ウクヤマニ　サチュル）
Ⓕ梅の色香 （うミヌ　イルカ）

現代語訳――奥山に咲いている梅の色香は、鶯の外に知る人はないだろう。

酒井〔二〇〇四〕の解説には、「●閑庭―人が訪れない閑居の庭。●声より外は―声以外には。●三・四句―誘い出されてやって来る人はいないことだ」〔二二頁〕とあり、したがってこの和歌の意味は、「宿の梅の香には、鶯の声の外に誘われる人はいない」と理解してよいだろう。琉歌は、「誘われる」の代わりに「知る」という動詞を用い、また、「宿」の代わりに「奥山」という場所を描いているものの、内容や歌の流れは和歌と同様であると言える。詳しく分析すると、和歌における「鶯の　こゑより外は」という五・七音の二句は、琉歌の中で見事に「鶯の外に」のように八音句として収まり、また、和歌の次の二句（五・七音）である「さそはるる　人こそなけれ」も琉歌においては「知る人やないさめ」という八音の一句となる。句の意味も、和歌においては「鶯の外に誘われる人がいない」、琉歌においては「鶯の外に知る人がいない」となり、動詞「誘われる」と「知る」を除けば、同様の意味であることが分かる。また、和歌の七音の結句として見られる「やどのむめが香」は、琉歌において「奥山に咲きゆる　梅の色香」のように八・六音の下二句として詠まれている。和歌の梅は宿の梅であるのに対し、琉歌の梅は奥山に咲いているものの、両歌共に、その梅の香が鶯しか誘わず、鶯にしか知られていない、という同様の概念を表している。したがって、この琉歌はこの和歌を改作したものであることが認められるだろう。なお、この和歌は室町時代成立の頓阿の歌集である『草庵集』のみならず、江戸時代成立の『類題和歌集』にも見られる。
また、他にもう一首、この琉歌に類似した和歌が見られるので、ここで紹介する。

『夫木和歌抄』（四三〇・民部卿為家卿、文永六年毎日一首中）

うぐひすの　声よりほかに　春やしる　雪に花咲く　ときは木のもり

為家によって詠まれたこの和歌では「鶯の声の他に春を知るだろうか」という疑問が歌われるが、注目したいのは、「知る」という動詞である。琉歌も同じ動詞を用いており、さらに、和歌の中で、「鶯の声の外に」と同時に動詞「知る」が歌われるのは、この為家の一首のみである。
結論としては、右の琉歌は、おそらく頓阿の和歌を改作したのであろうが、為家のこの一首の表現を学んだ可能性もあると考えられる。

改作琉歌③

『宝治百首』（二四八・前大納言為家）／『琉歌全集』（一四一七・護得久朝良）、『古今琉歌集』（八〇）

Ⓐかすめども
Ⓑかくれぬ物は
Ⓒむめの花
風にあまれる
Ⓓ匂ひなりけり

Ⓐ垣やへぢやめても（カチヤ　フィジャミティン）
Ⓑかくれないぬものや（カクリ　ネヌ　ムヌヤ）
隣咲くⒸ梅の（トゥナイ　サク　うミヌ）
しほらしⒹ匂（シュラシ　ニヲゥイ）

現代語訳――垣はへだてていても、かくれのないものは、隣に咲いている梅のゆかしい匂である。

この和歌の初出は、鎌倉時代成立の勅撰和歌集の選歌資料となっている『宝治百首』であるが、それ以外に、室町時代の勅撰集である『風雅和歌集』、鎌倉中期～室町前期に編纂された『明題和歌全集』、室町中期成立の『題林愚抄』、江戸時代成立の『類題和歌集』の中にも収められている。この和歌の作者は藤原為家であるため、この改作琉歌には、藤原定家・為家の直接的な影響が強いと考えられる。

和歌における「霞んでいるけれども」に対して、琉歌は「垣は隔てていても」という少し異なるニュアンスが込められた表現を用いているが、結局伝えたい趣旨は「垣であれ、いくら見通しが悪くても」という意味であり、「霞であれ、いくら見通しが悪くても」と詠んでいる和歌の趣旨と同じものであることが分かる。このように異なるニュアンスを入れながら和歌の改作をしていることが、改作琉歌に多く見られる特徴である。

梅が匂いを隠すことができないことを詠んでいる和歌は他にも数多く見られ、その概念は歌の世界で広く伝わっている。しかし、この③の和歌のみが唯一、梅の匂いと一緒に「隠れない物は」という表現を使っており、琉歌と共通している。さらに、語順も一致するため、この琉歌はおそらくこの為家の和歌を改作して詠まれたと推定できる。

なお、参考までに、「梅の匂いが隠せない」場面を詠んだ和歌を以下の通りに三首紹介する。これらの歌は全て琉歌人によって学ばれた可能性があると考えられるものの、改作した可能性までは指摘できないので、ここではあくまでも参考までに列挙しておくにとどめる。

『林下集』（一一・後徳大寺実定、月あかかりし夜むめの花のえだをりにつけて、大宮の小侍従がもとへ申しおくりし）

はるのよの　月にながむる　むめのはな　いろもにほひも　かくれざりけり

『後鳥羽院御集』（一五六九、野辺霞）

梅がかは　霞の袖に　つつめども　香やはかくるる　野べの夕かぜ

『久安百首』（一二〇五・待賢門院安芸、春廿首）

梅の花　色をば霞　こむれども　匂ひはえこそ　かくさざりけれ

改作琉歌④

『夫木和歌抄』（四二二三・三条入道左大臣、正治百首）／『琉歌全集』（一四一八・護得久朝置）、『古今琉歌集』（五〇）

余所にても
Ⓐ聞くぞ嬉しき
くらゐⒷ山
たかきにうつる
ⒸうぐひすのⒹこゑ

Ⓐ聞くも嬉しさや　（チクン　ウリシサヤ）
梅の匂しのぶ　（うミヌ　ニェイ　シヌブ）
深Ⓑ山Ⓒ鶯の　（ミヤマ　ウグイスィヌ）
千代の初Ⓓ声　（チユヌ　ハツィグヰ）

現代語訳――聞くも嬉しいのは、梅の匂をしのんでさえずる深山鶯の千代の初声である。

この④の和歌の作者は、三条入道左大臣であり、藤原実房のことである。藤原実房は、『正治二年初度百首』の作者としても知られており、この和歌は同百首にも見られる。つまり、この和歌は以下の二つの歌集に含まれている。

・『夫木和歌抄』（一三一〇年・鎌倉時代）
・『正治百首』（一二〇〇年・鎌倉時代）

『正治百首』は、鎌倉時代の「新古今和歌集の選歌資料として重視され、〈中略〉その企画・詠進の過程も、藤原定家の明月記、藤原俊成の正治仮名奏状（正治二年俊成卿和字奏状）、俊成・定家一紙両筆懐紙などによって、かなり詳細に辿ることが可能である」（『新編国歌大観・第四巻』七〇五頁）。したがって、この改作琉歌も、定家・俊成との関わりを持っていた歌人からの影響を想定しうる。

この琉歌と和歌において注目されるのは「聞く」と「嬉しい」という内容である。和歌の中では「聞くぞ嬉しき」という七音句で表現されているのに対し、琉歌では「聞くも嬉しさや」という八音句として詠み込まれている。つまり琉歌は、和歌における係助詞「ぞ」とその係り結びである形容詞の連体形「嬉しき」の代わりに、まず、係助詞「も」を用いつつ、和歌の「嬉しき」を琉歌独特の終止表現である「嬉しさ」に係助詞「や」がついた形に変えていることが分かる。琉歌には、句末に形容詞の語幹＋「さ」（主にク活用形容詞の場合）或いは形容詞の語幹＋「しゃ」（主にシク活用形容詞の場合）という形容詞の独自の終止形、いわゆる「サ語幹」（例：きよらさ〔発音：チュラサ〕、しほらしや〔発音：シュラシャ〕等）が用いられることが多く、琉歌の句末のユニークな趣きが出る。この④の琉歌もその一例である。沖縄語独自の文法を適用しながら、和歌の七音句「聞くぞ嬉しき」を「聞くも嬉しさや」という琉歌にふさわしい八音句に変形させ改作していることが明らかある。

和歌には、「聞く」＋「嬉しい」の組み合わせは他にも見られるが、それらはこの琉歌と語順が逆になっているため、最も似ているのはこの④の和歌であると言える。したがって、この琉歌は、④の和歌を改作したと推察できるだろう。

参考までに、その他の和歌も以下に挙げる。

『基俊集』（一九一・基俊、鶯）

よをこめて　なく鶯の　声きけば　うれしく竹を　うゑてけるかな

『山家集』（九九三・西行、題知らず）

うぐひすの　こゑにさとりを　うべきかは　きくうれしきも　はかなかりけり

改作琉歌⑤

次の改作琉歌については、第三章で詳しく述べているため、ここでは簡単にふれておく。

『新勅撰和歌集』（一一二〇・行念法師）

Ⓐゆく年を　Ⓑしらぬいのちに　まかせても　あすをありとや　Ⓒはるをまつらむ

『琉歌全集』（一四一九・伊是名朝睦）、『古今琉歌集』（二五一）

くれてⒶ行く年も　Ⓑ知らぬあてなしの　手まりうち遊ぶ　Ⓒ春よ待ちゆさ

改作琉歌⑥

『金葉和歌集初度本』（一二四・律師増覚、家のふぢのさかりなるを見て読める）／『琉歌全集』（一四二一・豊里里之子）、

『古今琉歌集』（一〇四八）

くるⒶ人も
ⒷなきわがⒸやどの
Ⓓ藤のはな
Ⓔたれをまつとて
Ⓕさきかかるらん

住むⒶ人やⒷをらぬ　（スム　フィトゥヤ　ヲゥラヌ）
荒れはてるⒸ宿に　（アリハティル　ヤドゥニ）
Ⓔ誰がためにⒻ咲きやが　（タガタミニ　サチャガ）
Ⓓ庭の梅や　（ニワヌ　うミヤ）

現代語訳——住む人がいないで荒れはてている家に、梅の花が咲いているが、誰のために咲いたか。

平安時代の勅撰和歌集である『金葉和歌集』の和歌を学んだと考えられるこの琉歌は、和歌といくつかの相違点が見られるが、趣旨には相違がないと言える。歌の場面も類似している。

両歌の共通表現は「人」「なき／をらぬ（意味：いない）」「宿」「誰」「咲く」のように、五語見られ、歌の概念を支える主な柱となっている。これらは、大和語と沖縄の首里語のそれぞれの言葉に存する文法や表現の相違点を考慮すれば、同義語であると言える。

しかし、注目すべきは類似表現および修飾語である。改作琉歌は、和歌における「来る人もなき」という表現を「住む人やをらぬ」に変更し、和歌の「我が宿」を「荒れ果てる宿」という修飾語に変えていることが注目される。また、和歌に見られる「藤の花」ではなく、「庭の梅」という類似表現を用い、花の種類は違うが、きれいに咲こうとする花の概念は同様に描かれている。この花の咲こうとしている努力、言わば花の生命の、主な目的を「誰を待って咲いているのであろう」という表現で表している和歌に対し、琉歌は「誰のために咲いたか」のように、類似表現を用いつつ歌っている。花は通常誰をも待つことがなく、自然に咲くだけであり、それは花の運命であるが、和歌も琉歌も花を擬人化することで共通している。この⑥の琉歌は、和歌との共通表現（同義語）のみならず、修飾語および類似表現（傍線部）を詠み込みながら若干異なるニュアンスを加え、和歌の趣旨を保ちながら巧みに改作していることが分かる。

改作琉歌⑦

『宝治百首』（二六一・顕氏）／『琉歌全集』（一四二六・奥里親雲上）、『古今琉歌集』（六二三）

Ⓐ吹きおくる
Ⓑ風のⒸたよりに
しられけり
をちのかきねに
Ⓓにほふ Ⓔ梅がえ

Ⓒたよりおす Ⓑ風の （タユイ　ウスカジヌ）
Ⓐ吹きまはしまはし （フチ　マワシ　マワシ）
隣咲くⒺ梅の （トゥナイ　サク　うミヌ）
Ⓓ匂のしほらしや （ニヱィヌ　シュラシャ）

現代語訳——隣りに梅が咲いたという便りでもするように、時々吹いて来る微風がもたらす梅の香は、誠に奥ゆかしいものである。

『宝治百首』は勅撰和歌集ではないものの、勅撰和歌集である『続後撰和歌集』の選歌資料に当たり、後嵯峨院が宝治二年（一二四八年）に当時の主要歌人四〇人に詠進させた百首である。琉歌の歌人もそれを参考にしていた可能性が考えられるだろう。

なお、この和歌は鎌倉時代成立の『宝治百首』以外に次の歌集にも見られる。

- 『明題和歌全集』（鎌倉中期～室町前期）

・『題林愚抄』（室町中期）
・『類題和歌集』（江戸時代）

和歌には、風の便りによって梅の匂いが感じられる場面を詠じたものが数多く見られる。その中で、この琉歌に似ている和歌がもう一首見られるので、以下に紹介する。

『親清五女集』（二〇九、隣家梅）
吹きおくる　そなたの風を　たよりにて　人の軒ばの　梅が香ぞする

この和歌も、琉歌と内容も順番も一致しており、さらに、和歌の詞書を見れば、琉歌に詠み込まれている「隣咲く梅の」の「隣」という語までもあるので、琉歌は『宝治百首』の和歌のみならず、同じ鎌倉時代に成立した『親清五女集』のこの和歌からも学んだ可能性は否定できないだろう。なお、この和歌の作者である親清五女の母は、実材母である。実材母は、西園寺公経の側室であり、西園寺公経の姉は藤原定家の後妻で、公経は定家の義弟でもある。したがって、親清五女も定家から何らかの影響を受けたと推定できる。

いずれにしても、この琉歌は、鎌倉時代の勅撰和歌集の選歌資料か、もしくは、定家と関わりを持っていた歌人の和歌の影響を受けた歌であると結論付けられよう。

なお、上述したように、和歌には、風の便りと梅の匂いという場面を詠じたものが数多く見られるが、右の二首以外は、すべて琉歌と順番が違うか、もしくは表現に相異が多いため、改作の元となった歌とは言いがたい。それらの和歌を、参考までに以下に列挙する。五番目に挙げる『雅世集』の七三〇番歌のみは、琉歌に見られる表現（「吹く」

「風」「便り」「梅」「匂」）を全部揃えており、順番も同じであることから、改作元の和歌ではないか、と判断に迷う。しかし⑦の和歌と琉歌は共に「吹く風の便りに梅の花の匂いが香ばしく感じられる」という基本的に同じ趣旨を伝えているのに対し、『雅世集』の七三〇番歌は、「春の灯が消える」という場面まで詠み込んでいるため、琉歌とは異なる趣旨を伝えていると言える。したがって、この琉歌の元となった和歌とは考えがたいであろう。

『後拾遺和歌集』（五〇・平兼盛、屏風絵に梅花ある家にをとこきたるところをよめる）

むめがかを　たよりのかぜや　ふきつらん　はるめづらしく　君がきませる

『新葉和歌集』（三四・読人知らず、題知らず）

吹く風の　たよりばかりの　梅がかを　うはの空にや　たづね行くべき

『四条宮下野集』（四四、むめのかよるおほしといふだいを、ひとにかはりて）

いろみえぬ　むめのかばかり　にほふかな　よるふくかぜの　たよりうれしく

『宝治百首』（二六三・為氏）

梅花　しるべなくとも　尋ねみん　吹くかたにほふ　風のたよりに

『雅世集』（七三〇、窓前梅、禁裏内内御月次、文安四三十八）

吹く風の　たよりなりけり　窓の梅の　にほへばきゆる　春の灯

『黄葉集』（三八五・烏丸光広、梅花遠薫）

吹く風の　たよりばかりの　梅がかは　たが里とほく　咲初めぬらん

『等持院百首』（七・征夷大将軍正二位臣源朝臣尊氏上〔足利尊氏〕、秋日侍太上皇仙洞同詠百首応製和歌、春二十首）

このさとは　風のたよりに　にほふかな　むめさくかたや　いづこなるらん

また、『琉歌全集』にはこの一四二六番の琉歌と非常に似た琉歌が他一首見られる。以下の一四五七番歌である。

『琉歌全集』（一四五七・読人知らず）、『古今琉歌集』（一八六）

吹き回し回し　おす風とつれて　軒に咲く蘭の　匂のしほらしや

現代語訳――時々吹くそよ風と共に、軒につるしてある蘭の花が、高雅な香をただよわせてすばらしい。

この一四五七番の琉歌は、一四二六番の琉歌との類似点が多く見られ、一四二六番歌のバリエーションであると考えられる。

一四二六番歌は、改作琉歌と言えるが、一四五七番歌は和歌との類似点が少なくなっており（共通表現は「吹き」「風」「匂」という三語しかない）、和歌からの直接的な影響はなかったのではないだろうか。むしろ、一四二六番歌からの直接的な影響が推察できる。

改作琉歌⑧

次の琉歌は、すでに第三章で取り上げているので、ここでは詳細を省き、簡単に紹介しておく。

『春霞集』（七三・毛利元就）

Ⓐ松はなほ　Ⓑくる Ⓒ春ごとの　Ⓓ若Ⓔ緑　Ⓕさすや Ⓖ千とせも　かぎりなからん

『琉歌全集』（一四二七・読人知らず）

Ⓖ千歳経る Ⓐ松も　めぐて Ⓒ春 Ⓑくれば　Ⓔみどり Ⓕさし添へて　Ⓓ若くなゆさ

改作琉歌⑨

『続古今和歌集』（六七・光孝天皇）／『琉歌全集』（一四四二・読人知らず）、『古今琉歌集』（三九）

Ⓐむめのはな
Ⓑちりぬるまでに
見え Ⓒざりし
人くとけさは
Ⓓうぐひす Ⓔぞなく

にほひ咲く Ⓐ梅の　（ニヲゥイ　サク　うミヌ）
Ⓑ散り落てるまでも　（チリ　ウティル　マディン）
しのぶ Ⓓ鶯の　（シヌブ　ウグイスィヌ）
Ⓔ音も Ⓒないらぬ　（ウトゥン　ネラン）

現代語訳――香りよく咲く梅の花の散り落ちるまで、忍んで来る鶯のさえずる声も聞こえない。

この和歌における「人くとけさは　うぐひすぞなく」という二句を、中塚〔一九二八〕は「ひとくは鶯の啼声で、人が来る意を掛く」〈四〇九頁〉のように解釈している。つまり、この和歌は「梅の花が散ってしまうまでに訪れなかった人が来るよ、と鶯が鳴き〈始めている〉」と理解できるだろう。それに対し、琉歌も「梅の花が散ってしまうまで」と同様の場面を詠んでいるのだが、下句において「それまで鶯の声が聞こえない」という和歌と若干異なる場面を加えている。この和歌からは「梅の花が散ってしまうまで」鶯が鳴いていたかどうかは、はっきり分からないのであるが、和歌における鶯の鳴き声は「ひとくひとく」となっていることは、次の和歌からも確認できる。

『古今和歌集』〈一〇一一・読人知らず、誹諧歌、題知らず〉

梅花　見にこそきつれ　鶯の　人く人くと　いとひしもをる

解釈――「私は梅の花こそ見に来たので、他のものに用があるのではないのだ。だのに、鶯が「ヒトク、ヒトク」と私を特に嫌うとはどうしたことだろう」〈小沢・松田　一九八三　五五〇頁〉

『続古今和歌集』の和歌では、掛詞を用いながら鶯が「人が来る」と鳴いている様子が優先的に伝わる。しかし、それだけではない。もし鶯の鳴き声を「ヒトク、ヒトク」と理解してもいいのであれば、「梅の花が散るまでに」は鶯は「ヒトクヒトク」と鳴かなかったため、それまでに鶯の鳴き声は聞こえなかったと理解できるのではないか。そうすれば、⑨の和歌も琉歌も、鶯は梅の花が散るまでは鳴かなかったという、同様の場面を表しているものとして解釈できる。したがって、琉歌はこの『続古今和歌集』の六七番歌を学んで改作したものであると言えるだろう。

⑨の和歌は、『続古今和歌集』以外には同じ鎌倉時代成立の『万代和歌集』という私撰和歌集にも含まれている。『万代和歌集』は、勅撰和歌集の部立構成で勅撰和歌集と同一形式を採っており、勅撰和歌集の資料であったと考えられる。『続古今和歌集』は藤原為家、基家や家良らが撰進した勅撰和歌集であり、また『万代和歌集』には為家と

影響関係にあった家良も関わったと思われる〔『新編国歌大観・第二巻』〕。

右の琉歌は、鎌倉時代の勅撰和歌集『続古今和歌集』や、勅撰和歌集の選歌資料であったと思われる『万代和歌集』に含まれている右の和歌を改作したものと言える。

改作琉歌⑩

次の琉歌は、二首の異なる和歌からの影響について、第三章で詳しく説明しているため、ここでは簡単に紹介する。

比較①

『続草庵集』（一二一・頓阿、更衣）

Ⓐ花染の　Ⓑ袂をⒸ今朝は　Ⓓぬぎかへて　Ⓔ春のかたみを　Ⓕたつ衣かな

『琉歌全集』（一四四八・比嘉賀慶）

Ⓐ花染のⒷ袖も　ⒹぬぎかへてⒸ今日や　別れゆるⒺ春の　名残りⒻ立ちゆさ

比較②

『浦のしほ貝』（三二三・熊谷直好）

Ⓐ今はただ　Ⓑ花のころもを　Ⓒぬぎかへて　Ⓓわかれし春の　Ⓔなごり忘れん

『琉歌全集』（一四四八・比嘉賀慶）

Ⓑ花染の袖も　Ⓒぬぎかへて　Ⓐ今日や　Ⓓ別れゆる春の　Ⓔ名残り立ちゆさ

改作琉歌⑪

次の改作琉歌については、第三章で述べているため、ここでは詳しい説明を省く。

『新古今和歌集』（六八・凡河内躬恒）

Ⓐ春雨の　Ⓑふりⓒそめしより　Ⓓ青柳の　Ⓔいとのみどりぞ　Ⓕいろまさりける

『琉歌全集』（一四五九・高良睦輝）

Ⓑ降ゆるⒶ春雨の　Ⓒ染めなしがしちゃら　庭のⒺ糸Ⓓ柳の　Ⓕ色のまさて

改作琉歌⑫

次の改作琉歌についても第二章で詳しく述べているので、ここでは簡単に紹介する。

『拾遺愚草』（八二二・藤原定家、扇）

Ⓐかぜかよふ　Ⓑ扇に秋の　Ⓒさそはれて　まづ手になれぬ　Ⓓ床の月かげ

『琉歌全集』（一四七五・読人知らず）

うち招くⒷ扇の　Ⓐ風にⒸ誘はれて　Ⓓねやに入る月の　影のすださ

改作琉歌⑬

『三井寺山家歌合』（二六・良敏）／『琉歌全集』（一四八二・比嘉賀慶）、『古今琉歌集』（二一三）

さらぬだに

玉とあざむく

Ⓐ蓮葉の

Ⓑ露をもⒸみがく

よはのⒹ月かな

さやか照り渡る　（サヤカ　ティリ　ワタル）

Ⓓ月にⒸみがかれて　（ツィチニ　ミガカリティ）

Ⓐはちす葉にかかる　（ハチスィバニ　カカル）

Ⓑ露のきよらさ　（ツィユヌ　チュラサ）

現代語訳――明月にみがかれたように、蓮の葉の上にたまっている露の玉が美しい。

この歌集『三井寺山家歌合』の成立年次は未詳であるが、「承安三年（一一七三年）の三井寺新羅社歌合と五人の作者が共通して〈中略〉いるので、ほぼ時接して催されたと推測される」（『新編国歌大観・第五巻』一四四六頁）ものである。したがって、平安末期の和歌であると推定できるだろう。

また、「三井寺での歌合は、長吏覚忠（関白忠通男）の招きによって、俊成、清輔、頼政、重家ら一流歌人が判者や歌人として参加していることが知られる」（前掲　一四四六頁）。

⑬の和歌と似た歌も他一首挙げられる。

『師兼千首』（一一七八・正二位行権大納言兼春宮太夫大学頭藤原朝臣師兼、蓮露似珠）

さらぬだに　玉とあざむく　はちす葉の　露の光を　みがく月かげ

この和歌は平安後期の『師兼千首』に初出してから、江戸時代成立の『類題和歌集』にも見られる。また、右の二首のみならず、琉歌に影響を与えたと推定できる和歌はもう一首ある。

『新千載和歌集』（九二二・入道前太政大臣〔西園寺公経〕、花園院七年の御遠忌に、徽安門院より法花経の品品の文を人人によませられて経の料紙になされたりけるに、かの御経を見たてまつりて女房のもとに申しおくりける）

七とせの　月日にみがく　蓮葉の　露のしら玉　光そふらし

この室町時代の『新千載和歌集』の和歌は、花園院の七年の御遠忌の際に詠まれた歌であり、琉歌と場面こそ違うが、順番や表現が似通っているため、琉歌に影響を与えたのではないか、と推定できる。両歌の下句において露の玉の光／清らさ（美しさ）が賛美されており、さらに上句では、その美しさは月（或いは月日）に磨かれるということが、共通して詠まれている。この和歌における「月日」は「空に照る月と太陽」ではなく、時間を表すものとして登場しているが、和歌に込められた仏教の観念を琉歌は、琉歌にふさわしい眼前の景物である「さやか照り渡る月」に変えたのではないか、と推定される。共通表現や歌の展開から見て、『新千載和歌集』のこの和歌や『三井寺山家歌合』の二六番歌、『師兼千首』の二七八番歌が、琉歌に影響を与えた可能性が高いと推定できるだろう。「蓮」「露」「磨く」という三つの表現を含んだ和歌はそれ以外にもあるが、「月に磨かれる」という様子を詠み込んでいる和歌はここで挙げた三首のみであるため、琉歌への直接的な影響が考えられるのはこれらの三首のみであろう。

改作琉歌⑭

『金葉和歌集・初度本』（二八一・源俊頼朝臣）／『琉歌全集』（一四八三・今帰仁王子朝敷）

山のはに
Ⓐくもの Ⓑころもを
Ⓒぬぎすてて
ひとりも Ⓓ月の
Ⓔたちのぼるかな

すだすだと Ⓐ雲の　（スィダスィダトゥ　クムヌ）
Ⓑ御衣よ Ⓒうちはづて　（ンスユ　ウチハズィティ）
澄みて Ⓔぬきやがゆる　（スミティ　ヌチャガユル）
Ⓓ月のきよらさ　（ツィチヌ　チュラサ）

現代語訳――雲の御衣を脱いで、すがすがしく澄んで、東の空に出て来た月が美しい。

同様の場面を詠んでいる両歌の特徴は、多くの同義語の使用である。和歌における「ころも」は琉歌の中で「御衣（ンスィ）」と置き換えられているだけでなく、和歌の「ぬぎすてて」は琉歌において「うちはづて」に、また和歌の「たちのぼるかな」は琉歌の「ぬきやがゆる」に置換されていることが分かる。『沖縄古語大辞典』によると、「うちはづる（うち外る）（発音：ウチハズィユン）」は「脱ぐ」の意で、「うち」は接頭語である。また、同辞典によると、「ぬきあがる（貫き上がる）（発音：ヌチャガユン）」は、「勢いよく突き出る。飛び出る。ぬき出る」の意味を有する。したがって、これらの二つの動詞は、和歌の動詞「ぬぎすてて」と「たちのぼる」と同様の意味であることとわかる。同義語の使用に加えて、和歌には見られない「すだすだと」と「きよらさ」という沖縄語の独特表現も用いるこの琉歌は、和歌の改作琉歌であっても、非常に沖縄らしい趣を保っており、見事な改作琉歌であると言える。

なお、元の和歌は当時大変有名な歌だったと考えられ、以下の歌集に含まれている。

- 『金葉和歌集』（一一二六～七年・平安時代）
- 『散木奇歌集（俊頼）』（一一二七年・平安時代）

・『高陽院七番歌合』（一〇九四年・平安時代）
・『中古六歌仙』（鎌倉初期）
・『色葉和難集』（鎌倉中期か）
・『宝治百首』（一二四八年・鎌倉時代）
・『類題和歌集』（江戸初期）

また、⑭の和歌と非常に似た和歌として、以下の二首を取り上げる。

『明題和歌全集』（四六一七・俊頼／鎌倉中期〜室町前期）
山のはに　雲の衣を　ぬぎすてて　光も月の　さえのぼるかな

『題林愚抄』（三八五八・源俊頼／一四四七〜一四七〇年・室町中期時代）
山のはに　雲の衣を　ぬぎすてて　光も月の　さえのぼるかな

これらの二首は、⑭の和歌と、第四句の「光」という表現と結句「さえのぼるかな」のみが異なる。とりわけ、「さえのぼるかな」という結句は、⑭の和歌における「たちのぼるかな」と違うことに注目したい。『日本国語大辞典（第二版）』によると、「さゆ（冴・冱）」は、「光、音、色などが、冷たく感じるほど澄む。また、まじりけがないものとしてはっきり感じられる。澄みきる」という意味を有する。この定義を見れば、琉歌に見られる「澄みて」という表現と同様の意味となることが分かる。つまり、これらの和歌における「さえのぼるかな」という七音句は、⑭の琉歌で八音句の「澄みてぬきやがゆる」として詠み込まれたと考えられる。したがって、『明題和歌全集』と『題林愚抄』の和歌、つまり鎌倉中期～室町中期までの歌集に見られる和歌のほうが、⑭の琉歌に改作されたのではないか、という考察もできるだろう。

改作琉歌⑮

次の琉歌については第三章で詳しく説明したため、ここでは簡単な紹介にとどめる。

比較①

『古今和歌集』（一七〇・紀貫之）

Ⓐ川Ⓑ風の　Ⓒ涼しくもあるか　打寄する　Ⓓ浪と共にや　Ⓔ秋は立つらむ

『琉歌全集』（一四九一・読人知らず）、『古今琉歌集』（一四一）

夏の走Ⓐ川に　Ⓒ涼しⒷ風立ちゆす　もしかⒹ水上や　Ⓔ秋やあらね

比較②

『嘉元百首』（七二六、納涼）

くれはつる　Ⓐ夏みのⒷ川の　Ⓓ河風に　山かげⒸすずし　Ⓔ秋かよふらし

『琉歌全集』（一四九一・読人知らず）、『古今琉歌集』（一四一）

Ⓐ夏の走Ⓑ川に　Ⓒ涼しⒹ風立ちゆす　もしか水上や　Ⓔ秋やあらね

比較③

『新千載和歌集』（三〇四・読人知らず、前中納言匡房家の歌合に、納涼）

大井Ⓐ河　まだⒷ夏ながら　Ⓒ涼しきは　ゐせきにⒹ秋や　Ⓔもりてきつらん

『琉歌全集』（一四九一・読人知らず）、『古今琉歌集』（一四一）

Ⓑ夏の走Ⓐ川に　Ⓒ涼し風立ちゆす　もしか水上や　Ⓓ秋やⒺあらね

改作琉歌⑯

この改作琉歌については、すでに第三章で詳しく述べているため、ここでは簡単な紹介にとどめる。

『古今和歌集』（一六六・清原深養父）

Ⓐ夏の夜は　まだⒷよひながら　Ⓒあけぬるを　Ⓓ雲のいづこに　Ⓔ月Ⓕやどるらむ

『琉歌全集』（一五〇五・岡本岱嶺）

Ⓑ宵とめばⒸ明ける　Ⓐ夏の夜のⒺお月　Ⓓ雲のいづ方に　Ⓕお宿めしやいが

改作琉歌⑰

この改作琉歌についても、第三章で詳しく述べているため、ここでは簡単な紹介にとどめる。

比較①

『風情集』（一八三・藤原公重）

Ⓐぬぎかふる　Ⓑ蟬のⒸ羽衣　うすければ　Ⓓ夏はきたれど　Ⓔすずしかりけり

『琉歌全集』（一五〇八・読人知らず）、『古今琉歌集』（一三四）

Ⓓ若夏がなれば　Ⓑ蟬のⒸ羽衣に　Ⓐぬぎかへて心　Ⓔすだくなゆさ

比較②

『浦のしほ貝』（三九八・熊谷直好）

からⒶころも　Ⓑぬぎて出でたる　うつⒸ蟬の　よはⒹこころから　Ⓔすずしかりけり

『琉歌全集』（一五〇八・読人知らず）、『古今琉歌集』（一三四）

若夏がなれば　Ⓒ蟬の羽Ⓐ衣に　Ⓑぬぎかへて　Ⓓ心　Ⓔすだくなゆさ

改作琉歌⑱

この改作琉歌についても、第三章ですでに述べているため、ここでは簡単な紹介にとどめる。

比較①

『新千載和歌集』（六三四・入道二品親王尊円）

初Ⓐ霜の　をかのかやはら　Ⓑいつのまに　Ⓒ秋みしⒹ露の　むすびかふらん

『琉歌全集』（一五二六・今帰仁王子朝敷）、『古今琉歌集』（一九五）

草の葉のⒶ霜や　Ⓓ玉と思なちやさ　Ⓑいつの間ににやまた　Ⓒ秋やなたが

比較②

『鳥の迹』（四四四・長田信庸娘）

Ⓐ草の葉に　みだれしⒷ露の　Ⓒいつのまに　結びやかへし　けさの初Ⓓしも

『琉歌全集』（一五二六・今帰仁王子朝敷）、『古今琉歌集』（一九五）

Ⓐ草の葉のⒹ霜や　Ⓑ玉と思なちやさ　Ⓒいつの間ににやまた　秋やなたが

次の⑲と⑳の改作琉歌も、両方とも「秋」という表現を含み、第三章で詳しく取り上げたため、ここでは簡単な紹介にとどめたい。

改作琉歌⑲

『宝治百首』（一九二六・隆親）

Ⓐ紅葉ばの　下てるⒷ色や　Ⓒうつるらん　錦Ⓓながるる　Ⓔやまがはの水

『琉歌全集』（一五三〇・本村朝照）

澄みてⒹ流れゆる　Ⓔ山川の水に　Ⓑ色深くⒸうつる　秋のⒶ紅葉

改作琉歌⑳

『頓阿百首』（四〇・頓阿）

Ⓐあさくまの　Ⓑ山のは出づる　Ⓒ月かげや　Ⓓくもりなき代の　Ⓔ鏡なるらん

『琉歌全集』（一五三七・美里王子）

Ⓐ虎頭Ⓑ山出ぢる　秋の夜のⒸお月　Ⓓ曇りないぬ御代の　Ⓔ鏡さらめ

改作琉歌㉑

『草庵集』（一三八八・頓阿）／『琉歌全集』（一五五一・護得久朝惟）、『古今琉歌集』（一六六二）

いまぞきく　　庭のⒶ松の葉に　（ニワヌ　マツィヌ　フヮニ）
Ⓐ松Ⓑ吹く風の　　Ⓑ騒ぐ夜嵐の　（サワグ　ユアラシヌ）
Ⓒおとならで　　Ⓒ音もしづめゆる　（ウトゥン　シズィミユル）
木末にⒹことの　　Ⓓ琴のⒺしらべ　（クトゥヌ　シラビ）
Ⓔしらべ有りとは

現代語訳――庭の松の葉に騒ぐ夜嵐の音も、鎮めるような美しい琴のしらべである。

この和歌は、次のような表記で記載されていることもある〔酒井 二〇〇四 二三三頁〕。

今《いま》ぞ聞《き》く　松吹《ふ》く風の　音ならで　梢《こずゑ》に琴《こと》の　しらべありとは

同和歌の「おと」と「こと」という表現は「音」と「琴」の漢字表記で書かれていることが分かる。したがって、琉歌に詠み込まれている表現と同様の意味を持つ語であることが確認できる。また、歌の意味については、次のような校注がある〔前掲 二三三頁〕。

〇音ならで―音ではなくして。

〇下句―木末に琴の調べのような美しい調べがあるとは。

したがって、右の和歌は「松の風の音はなくなり、梢に琴の調べのような美しい調べがあるとは〔驚いた〕。今〔それを〕聞いている。」のように現代語に訳すことができるだろう。この和歌の現代語訳を琉歌の現代語訳と比較すれば、似通った意味を表していることは明らかである。

また、両歌における句や表現を詳しく見れば、次のことが言える。和歌における「松吹く風の」という七音の一句は琉歌の中で「庭の松の葉に　騒ぐ夜嵐の」のように八・八音の二句として見られ、動詞「吹く」が動詞「騒ぐ」に、また「風」が「嵐」という類義語に置き換えられていることが分かる。さらに、和歌の「音ならで」という五音句は、琉歌において八音句として改作されており、「音もしづめゆる」のように、音は完全になくなるのではなく、鎮める、和らげるという若干異なったニュアンスを込めた表現として見られる。この句についても、同様の意味を表した同義語ではなく、似たような意味の類義語が用いられていると言える。これは改作琉歌の技巧の一つとして指摘できる。また、最後に、琉歌の結句として詠まれる「琴の調べ」は、歌のオチとも言える最も重要なポイントであり、同様の表現が和歌にも見られる。和歌では「木末にことの　しらべ有りとは」という七・七音の二句にわたって見られるのに対し、琉歌においては六音の結句となり、シンプルに「琴のしらべ」として歌を閉幕させる。

以上を踏まえ、㉑の琉歌は室町時代の頓阿の歌集に含まれるこの和歌を改作したものだと言えるだろう。

改作琉歌㉒

『玉葉和歌集』（八〇三・前大僧正慈鎮）／『琉歌全集』（一五五四・読人知らず）

Ⓐ年をへて　　　Ⓓ軒やⒷ苔むして（ヌチヤ　クキ　ムシティ）
Ⓑ苔にむもるる　　　Ⓐ年やⒸふる寺の（トゥシヤ　フルディラヌ）
Ⓒふるてらの　　　池にすみ渡る（イチニ　スミワタル）
Ⓓ軒にⒺ秋ある　　　Ⓔ月のみ舟（ツィチヌ　ミフニ）
つたの色かな

現代語訳――軒は苔がむして、年が大分経ている古寺の池に、月が清らかに澄み渡って、さながら舟が浮いているように見える。

この和歌の第二句は、「苔にむ《う》もるる」のように表記されることもある〔岩佐　一九九六　五〇九頁〕。

またこの和歌の注釈は、「年月を経て、苔にうずもれ、季節もわからないような古寺の、軒に紅葉して秋を感じさせる、蔦の色であるよ」（前掲　五〇九頁）とされ、「季節が分からない年を取った古寺」と「秋を感じさせる蔦の紅葉色」が対立しつつ、歌の雰囲気が見事に醸し出されている。

それに対し、琉歌は「苔に埋《む》もるる」に似通った「苔生《む》して」を用い、「軒」「苔」「年や経る」「古寺」という共通表現を取り入れながら、古寺を描いた和歌とそっくりの場面を描写している。しかし、琉歌は、和歌における「秋を感じさせる紅葉色の蔦」ではなく、秋の代表的な風物として紅葉と異なるものを選んだことが分かる。それは、「澄み渡る月」である。秋という同様の季節感を保ちながら、異なる風物をわざと選択したことは、この改作琉歌の魅力や工夫の一つだと言える。

先に述べたように、この和歌の特徴は、「季節が変わっても、毎年変わらない古い寺」と「その寺の軒に秋を感じさせる蔦」の対立である。それのみならず、この和歌には、「（年を）降る」と「古（寺）」という掛詞も見られる。その掛詞は琉歌にも導入されているが、和歌においては、その掛詞が「年をへて」と「ふるてらの」という個別の二句に別れて見られるのに対し、琉歌においては、その掛詞が「年やふる寺の」のように、一句内の、しかも動詞「経る（フィユン）」の連体形「経る（フィル／フル）」と「古」という二つの意味を有する「ふる」という一語内に収められている。それも、この改作琉歌の技巧の一つだと言えるだろう。また、琉歌には、もう一つの掛詞が見られる。それは、「澄み」と「住み」を掛けた「すみ」という語である（『琉歌全集』三二六頁）。このように、琉歌の中でも「古」と「住む（生きている）」という異なるイメージの対立を見ることができる。

両歌のメインテーマは、「古い（変わらない）寺」と「季節ごとに変わり、現在は秋を感じさせる風物」の対立であると言える。和歌の中では、秋を実感させてくれる風物は、毎日少しずつ変わっていく蔦の紅葉の色である。それに対し、琉歌は池に住み、きれいに澄んでいる月を選んでいるが、その月も変わらない古い寺のようなものではなく、毎晩その形や位置を変えていく物として描かれている。それは「月のみ舟」という表現から明瞭になっているだろう。「舟」は通常動くものであり、池の状況によってその形が水面にきれいに映ったり、変わって見えたり、或いはまったく映らなかったりする。池に浮く舟は、様々な形を取り、色々な場所に移動するものである。「月」を「み舟」と連結させることによって、琉歌も和歌と異なる表現を用いながらも、和歌と同じように季節ごとに変わっていく物の状態を巧みに伝えている。和歌も琉歌もそれぞれ洗練された魅力が読み取れる。

この和歌は、鎌倉時代の勅撰和歌集である『玉葉和歌集』の他に、次の歌集にも含まれている。

- 『六百番歌合』（一一九二年・鎌倉初期）
- 『拾玉集』（鎌倉時代）
- 『夫木和歌抄』（鎌倉後期）
- 『明題和歌全集』（鎌倉中期～室町前期）
- 『類題和歌集』（江戸初期）

改作琉歌㉓

『新和歌集』（一四一・浄意法師女）／『琉歌全集』（一五五五・読人知らず）、『古今琉歌集』（一七九）

Ⓐはちすばに　　Ⓐはちす葉にⒷおきゆる（ハチスバニ　ウチュル）
ⒷおくしらⒸつゆの　　Ⓒ露の玉ごとに（ツィユヌ　タマグトゥニ）
Ⓓひかりさへ　　Ⓓひかり照りⒺうつる（フィカリ　ティイリ　ウツィル）
すずしくⒺみゆる　　十五夜Ⓕお月（ジュグヤ　ウツィチ）

夏のよの（F）月

現代語訳――蓮の葉におく露の玉毎に、十五夜の月の影が照り映って、きらきら光り輝いているのは、まことにみごとである。

この和歌のみならず、一般的に和歌においては、「蓮の花の上にある露」と「輝いている月」が同時に詠まれている場面がよく見られる。以下に、そのような場面を詠んだ和歌を取り上げる。

『新千載和歌集』（九二二・入道前太政大臣（西園寺公経））
七とせの　月日にみがく　蓮葉の　露のしら玉　光そふらし

『拾遺愚草』（四三二一・藤原定家）
この世にも　このよの物と　みえぬかな　はちすの露に　やどる月影

『拾遺愚草員外』（六三三三・藤原定家）
この世には　あまるばかりの　光かな　蓮の露に　月やどるいけ

『後鳥羽院御集』（三三二一・後鳥羽天皇）
蓮葉に　にごらぬ露の　玉こえて　すずしくなりぬ　みな月のかげ

『宝治百首』（一〇四三・西園寺実氏）
玉こゆる　はすのうき葉に　やどかりて　影もにごらぬ　夏の夜の月

『師兼千首』（二七八・花山院師兼）
さらぬだに　玉とあざむく　はちす葉の　露の光を　みがく月かげ

これらの六首の和歌には、「蓮」「露／玉」「光」「月」という共通表現が見られ、この琉歌に影響を与えた可能性があると考えられる。しかし、歌の流れやそこで選択された表現を対照すれば、『新和歌集』の歌こそ、琉歌に最も似通っていると言える。両歌の上三句においては、「はちす葉に」「置く」「露」「光」という共通表現が、同じ順番で同じ内容を込めた場面で詠み込まれている。さらに、「光」が「みゆる月」を詠んだ和歌に対して、琉歌は「光」が「うつる月」を歌っており、違うニュアンスを加えつつも、ほぼ同じ場面を想像させる。

『新和歌集』の和歌と琉歌を、句ごとに詳しく分析すれば、次のことも明瞭になる。和歌における「はちすばに」という五音の初句は、琉歌の初句としてそのまま取り入れられているが、琉歌の八音調の形式を守るために、和歌の第二句の最初の表現である二音の動詞「置く」を、琉歌の初句の句末に置き換える。ただし、五音の「はちすばに」と二音の「置く」は、計七音になるので、琉歌の八音句を完成させるために、動詞「置く」を首里語に直す。つまり、和歌の動詞「置く」を首里語の動詞「置く（ウチュン）」の連体形である「おきゆる（ウチュル）」という三音表現に直し、「はちす葉におきゆる」という八音句を見事に完成させる。また、和歌の第二句の「おく」に続く「しらつゆの」という表現も琉歌の第二句として詠み込まれるが、和歌と異なるニュアンスも込めながら、「白露の」の「白」を削除し、その代わりに「玉ごとに」という表現を新たに取り入れつつ、「露の玉ごとに」という八音の第二句を完成させる。このように、琉歌は和歌における上二句を分解しつつ、改作している。また、月の光と呼応する語も両歌とも動詞を選択し、和歌に詠み込まれている動詞「みゆる」は、琉歌において「うつる」という動詞に置き換えられていることが分かる。以上の分析を踏まえ、この㉓の琉歌は『新和歌集』の和歌を改作したと言えるだろう。
この和歌が含まれている『新和歌集』は、鎌倉時代一二五九年または一二六一年に成立した、藤原為家の長男である藤原為氏の私歌集である。

改作琉歌㉔

次の琉歌もすでに第三章で紹介したため、ここでは簡単にふれる。

『夫木和歌抄』（六六六二・民部卿為家卿）

Ⓐ冬の　Ⓑ雨の　名残のⒸきりは　Ⓓあけ過ぎて　Ⓔくもらぬ空に　のこるⒻ月かげ

『琉歌全集』（一五六八・渡口政発）

Ⓑ雨に流されて　Ⓔ空や雲Ⓒ霧も　Ⓓはれてすみ渡る　Ⓐ冬のⒻお月

改作琉歌㉕

『玉葉和歌集』（一〇三一・前右兵衛督為教、雪中歳暮）／『琉歌全集』（一五七〇・小那覇朝親）、『古今琉歌集』（一五七）

道もなく

うれしさや今宵　（ウリシサヤ　クユイ）

ⒶふりつむⒷ雪は　Ⓑ雪もⒶ降りまさて（ユチン　フリマサティ）
うづめども　Ⓒ歳よⒹよすみたる（トゥシユ　ユスィミタル）
くれ行くⒸ年は　たよりなたさ（タユイ　ナタサ）
Ⓓとまりやはする

現代語訳――うれしいことよ、今宵雪も降りまさって、歳を引きとめるたよりとなった。

この琉歌における「降り積もった雪が年を引き止めることになる」というテーマは、和歌にも何首か見られるが、その中でもこの『玉葉和歌集』の一〇三一番歌が最もこの琉歌に似通っていると言える。琉歌は、和歌からテーマを導入しつつ改作をほどこしたと推定できるだろう。

この和歌を、岩佐（一九九六）は、「道もなくなってしまう程、降り積る雪は地面を埋めているけれども、暮れて行く年は止るだろうか。止りなんかしやしないよ」（六四九頁）と解釈する。また、島袋・翁長（一九九五）は、琉歌の「よすみたる」という動詞を「とどめた。ひきとめたる」（三二九頁）と訳している。このように、両歌の主な歌題は、「降り積もる雪が年を止める」ことである。和歌では「止まるだろうか。止まりなんかしやしないよ」のように、係助詞「や」と「は」の接続によって「そうであるか……いや、そうではない」という反語を表しているのに対し、琉歌は結句「たよりなたさ」（意味：たよりとなった）によって、「雪は年を止めるたよりとなった」のように、反語ではなく、「実はそうである」という肯定的な捉え方をしている。この点では、琉歌と和歌が相違していると言える。

沖縄では一年中雪が降らないのに、琉歌には「雪」が詠まれることがあり、和歌の影響とも言える。この㉕の琉歌もその一つの例であるだろう。毎年必ず降るという、当たり前の存在としての和歌の「雪」、言わば、「年を止めるまでの神秘的な力はないだろう」という「雪」のイメージと違って、右の琉歌の「雪」に対するイメージは非常に肯定的であり、「雪は年を止めるたよりとなる」力を持つものとして捉えられている。「雪」が、琉球の人々にとっていかに珍しいのかを、この琉歌から読み取れる。

この琉歌は、和歌における「ふりつむ雪は」という七音句を八音句に変形するために、四音の動詞「降り積む」を同義語である五音の動詞「降りまさて」に置き換え、「雪も降りまさて」のように八音句を完成させている。また、「くれ行く年は　とまりやはする」という和歌の二句を「歳よよすみたる」という一句に収める。それに対し、和歌は「降り積もる雪で道が埋もれた」という意味を込めた「道もなく」と「うづめども」という二句を詠み込むが、琉歌はその意味を和歌から取り入れずに、その代わりに雪に対する肯定的なイメージの結句を入れたことが分かる。両歌に若干の相違点も見られるが、この和歌が琉歌に改作されたと推定できるだろう。

この和歌は、鎌倉時代成立の勅撰和歌集『玉葉和歌集』に含まれており、京極為教によって詠まれた。京極為教は、藤原為家の三男であり、定家・為家系列の歌人に当たる。また、右の和歌は、『玉葉和歌集』以外に鎌倉中期～室町前期成立の『明題和歌全集』、室町中期成立の『題林愚抄』や江戸初期成立の『類題和歌集』にも見られる。

改作琉歌㉖

次の改作琉歌についても第三章で詳しく論じているため、ここでは簡単な紹介にとどめる。

『新明題和歌集』（二八五九・為教）

Ⓐ浦風に　声Ⓑさびしくも　Ⓒ夜もすがら　友なしⒹ千鳥　Ⓔ月に鳴くなり

『琉歌全集』（一五七四・上江州由恕）、『古今琉歌集』（一六三五）

聞くもⒷさびしさや　冬のⒸ夜の空の　Ⓔ月に鳴き渡る　Ⓐ浦のⒹ千鳥

改作琉歌㉗

『三十番歌合』（三二一・家親朝臣）／『琉歌全集』（一五七七・徳田佐平）、『古今琉歌集』（二七四）

Ⓐ冬枯の
Ⓑくさ木のⒸけしき
まて（ママ）しかな
まだⒹ長月に
Ⓔ野べのⒻ淋しき

Ⓑ草葉Ⓐかれはてて　（クサバ　カリハティティ）
かにもⒻさびしさめ　（カニン　サビシサミ）
Ⓓ暁の空の　（アカツィチヌ　スラヌ）
Ⓔ野辺のⒸ景色　（ヌビヌ　チシチ）

現代語訳――草葉がすっかり枯れつくして、こんなにもさびしいものか。暁の空の野辺の景色は見るかげもない索漠たるものだ。

両歌は「枯」「草木／草葉」「淋し」「野辺」「景色」という共通表現を五語含み、また、「ながつき（長月）」と「あかつき（暁）」という発音の上で似通った表現も含んでいる。また、歌の趣旨も、「枯れた草木／草葉の、長月／暁に映る野辺の景色が淋しいものである」のように、非常に似通っている。和歌には「冬」という表現が見られるのに対し、琉歌のほうは、そのような表現こそ取り入れていないものの、この一五七七番の琉歌自体は『琉歌全集』の「吟詠の部」の中の「冬の部」に入っているため、歌の内容からだけでなく、『琉歌全集』の部立からも和歌と同様に冬の景色を歌っていることが明らかである。

また、「景色」と「淋し」という二つの共通表現については、琉歌と和歌で位置が逆となっている。つまり、和歌における「（枯れ果てた野辺の）景色が淋しい」という流れは、琉歌においては「こんなに淋しいか。（枯れ果てた野辺の）景色は」となる。しかし、流れが逆になっていても、強調しているのは両歌共に「淋しい」ことである。和歌においては、形容詞「淋しき」は結句の最後の単語として詠まれるため、最後に残る印象は当然に「淋しい」ものとなる。それに対し、琉歌は「さびしさめ」を第二句の中に取り入れ、結句の最後は「景色」になっているが、琉歌は第二句内の「さびしさめ」の前に「かにも」（意味：こんなにも）という強調の表現を入れることによって、「淋しい」雰囲気を一層高めているため、琉歌も和歌と同様に景色の「淋しさ」を第一に伝えていると言える。これは改作琉歌の技巧であろう。

この和歌は、一三〇〇～一三〇三年の間に成立したと考えられている『三十番歌合』に含まれる。『新編国歌大観・第一〇巻』によれば、この歌合の「判者については未詳だが、京極為兼とする説が行われている」（一一四五頁）のである。この琉歌の歌人も、この鎌倉時代成立の歌集の歌を改作し琉歌を詠じた可能性があるだろう。

以下の㉘と㉙の改作琉歌についても、第三章で詳しい説明があるため、ここでは簡単な紹介にとどめる。

改作琉歌㉘

『嘉元百首』（一二四七）

浅茅生の　Ⓐつゆのやどりも　Ⓑけさよりは　Ⓒしも　Ⓓおきかへて　Ⓔ冬は来にけり

『琉歌全集』（一五七九・読人知らず）

白Ⓐ露の玉と　Ⓑ今日や初Ⓒ霜の　草にⒹおきかはて　Ⓔ冬や来ちやる

改作琉歌㉙

『為家集』（八六六・藤原為家）

ふるⒶ雨の　Ⓑ雲ふきはらふ　山かぜを　たよりにⒸさゆる　Ⓓ冬の夜の月

『琉歌全集』（一五八一・高良睦輝）

空やⒶ雨はれて　Ⓑくもきりもないらぬ　Ⓒすみて照り渡る　Ⓓ冬のお月

改作琉歌㉚

『夫木和歌抄』（一五〇〇七・後嵯峨院、文永二年七月白河殿七百首）／『琉歌全集』（一五八三・護得久朝常）、『古今琉歌集』（二五四）

Ⓐとし　Ⓑ月を
Ⓒ中に　Ⓓへだつる
しの　Ⓔがきの
Ⓕひと夜二夜に
あふよしもがな

Ⓑ月日はり過ぎて　（ツィチフィ　ハイスィジティ）
Ⓕ一夜　Ⓓへぢやめたる　（イチヤ　フィジャミタル）
Ⓐ年の　Ⓒ中　Ⓔ垣も　（トゥシヌ　ナカガチン）
今宵なたさ　（クユイ　ナタサ）

現代語訳——月日が早く過ぎ去って今年と来年とが一夜でへだてられる年の中垣ともいうべき大晦日はいよいよ今宵となった。

両歌の共通表現は「月」「年」「中」「垣」「隔つ」「一夜」のように六語となっており、それぞれの歌において異なる語と結び付いているが、両歌の趣旨は同様のものであると言える。「年」は和歌においては時を表す「年月」のように用いられるのに対し、琉歌の中では今年と来年を隔てる「年の中垣」という組み合わせとして使われており、それぞれの表現の意味は違うように思える。しかし、和歌の三句にわたって詠まれている「年を中に隔てる垣」という内容は、琉歌の「年の中垣も」という第三句の意味と一致していることが分かる。両歌の主な意味は、「年月を中に隔てる垣は一夜である。このような一夜は大晦日のことであり、今年と来年を隔てている」である。今年と来年という二つの年を隔てるこの夜が、「一夜ではなく二夜であれば。二夜会う方法があればいいのになあ」と結句で詠んでいる和歌に対して、琉歌は、年を隔てるこのような一夜は、「今宵となった」と結句の中で単純に歌っている。この内容は両歌で相違しているものの、共通表現や歌全体の趣旨から判断すれば、この和歌は琉歌へ改作された可能性が高いと言えるだろう。

なお、詞書から知られるように文永二年（一二六五年）に作られたこの和歌は、鎌倉時代成立の『夫木和歌抄』以外に次の歌集にも含まれている。

- 『白河殿七百首』（鎌倉時代）
- 『明題和歌全集』（鎌倉中期～室町前期）
- 『題林愚抄』（室町時代）
- 『類題和歌集』（江戸初期）

次の㉛㉜㉝の琉歌については、第三章で説明されているため、ここでは簡単な紹介のみとする。

改作琉歌㉛

『後撰和歌集』（四四五・読人知らず）

神な月　ふりみふらずみ　Ⓐ定Ⓑなき　Ⓒ時雨ぞⒹ冬の　Ⓔ始なりける

『琉歌全集』（一五八四・読人知らず）

天のⒶお定めや　変わることⒷないさめ　Ⓒしぐれ雲渡る　Ⓓ冬のⒺはじめ

改作琉歌㉜

『延文百首』（二二〇七・権大納言藤原忠季）

Ⓐ色にこそ　あまぎるⒷ雪も　Ⓒまがひけれ　Ⓓ香Ⓔやはかくるる　Ⓕ梅の下風

『琉歌全集』（一五八七・護得久朝置）

冬の白Ⓑ雪の　Ⓐ色にⒸまぎれても　Ⓔかくれないぬものや　Ⓕ花のⒹ匂

改作琉歌㉝

『風雅和歌集』（三四・前中納言定家）

霞みあへず　なほⒶふる雪に　空とぢて　Ⓑはる物ふかき　Ⓒうづみ火のもと

『琉歌全集』（一五八八・獲得久朝常）

Ⓐ降ゆる雪霜も　よそになち語る　Ⓒ埋火のもとや　Ⓑ春の心

改作琉歌㉞

『新拾遺和歌集』（五五五・後醍醐院）／『琉歌全集』（一五九三・富永実文）、『古今琉歌集』（二七五）

行く秋の　　　　雪Ⓓ霜にⒶ野辺の　（ユチシムニ　ヌビヌ）
末Ⓐ野のⒷ草は　　Ⓑ草やⒸ枯れはてて　（クサヤ　カリハティティ）
うらⒸ枯れて　　空にⒻありあけの　（スラニ　アリアキヌ）
Ⓓ霜にⒺのこれる　Ⓖ月どⒺ残る　（ツィチドゥ　ヌクル）
Ⓕ有明のⒼ月

現代語訳――野辺の草は、雪や霜にすっかり枯れはててしまって、空にありあけの月が残っているだけである。

両歌には、「末野の／野辺の」「草」「枯れる」「有明」「月」「霜」「残る」といった共通表現が七語見られ、さらに表現の観点のみならず内容も非常に似通っていると言える。この和歌は室町時代成立の勅撰和歌集『新拾遺和歌集』以外に、鎌倉中期～室町前期成立の『明題和歌全集』や江戸初期成立の『類題和歌集』にも見られる。

両歌共に「野辺の草が枯れ果てて、有明の月が残っている」のように、同様の風景を描いているが、それぞれに異なるニュアンスも見られる。和歌で描かれている有明の月は、「霜に」残るが、琉歌は同じ有明の月が「空に」残ることを歌っている。さらに、琉歌における「霜」は初句の中で「雪」と接続し、「雪霜に草が枯れ果てる」場面を歌っており、和歌と若干異なっている。また、改作琉歌では、和歌の一句が分解され、琉歌の二句として詠み込まれる傾向があるのだが、この琉歌にもそのような特徴が見られる。具体的な例として、和歌における「末野の草は」という七音の第二句は、琉歌において「野辺の」という初句末の三音の表現と「草や」という第二句の三音の表現として見られる。また、琉歌の第二句は、和歌の五音の第三句「うら枯れて」を借用し、同様の音数律（五音）の「枯れはてて」という同義語に変形し、三音の「草や」と呼応することによって見事に「草や枯れはてて」という八音句を完成させる。さらに琉歌は、和歌の結句「有明の月」を下二句にわたって分解し、「空にありあけの」「月ど残る」という八・六音の下二句を完成させる。和歌の「霜に」が琉歌では初句に移動しているため、「霜に」の代わりに「空に」という表現が用いられている。

最後に、オモロの改作琉歌についてもふれたい。今まで紹介した「吟詠の部」の二〇〇首には、オモロの改作琉歌も一首見られ、一六〇四番歌がそれに該当する。この琉歌には非常に似ている琉歌が他に一首見られ、それは先行研究ですでに指摘されている一六二三番歌である。「吟詠の部」の最初の二一〇首（一四〇四～一六二三番歌）の中には、オモロの改作琉歌はこの二首しかない。なお、「夏」と「冬」という表現を含んだこれらの二首の琉歌については、本書の第三章で詳しく述べているため、ここでは詳細の説明を省く。

以上をまとめると、「吟詠の部」の一四〇四～一六〇四番歌（二〇〇首）に含まれている和歌の改作琉歌は三四首あり、一七％を占めている。この結果は、「節組の部」や本書でこれまで見てきた改作琉歌の一〇％程度と比べて、二倍近い高いものとなっている。「吟詠の部」の歌は三線の伴奏で歌われるものではなく、基本的に曲と結びつけず詠じる（詠む）歌であり、貴族など特定の歌人によって詠まれたものも多い。さらに、今回の調査対象とした「吟詠の部」の歌は「春の歌」「夏の歌」「秋の歌」「冬の歌」の部に属す季節の歌となっており、和歌からの影響を受けやすいと考えられる。和歌の改作琉歌が一七％あるというこの結果は、これらの原因に基づいていると言えるだろう。しかし、本章の調査対象は『琉歌全集』三〇〇〇首中三六〇首（一二％）というごく一部であるため、残りの歌については今後のさらなる調査が必要となる。

「吟詠の部」一二〇〇首に含まれる和歌の改作琉歌三四首の中に、特定の歌人によって作られた歌が二四首（七〇％）、読人知らずの歌が一〇首（三〇％）見られる。また、それらの三四首の琉歌の元になったと考えられる和歌は、四三首ある可能性を指摘した。それらの和歌の初出年代は、以下の通りである。

平安時代：八首（一九％）
鎌倉時代：二一首（四九％）
室町時代：一〇首（二三％）
江戸時代：四首（九％）

また、この四三首の中には、勅撰和歌集の和歌が一六首、勅撰和歌集の選歌資料の和歌が七首あり、合わせて二三首見られ、四三首の和歌の過半数（五三％）を占めていることが分かる。さらに、この四三首の中に、藤原定家（二首）や為家（三首）によって詠まれた歌は五首見られ、頓阿の和歌も四首ある。また、藤原定家・為家系列の歌人の歌も見られるのであるが（為教二首、為氏一首、永福門院一首、行念法師一首）、これは定家や為家の和歌世界での影響力の範囲の広さを示す証である。琉歌人への定家や為家の直接的な影響として考えられるのは、右の五首（定家二首と為家三首）のみであるが、定家・為家やその系列の歌人によって編纂された勅撰和歌集に含まれた歌も、琉歌人に定家・為家の影響を間接的に伝えたと言えるだろう。

次に、第一～四章で紹介した全ての和歌の改作琉歌や、その元となったと考えられる和歌の時代・歌集をまとめたデータを表で示し、包括的な結論を述べる。

四　改作琉歌やその元となった和歌のまとめ

本書の第一～四章では、和歌の改作琉歌を九三首（各章ごとに重複している歌を除く）紹介した。それらの改作琉歌の内訳は、五二首（五六％）が特定の歌人によって詠じられたものであるのに対し、残りの四一首（四四％）が読人知らずの歌であることが判明した。つまり、特定の歌人によって詠まれた歌数とそうでない歌数は、ほぼ半数ずつということになる。この結果から、改作琉歌は初期には特定の歌人に詠まれたとしても、時代が下るにしたがい、大衆化する傾向を見せていると言える。

それら改作琉歌の元となった和歌数は、重複歌を除けば、一〇五首ある可能性を指摘した。この一〇五首の和歌を初出の時代で区別すると、以下の通りとなる。

平安時代：二七首（二六％）
鎌倉時代：四一首（三九％）
室町時代：二〇首（一九％）
江戸時代：一七首（一六％）

即ち、鎌倉時代初出の和歌が一番多い。そして二番目に多いのは、平安時代に初出、続いて室町時代初出であり、最後に最も少ないのは江戸時代初出の和歌である。各章ごとに時代区別のデータを見てきたが、総合的には、鎌倉時代や平安時代初出の和歌が多いことがわかる。

また、改作元の一〇五首の中では、三八首が勅撰和歌集に見られ、九首が勅撰和歌集の選歌資料に含まれており、四首が物語に見られる和歌である[1]。つまり、一〇五首中、五一首（四九％）が当時の有名な歌書に含まれている歌であることが明らかとなった。琉歌人は、改作琉歌の元にした和歌の少なくとも半数を、当時の有名な歌書から選んだことになる。この結果は、琉球士族が主に学んだ歌書についての記録（『阿嘉直識遺言書』）を、強く裏付けるものと言えるだろう。また、この一〇五首中に、藤原定家（三首）、藤原為家（六首）、頓阿（五首）によって詠じられた和歌も見られ、これらの一四首は一〇五首中一三％を占めている。

それでは、改作琉歌を詠じた歌人は、どの和歌集を主に参考にしたのであろうか。「面影」「影」「春」「夏」「秋」「冬」を詠み込んだ改作琉歌、また『琉歌全集』の「節組の部」「吟詠の部」に含まれた改作琉歌、そしてその元となった和歌に関する詳しいデータを表にまとめた。なお、これらの表では、改作琉歌の元となった和歌一〇五首が含まれている全ての和歌書を示している。表の説明は以下の通りである。

表の最上部が改作琉歌の「歌番号」の欄で、番号の前にZ或いはTが挿入されている。Zは、『琉歌全集』に含まれる琉歌を意味し、Tは、『琉歌大成』に含まれる琉歌である。例えば、Z二四四という歌番号は、『琉歌全集』の二四四番歌を示している。

改作琉歌の元となった和歌は、場合によっては一首のみならず、二首、三首の場合もある。本書ではそのような場合、比較①、比較②、比較③といった形で示してきた。表中では、第一の可能性の和歌（＝比較①）を●、第二の可能性の和歌（＝比較②）を▲、そして第三の可能性の和歌（＝比較③）を■で示した。なお、一首の琉歌の行内に同じ記号が複数ある場合は、それぞれ異なる歌書に含まれた同じ和歌（或いは部分的に異なる類歌）を意味する。

「面影」を詠み込んだ改作琉歌の元となった和歌の歌書

		Z三八	Z一四八	Z二四五	Z三八八	Z八五七	Z一一三七	Z一二八九	Z一八二八	Z一八六五	Z二〇五五	Z二一四三	合計
平安時代	大和物語		▲										1
	宇津保物語		▲										1
	落窪物語		▲										1
鎌倉時代	沙弥蓮愉集	●											1
	秋風和歌集		▲						●				2
	続古今和歌集		▲						●				2
	歌枕名寄		▲										1
	風葉和歌集		▲										1
	為家集				●								1
	続門葉和歌集					●							1
	拾遺愚草								●				1
	新後撰和歌集										●		1
	玉葉和歌集											●	1
	後二条院御集											●	1
	歌合正安四年六月十一日											●	1
室町時代	草根集						●						1
	藤川五百首鈔									▲			1
	雪玉集									▲			1
	新後拾遺和歌集											▲	1
	新葉和歌集											■	1
江戸時代	新明題和歌集		●	●						●	▲		4
	鳥の迹							●					1
	類題和歌集											●	1

「影」を詠み込んだ改作琉歌の元となった和歌の歌書

		Z五七	Z一一三五 Z九〇七	Z二三五六	Z六二	Z二一七	Z一四七五	Z二五三六 Z二六五	Z一二八	Z二九五八 Z二九〇二	Z一七九三	Z二二九	合計
平安時代	風情集	●											1
	狭衣物語		●										1
	後拾遺和歌集			●									1
	関白大臣歌合			●									1
	俊頼髄脳			●									1
	袋草紙			●									1
	童蒙和歌抄			●									1
	後六々撰			●									1
	古本説話集			●									1
	栄花物語				●								1
鎌倉時代	無名草子			●									1
	時代不同歌合			●									1
	十訓抄			●									1
	古今著聞集			●									1
	沙石集			●									1
	歌枕名寄			●									1
	世継物語			●		●							2
	続千載和歌集					●							1
	建保名所百首					●							1
	拾遺愚草					●	●						2
	夫木和歌抄					●		●					2
	六百番歌合						●						1
	新撰和歌六帖							●					1
	為家集								●				1
	為家千首									●			1
	白河殿七百首										●		1
室町時代	頓阿句題百首											●	1
	明題和歌全集						●				●		2
	題林愚抄						●				●		2
江	類題和歌集						●				●		2

「春」を詠み込んだ改作琉歌の元となった和歌の歌書

		T二九五四 Z七六 Z八三	Z二三五	T三六七〇	Z八九〇 Z三一四	Z一四五九	Z一四一九	Z一〇七八	Z二四四	Z一四四八	Z一五八八	T三六八二	Z一〇七七	Z一四二七	T三六四四	T八七〇	Z一〇八四	合計
平安時代	古今和歌集	●	●															2
	新撰和歌集	●																1
	宗于集	●																1
	古今和歌六帖	●	●			●												3
	深窓秘抄	●																1
	和漢朗詠集	●																1
	三六人撰	●																1
	中宮亮重家朝臣家歌合	●																1
	深養父集		●															1
	奥儀抄		●															1
	和歌十体		●															1
	伊勢物語			●														1
	後拾遺和歌集				●													1
	躬恒集					●												1
鎌倉時代	古来風体抄	●																1
	俊成三六人歌合	●																1
	定家八代抄	●	●															2
	新時代不同歌合	●																1
	桐火桶	●																1
	家隆卿百番自歌合		●															1
	壬二集		●															1
	夫木和歌抄		●								●							2
	新勅撰和歌集			●			●		●									3
	新古今和歌集					●												1
	玉葉和歌集							●										1
	拾遺愚草										●							1
	六百番歌合										●							1

次頁に続く↓

↓前頁より続く

		T二九五四 Z七六 Z八三	Z二三五	T三六七〇	Z八九〇 Z三一四	Z一四五九	Z一四一九	Z一〇七八	Z二四四	Z一四四八	Z一五八八	T三六八二	Z一〇七七	Z一四二七	T三六四四	T八七〇	Z一〇八四	合計
室町時代	明題和歌全集		●				●	●			●							4
	題林愚抄		●				●	●			●							4
	菊葉和歌集				●													1
	続草庵集									●								1
	頓阿勝負付歌合											●						1
	風雅和歌集										●							1
	永享百首												●					1
	春霞集													●				1
	雪玉集														●			1
江戸時代	浦のしほ貝									▲								1
	漫吟集															●		1
	為村集																●	1
	類題和歌集		●				●	●			●							4

「夏」を詠み込んだ改作琉歌の元となった和歌の歌書

		Z一三一〇	Z一五〇五	Z二三二〇	Z一五〇八	Z一五五	合計
平安時代	古今和歌集	●					1
	古今和歌六帖	●					1
	後六々撰	●					1
	深養父集	●					1
	後撰和歌集			●			1
	大和物語			●			1
	和漢朗詠集			●			1
	童蒙和歌抄			●			1
	風情集				●		1
鎌倉時代	百人秀歌	●					1
	百人一首	●					1
	定家八代抄	●		●			2
	定家十体			●			1
	時代不同歌合	●					1
	和歌用意条々	●					1
	桐火桶	●					1
	古来風体抄			●			1
	瑩玉集			●			1
	近代秀歌			●			1
	八代集秀逸			●			1
	今物語			●			1
	十訓抄			●			1
	詠歌一体			●			1
	撰集抄			●			1
	世継物語			●			1
室	井蛙抄	●					1
江戸	浦のしほ貝				▲		1
	為村集					●	1

「秋」を詠み込んだ改作琉歌の元となった和歌の歌書

		T四一六七	Z一四九一	T七三	T四一九八	Z一六八九	Z一五三〇	Z一二八七 Z一五三七	Z一五二六	T四六三三	Z五三〇	T二六九八	合計
平安時代	古今和歌集	●	●										2
	寛平御時后宮歌合	●		●									2
	三十六人撰	●											1
	貫之集		●										1
	古今和歌六帖		●										1
	新撰朗詠集		●										1
鎌倉時代	古来風体抄	●	●										2
	俊成三十六人歌合	●											1
	定家八代抄	●	●										2
	近代秀歌	●											1
	詠歌大概	●											1
	百人秀歌	●											1
	百人一首	●											1
	三十番歌合	●											1
	桐火桶	●	●										2
	秀歌大体		●										1
	嘉元百首		▲										1
	歌枕名寄		■										1
	新勅撰和歌集			●	●								2
	秋風和歌集					●							1
	宝治百首						●						1
室町時代	新千載和歌集		■						●				2
	明題和歌全集				●		●		●				3
	題林愚抄				●		●		●				3
	頓阿百首							●					1
	尊円親王百首								●				1
江戸時代	類題和歌集				●		●		●				3
	新明題和歌集											●	1
	鳥の迹								▲		●		2
	衆妙集									●			1

「冬」を詠み込んだ改作琉歌の元となった和歌の歌書

		Z一五八四	Z一五六八	Z一五八一	Z一五七九	Z二七七	Z一五八七	Z一五七四	合計
平安時代	後撰和歌集	●							1
	古今和歌六帖	●							1
	和漢朗詠集	●							1
	綺語抄	●							1
	隆源口伝	●							1
	堀河百首					●			1
鎌倉時代	古来風体抄	●							1
	定家八代抄	●							1
	玉葉和歌集	▲							1
	夫木和歌抄		●						1
	為家集			●					1
	嘉元百首				●				1
	新後撰和歌集					●			1
	歌枕名寄					●			1
室町時代	六華和歌集	●							1
	新千載和歌集	■							1
	延文百首						●		1
江	新明題和歌集							●	1

『琉歌全集』「節組の部」1～160番歌中の改作琉歌の元となった和歌の歌書

		Z七	Z二五	Z二八	Z二九	Z三七	Z八七	Z九三	Z一三六	Z一五九	合計
平安時代	続詞花和歌集	●							●		2
	高陽院七番歌合	●									1
	顕綱集	●									1
	袋草紙	●									1
	千載和歌集				●				●		2
	林葉和歌集				▲						1
	金葉和歌集							●			1
	宝物集								●		1
	月詣和歌集								●		1
鎌倉時代	正治百首	●									1
	歌枕名寄	●							●		2
	万代和歌集	●									1
	夫木和歌抄	●	●								2
	千五百番歌合		●								1
	宝治百首			●							1
	白河殿七百首			▲							1
	河院摂政家百首				■						1
	御裳濯和歌集							●			1
	現存和歌六帖(抜粋本)								▲		1
室町時代	新千載和歌集	●									1
	新続古今和歌集	●									1
	明題和歌全集			▲	●			●			3
	題林愚抄			▲	●			●			3
	新拾遺和歌集						●				1
	草根集									●	1
	正徹千首									●	1
江戸時代	類題和歌集			▲				●	●		3
	鳥の迹					●					1
	為村集							▲			1

『琉歌全集』「吟詠の部」1404～1604番歌中の改作琉歌の
元となった和歌の歌書

		Ｚ一四〇七	Ｚ一四一一	Ｚ一四一七	Ｚ一四一八	Ｚ一四二一	Ｚ一四二六	Ｚ一四四二	Ｚ一四八二	Ｚ一四八三	Ｚ一五五一	Ｚ一五五四	Ｚ一五五五	Ｚ一五七〇	Ｚ一五七七	Ｚ一五八三	Ｚ一五九三	合計
平安時代	金葉和歌集					●				●								2
	三井寺山家歌合								●									1
	師兼千首								▲									1
	散木奇集									●								1
	高陽院七番歌合									●								1
鎌倉時代	玉葉和歌集	●										●		●				3
	宝治百首			●			●			●								3
	夫木和歌抄				●							●				●		3
	正治百首				●													1
	親清五女集						▲											1
	続古今和歌集							●										1
	万代和歌集							●										1
	中古六歌仙									●								1
	色葉和難集									●								1
	六百番歌合											●						1
	拾玉集											●						1
	新和歌集												●					1
	三十番歌合														●			1
	白河殿七百首															●		1
室町時代	草庵集		●								●							2
	風雅和歌集			●														1
	明題和歌全集			●			●			●		●		●		●	●	7
	題林愚抄			●			●			●				●		●		5
	新千載和歌集								■									1
	新拾遺和歌集																●	1
江	類題和歌集		●	●			●		▲	●		●		●		●	●	9

以上に提示した各表から、時代ごとの傾向をつかみたい。

時代ごとに、改作元の和歌が特に多く収録された歌集を収録数の多い順に挙げ、続けて勅撰和歌集やその選歌資料、また物語など、当該年代の代表的な歌集と改作元の和歌の収録数を列挙する。一つの和歌が複数の歌集に収められている場合は、それぞれの歌集ごとにひろった。

平安時代

①『古今和歌六帖』：六首
②『古今和歌集』：五首
③『金葉和歌集』『和漢朗詠集』：三首ずつ

・勅撰和歌集：『古今和歌集』（五首）、『金葉和歌集』（三首）、『千載和歌集』（二首）、『後撰和歌集』（二首）、『後拾遺和歌集』（二首）
・物語：『大和物語』（二首）、『宇津保物語』（一首）、『落窪物語』（一首）、『狭衣物語』（一首）、『伊勢物語』（一首）、『栄花物語』（一首）

鎌倉時代

①『夫木和歌抄』：一〇首
②『定家八代抄』：七首
③『玉葉和歌集』：六首

④『新勅撰和歌集』『宝治百首』『歌枕名寄』：五首ずつ
⑤『桐火桶』『拾遺愚草』：四首ずつ
⑥『続古今和歌集』『為家集』『世継物語』『秋風和歌集』：三首ずつ

・勅撰和歌集：『玉葉和歌集』（六首）、『新勅撰和歌集』（五首）、『続古今和歌集』（三首）、『新後撰和歌集』（二首）、『新古今和歌集』（一首）
・勅撰和歌集の選歌資料：『宝治百首』（五首）、『正治百首』（二首）、『嘉元百首』（二首）
・物語：『世継物語』（三首）、『今物語』（一首）
・その他：『為家集』（三首）、『為家千首』（一首）、『百人一首』（一首）

室町時代

①『明題和歌全集』：一九首
②『題林愚抄』：一四首
③『新千載和歌集』：五首
④『新拾遺和歌集』『風雅和歌集』『草根集』『草庵集』：二首ずつ

・勅撰和歌集：『新千載和歌集』（五首）、『新拾遺和歌集』（二首）、『風雅和歌集』（二首）、『新続古今和歌集』（一首）、『新後拾遺和歌集』（一首）
・勅撰和歌集の選歌資料：『永享百首』（一首）、『延文百首』（一首）

・頓阿の歌書：『草庵集』（二首）、『続草庵集』（一首）、『井蛙抄』（一首）、『頓阿句題百首』（一首）、『頓阿勝負付歌合』（一首）、『頓阿百首』（一首）

江戸時代

①『類題和歌集』：二二首

②『新明題和歌集』：六首

③『鳥の迹』：四首

④『為村集』：三首

⑤『浦のしほ貝』：二首

以上を踏まえ、琉歌人が和歌を琉歌へ改作した際に、参考にした頻度が高い歌書は、江戸時代成立の『類題和歌集』（二二首）、室町時代成立の『明題和歌全集』（一九首）や『題林愚抄』（一四首）、そして鎌倉時代成立の『夫木和歌抄』（一〇首）や『定家八代抄』（七首）ということになる。

これまでに各章で見てきたように、改作琉歌の元となった和歌は、鎌倉時代と平安時代初出の和歌が最も多く、その殆どが当時有名な勅撰和歌集や物語などに含まれている歌である。琉歌人はそれらの歌集や物語などから直接学んだ可能性もあり得るが、むしろ同じ和歌を収めた『類題和歌集』『明題和歌全集』『題林愚抄』のような室町時代や江戸時代成立の歌集を参考にした可能性が高いのではないかと考えられる。なぜならば、それらの歌集に含まれている改作琉歌の元となった和歌の殆どが、様々な勅撰和歌集の和歌と重なっているからである。多くの名歌がまとめられた『類題和歌集』などの歌集のほうが、改作琉歌を詠む際に参考にするには便利だったのではないか、と考えられる。

また、改作琉歌を詠んだ琉歌人が、平安・鎌倉時代成立の勅撰和歌集ではなく、室町や江戸時代成立の『明題和歌全集』や『類題和歌集』等を主に参照したことは、あくまでも可能性としてのみ指摘するにとどまるが、次の歌集については、確実に参照したことが指摘できる。室町時代成立の頓阿の歌集や江戸時代成立の『新明題和歌集』『鳥の迹』『浦のしほ貝』に含まれる改作元の和歌は、その歌集にのみ収録され、他の歌書には見られないのである。

本書では、先行研究でも指摘されているオモロの改作琉歌三首に対し、和歌の改作琉歌を九三首指摘できた。さらに、表現に関しては、琉歌と和歌の共通点が琉歌とオモロの共通点より多くあることが判明した。この結果は、琉歌の成立論にも関わるのではないか、と考えられる。本章の最後に和歌の表現がどのように琉歌へと流れ込んでいったのか、その経緯を考察してみたい。

五　和歌の表現はどのように琉歌へ流れ込んだのか

琉歌は主に形式の側面から、オモロに由来している説が現在の通説となっている。しかし本書の調査で、琉歌の表現に関してはオモロより和歌の影響のほうが大きいことが判明した。仮に形式はオモロから影響を受けたとしても、表現の上では和歌に大きく影響され、琉歌というジャンルが最終的に誕生したのではないか、と推定できる。そのため、ここでは、和歌の表現がどのような経緯をへて琉歌へ流れ込んでいったのかを考察したい。

第一～四章で対象にした琉歌の中では、オモロの改作琉歌は三首のみ指摘でき、それらは全て従来の先行研究でも指摘されている。それに対し、和歌の改作琉歌は、九三首指摘でき、さらに、その殆どの例はこれまでに先行研究で取り上げられていない。調査対象の琉歌七四二首中、オモロの改作琉歌は一％にも満たないのに対し、和歌の改作琉歌は一二・五％を占めているのである。

さらに、改作琉歌とまでは言えないが、和歌の句と非常に似ている一・二句程度を有する琉歌も多く、改作琉歌の歌数を大きく上回る。さらなる精密な調査が必要であるが、これまでの調査では、とりわけ「春」「夏」「秋」「冬」を詠み込んだ琉歌全句の半数は、和歌の句に類似することが判明した。表現に関する琉歌と和歌の共通点は、決して単なる偶然とは言えない。

また、琉歌は、基本的に首里方言で書かれており、「琉歌」という名称は「和歌」という名称を前提にしていることはすでに述べた通りである。外間〔一九六五〕も「叙情詩としての発生基盤は中央にあり、その担い手は、貴族化した首里士族階層の人達であったはずである」〔二四頁〕と述べている。さらに、「首里士族の貴族的思想の中で開花したウタは、整形的な詩形（文学性）と、三味線の律動（音楽性）を伴って地方に浸透し、庶民性に結びつくことによって叙情的世界の裾野を大きく拡げることになった」〔二五頁〕とも加えている。

したがって、琉歌は、和歌や和文学を意識していた首里王府の士族の間で最初に誕生し、時代が下るにつれて一般の庶民の間に広がったのではないか。

琉歌は、基本的に三線《サンシン》によって伴奏し歌われる歌である。和歌は三味線と結びついていないが、一五七二年頃の戦国武将の様子が描かれている『利家夜話』を見ると「新来の楽器〈三味線――筆者注〉と当時流行の歌謡である小唄が結びついていたことがわかる」〔池宮 一九七六 一六六頁〕と言う。

三味線は琉球から大和へ伝えられたと考えられている。その頃、琉球と大和の士族の交流も頻繁に行われていたと考えられる。当時の琉球王国の中で三線が歌と結びついていたことは明らかであるが、「そのウタが琉歌形式であるという保障はない」〔前掲 一六八頁〕のである。だとすれば、中国から三線が伝来した後、大和との交流の中で小唄や和歌を意識していた首里士族が、和歌等の表現を詠み込み、当時のウタを洗練させ、琉歌形式のウタを生み出したのではないかと推定できる。琉歌は次第に中央から地方へと浸透し、最終的には一般の庶民の間にも広く歌われ、和歌と離れた新しい琉歌も詠まれるようになったのではないだろうか。

庶民の代表的な歌人としては、恩納なべが挙げられる。伊波（一九七五）は、「彼女の歌はすべてかういふ風に調の高いものばかりであるが、和歌の影響を受けなかった時代の琉歌は、大方かういふものであった」（四三頁）と述べ、恩納なべの生きていた時代について和歌の影響を受けていないものとする。恩納なべの生没については未詳であるものの、「詠歌の背景を推察するに尚敬王（一七一三―一七五一）、あるいは尚穆王（一七五二―一七九四）時代の人物と思われる」（上原 二〇一〇 四二頁）のであれば、島津氏の琉球入りの一〇〇年以上後に生きていたと考えられる。その時代にはすでに和歌の影響が琉球にも確実に伝わっていた。恩納なべのような一般の庶民の間で、和歌の影響を受けた琉歌とはかけ離れた琉歌が詠まれていたとしても、もともと首里士族が和歌を意識し、それまでのウタを洗練させ琉歌を生み出したという推定とは齟齬をきたさないと考える。中国からの冊封使を芸能で歓待するために生まれた御冠船踊や、玉城朝薫によって作られた「組踊」に続き、琉歌も首里王府で冊封史を歓待するために披露されるものとなった。中国の冊封史をもてなす際に、大和の芸能を元にして誕生した「組踊」と同様、琉歌も和歌の影響を受け首里王府で洗練され、誕生したのではないかと推定できる。中国と大和、双方の文化を受け入れ、チャンプルにしながら独自の文化を生み出してきた琉球王国の人々は、元々存在していたオモロの形式を元に、和歌の表現から影響を受け、最終的に沖縄文化の独自の八・八・八・六音調の歌である琉歌を作り出した可能性が考えられるだろう。基本的に不定型とされているオモロや宮古・八重山の民謡に対し、和歌と同様、定型の形式を持つ琉歌は、表現の観点からも和歌との共通点が多く、これは偶然とは言えないだろう。

六　おわりに

本章では、第一～三章で指摘した「面影」「影」「春夏秋冬」を詠み込んだ改作琉歌に加え、『琉歌全集』の「節組の部」の一～一六〇番歌と「吟詠の部」の一四〇四～一六〇四番歌を対象に新たな和歌の改作琉歌を指摘した。

また、第一～四章で指摘した和歌の改作琉歌をまとめたデータから次のことが明らかとなった。重複歌を除けば、第一～四章の調査対象にした琉歌七四二首中、オモロの改作琉歌は三首（〇・六％）であるのに対し、和歌の改作琉歌は九三首あり、一二・五％を占めている。それら九三首のおよそ半数（五二首）は特定の歌人によって詠まれた歌であるが、残りのおよそ半数（四一首）は読人知らずの琉歌である。琉歌は最初に特定の人物によって詠まれ、時代が下るにつれて大衆化したと言えるだろう。

また、九三首の改作琉歌の元となった可能性のある和歌を一〇五首指摘した。それら一〇五首の中で最も多いのは、鎌倉時代初出の歌であり、四一首で三九％を占めている。二番目に多いのが平安時代初出の和歌（二七首、二六％）、三番目は室町時代初出の和歌（二〇首、一九％）、最後に江戸時代初出の和歌（一七首、一六％）と続く。また、当時有名であった勅撰和歌集やその選歌資料、物語に含まれる和歌も少なくとも五一首見られ、およそ半数を占めている。当時中には、藤原定家（三首）、為家（六首）、頓阿（五首〔2〕）の和歌も多く見られる。このような結果は琉球士族が学んでいた歌集に関する記録（『阿嘉直識遺言書』）を裏付けるものとなっている。

琉歌人は具体的にどの歌書を参考にしたかといえば、可能性として最も高いのは、平安時代成立の『古今和歌六帖』『古今和歌集』『金葉和歌集』『和漢朗詠集』、鎌倉時代成立の『夫木和歌抄』『定家八代抄』『玉葉和歌集』、室町時代成立の『明題和歌全集』『題林愚抄』『新千載和歌集』および江戸時代成立の『類題和歌集』などが挙げられる。

歌集に含まれた改作元の和歌の歌数から、参考にされた可能性の最も高い歌集は、江戸時代成立の『類題和歌集』（二三首）や室町時代成立の『明題和歌全集』（一九首）、『題林愚抄』（一四首）であると考えられる。この結果から、改作琉歌に最も影響を与えたのは平安時代と鎌倉時代初出の和歌ではあるが、琉歌人はその和歌をおそらく室町時代や江戸時代の歌集から学んだ可能性が高いと言えるだろう。また、他の歌書には見られない和歌を収めた歌集もあり（室町時代成立の頓阿の歌集である『草庵集』『続草庵集』『頓阿百首』『頓阿句題百首』や江戸時代成立の『新明題和歌集』『鳥の迹』『浦のしほ貝』）、琉歌人はそれらの歌集を確実に学んだと結論付けられる。

以上を踏まえれば、琉歌人はオモロより和歌の表現から強く影響を受けたと考えられ、また、オモロと違い、和歌と同様に定型を持つ歌である琉歌は、和歌からの影響の下で首里士族によって洗練され、誕生した可能性も考えられる。中国からの冊封使を芸能で歓待することを重んじた琉球王朝の文化の中で、日本芸能を元にして作られた玉城朝薫の「組踊」と同じように、琉歌も、冊封史を歓待するために、和歌を意識していた首里士族によって最初に詠まれ、首里城で披露されるようになったのではないだろうか。そして、最初に中央の貴族によって詠まれた琉歌は、次第に地方にも浸透し、一般庶民の間にも親しまれる歌となり、琉歌独特の表現も徐々に多く詠み込むようになり、現在の琉歌まで成長してきた、という考察も可能であろう。

［1］これは、重複歌集を除いての歌数である。例えば、勅撰和歌集と歌物語の両者に含まれている歌であれば、勅撰和歌集に見られる一首として数えた。

［2］これら五首に加え、『頓阿句題百首』に頓阿の門人である周嗣の一首も見られる。

第五章

オモロと琉歌における「大和」のイメージ

一　はじめに

オモロと琉歌は、共に沖縄本島で生まれた。オモロは一五三一年から一六二三年にわたり首里王府によって『おもろさうし』として編纂された叙事歌であり、琉歌は正確な誕生年次について未詳でありながらも、遅くとも一七世紀末には確実に存在していた抒情歌である。また、琉歌はオモロを母体にして生まれたという説があり、琉歌とオモロが深い関係にあることは従来から先行研究で指摘されてきた。

このような、時代的にも地理的にも近接したオモロや琉歌の中に、「上《のぼ》り／上《のぼ》て」という表現が共通して数多く見られる。これは物理的に高い場所へ移動するという当然の意味以外に、身分の高い人物（国王・按司等）や神々がいらっしゃる所へ参るという意味を表す場合があり、「大和」へ行くことを歌ったものも見られる（「上り／上て」の全用例中、オモロで約一一％、琉歌で一・四％）。重要な場所へ行く意味を含んだ「上り／上て」が「大和」と連結していることから、大和と国際関係を維持していた当時の琉球王国の人々にとって「大和」が重要な場所として認識され、高く評価されていたと推定できるだろう。しかし、オモロと琉歌において「大和」は、高く評価されるのみなのであろうか。それとも違うイメージも有するものなのであろうか。

本章では、オモロや琉歌の中で当時の「大和」はどのようなイメージで捉えられ、描かれているのかについて、考察を進めたい。「大和」という表現を含んだすべての琉歌とオモロを対象に調査し、両歌における「大和」のイメージが同じものであるのか否か、本章で明らかにしたい。

また、「大和」のイメージという問題を扱う際、歴史的・政治的な背景も視野にいれて考察する必要があると考えられる。しかし、ここではそれらの詳しい考察は将来の研究課題とし、発想論や表現論という観点から、「大和」がオモロと琉歌という琉球文学の中でどのようにイメージされ、捉えられていたのかという点に限って考察する。先行研究〔嘉味田 一九六八、一九七七〕においても、琉球文学における様々な表現の発想源となる精神等について、すでに考察が進められているものの、オモロや琉歌における「大和」という表現のあり方については、いまだ指摘がされていない。そこで、歴史的・政治的な状況の考察は一旦措き、まずは「大和」という表現がオモロと琉歌の中で有する文学的な発想（イメージ）を明かにし、この表現に関するオモロと琉歌の共通点や相違点について報告、分析したい。

二 オモロにおける「大和」のイメージ

「大和」という語は、『おもろさうし 辞典・総索引（第二版）』に、「広く日本本土を意味する」ものと記されている。大和およびそれと関連する人物または事物を歌ったオモロは、『おもろさうし』全一五五四首中二一首見られる。ただし、その中で日本本土を意味する語は「大和」だけでなく、他に二語存在する。一つは、「大和」の対語として、「大和」と共に七首のオモロに見られる「やしる（山城）」で、同辞典によると、「京都の山城をいう。「る」は「ろ」

のおもろ表記」と解説されている。また、別の一首のオモロには、「にほんうち（日本内）」という表現も見られ、同辞典によると、「日本中」という意味を持つ語である。『おもろさうし』の中には、「大和」が二〇首、「山城」は「大和」と対語関係をなす七首に見られ、そして「日本内」は一首のみに見られる。以上から、日本本土を具体的に歌ったオモロは、合わせて二一首あることになる。

それでは、『おもろさうし』に見られる「大和」は、表現上どのようなイメージで歌われているのか。以下に具体的に見ていきたい。

「大和」「山城」「日本内」を歌った二一首のオモロは、その内容によって整理・分類すると、次の四つのグループに分けることができる。

①祝い（賛美）の歌→一二首で五七・一％（巻七―三七七、巻八―四五七、巻一一―五八二、六〇六、六二〇、巻一四―九八八、一〇一八、巻一五―一〇八二、巻一六―一一四四、巻一七―一一八五、巻二一―一四二六、一四三六）

※①はさらに二つのグループに分けられる。

Ⓐ大和へ友好的な感情を表す歌→六首（巻八―四五七、巻一一―五八二、六二〇、巻一四―九八八、巻一五―一〇八二、巻二一―一四三六）

Ⓑ大和へ競争心を表す歌→六首（巻七―三七七、巻一一―六〇六、巻一四―一〇一八、巻一六―一一四四、巻一七―一一八五、巻二一―一四二六）

②反感の歌→五首で二三・八％（巻三―九三、九六、九七、巻一四―一〇二七、巻二〇―一三六四）

③「上て」の歌→三首で一四・三％（巻一〇―五三八、巻一一―六三七、巻二一―一四九七）

④祈りの歌→一首で四・八％（巻一三―七八三）

まず③「上て」と歌われるオモロから取り上げる。これらの三首を見てみると、次の二つのことが分かる。第一に、三首のオモロ全てが「大和旅」に買い物をしに行くことを描写しているということである。特に、巻一〇―五三八のオモロを見てみると、貿易や造船術が発達している様子がうかがえる。伊波普猷〔一九七五〕もこの歌を取り上げ、造船術を連想させると述べている。また、第二に分かることは、「大和」と呼応する動詞として「上る」が使われていることである。動詞「上る」には二つの意味合いがあると考えられる。まずその一つ目としては、「大和」や「山城」を目的地として、「上て」と歌うということは、「地方から都へ行く」という意識の現れであり、沖縄本島にある琉球王国が地方であると認識した上での表現と言える。地方は文化的には、より低い所であり、都である「大和」や「山城」を文化的に高い所と認識した結果の表現である。これら三首のオモロから、当時の琉球王国と大和の関係のあり方の一端が知られるが、要するに社会的・文化的観点から、琉球王国は「下」、大和は「上」という認識があったのであろう。特に、薩摩藩の琉球への侵入（一六〇九年）以降、両国の上下関係は明確なものとなった。二つ目の意味合いとして考えられるのは、「地方から都へ行く」のではなく、ただ単に「北へ上る」、つまり「北上」することである。南島である琉球へ行く時に、「南下」する概念があるのに対し、逆に琉球から北方にある「大和」へ行く時に「北上」する概念があったのかもしれない。だとすれば、動詞「上る」は、上下関係に関する一つ目の意味合いと異なり、かなりニュートラルな表現となる。筆者は、両方の意味合いを認めつつも、一つ目を主張したい。なぜなら、三首のオモロの中では「大和」が貿易対象として歌われているため、貿易相手を友好的に、高く評価したと考えるほうが無理がないからである。また、「上て」と歌われるオモロは、残りの三つのグループのオモロと比べて、「大和」に対する批判や賛美の発言を含まない点で異なる。すなわち、③は無難な内容のオモロであるため、これら三首に見られる「上て」のオモロはニュートラルもしくはプラス（友好的な）イメージとして捉えられよう。

「大和」を歌ったオモロの中で最も例が多いのは、①祝い（賛美）のオモロである。賛美される対象は、琉球の権力者である国王や按司、それに神女、さらにグスクと呼ばれる城や神祭りなどの神事である。①のオモロには、次の二つ（ⒶⒷ）に大別できる。

Ⓐは、大和に対する友好関係を表現しているオモロである。このようなオモロの例には、大和から来たり大和へ向かったりする船を祝福するもの、また大和の人たちに琉球王国で行われた祭りを見せたいと歌うものがある。つまり、そうしたオモロを見ている限り、大和と琉球王国の関係は良好に見える。さらに、これらのオモロも一首ずつ詳しく見れば、殆どの場合は貿易や造船に関る場面が浮かび上がり、貿易相手である大和との関係は友好的であるように歌われている。こうしたオモロは、六首あり、①祝いのオモロ全体の半数を占めている。

Ⓑのオモロは、琉球の国王、按司、神女や地名を賛美し、その評判が大和にまでも鳴り轟くことを歌ったり、大和の有名な人物や地名にたとえたりしている。こうした歌い方は、大和を誉め称え、大和への憧れを表しているとも解釈できるが、琉球を大和と重ね合わせることで、自国が大和と同様に非常に優れた国家であるという、誇り高き意識やある種の競争心、張り合う気持ちを示しているようにも感じられる。第三節、第四節で見る琉歌の例では、大和への憧れを表す歌（後述の琉歌の㋑グループ）は、ただ単に「大和」のことを賛美しており、その中でわざわざ「沖縄」（琉球）を賛美してはいないが、逆に、Ⓑのオモロでは「沖縄」を賛美する時に、「大和」との比較が目立ち、上下関係の「下」である「沖縄」が、「上」である「大和」と同様に優れ、その評判が「大和」まで鳴り轟き、「大和」の権力者にも知ってほしい、と歌われており、張り合う気持ちが明瞭に表現されていると言える。

①とは逆に、②の反感の歌は明らかに日本と対立する気持ちを歌ったオモロである。②は計五首あり、大和を臣下にすること、大和の兵士をこらしめること、大和の軍勢を呪詛し退けることなどが歌われ、大和やその軍に対する敵意が明確に表現されている。一六〇九年の薩摩藩の琉球への侵入以降、両国の上下関係は明確なものとなり、琉球王

国は形式的には独立王国とされたものの、実際には大和（薩摩）の臣下のように扱われた状況は、矛盾を含んだ複雑な両国の関係を生み出した。このような関係は、②の反感の歌から極めて明確に読み取れる。

なお、敵意とは正反対の、好意の気持ちをはっきりと歌ったオモロも見られるが、それは④の祈り歌の一首のみである。このオモロは大和から来た船頭が無事に帰国することを、神に祈っている様子を歌っている。

以上をまとめると、大和を詠み込んだ二一首のオモロ中、主に貿易相手として描かれている大和に対する友好的な感情を歌うオモロは合わせて一〇首あり、四七・六％を占める。それは③の「上て」の歌三首、①―Ⓐの大和へ友好的な傾向を示す歌六首や④祈りの歌の一首である。それとは逆に、大和に対する競争心や張り合う気持ち、および反感の気持ちを歌うオモロは合わせて一一首あり、五二・四％を占める。これは大和に対して好意的な気持ちを表すオモロとほぼ同数であることが明らかになった。それらは、②の反感の歌五首と、①―Ⓑ競争心を表す歌六首で、計一一首である。

なお、「大和」の対語表現である「山城」という語を用いたオモロは、反感の歌四首および「上て」の歌三首に見られる。そして、「日本内」という表現は祝いの歌一首に見られ、それは日本に対する競争の気持ちを歌っている。

三　琉歌における「大和」のイメージ

大和を取り上げた琉歌は、重複歌を除くと一九首ある。その内訳は、『琉歌全集』に「大和」の例が一一首、「日の本（ひのもと）」が一首である。また、『琉歌大成』の琉歌には「大和」を歌う例が七首見られる。なお、オモロに例のある「山城」や「日本内」は琉歌には一切見られない。

それでは、琉歌の例をオモロと同様に、その内容面から整理・分類してみると次のようになる。

祝いの歌→八首で四二・一%
祈りの歌（「お上り」の歌一首を含む）→四首で二一・〇%
切ない歌→三首で一五・八%
喜びの歌→二首で一〇・五%
滑稽な歌→一首で五・三%
反感の歌→一首で五・三%

この結果を見れば、琉歌はオモロと比較してテーマが多様で、内容的に豊かで複雑なことが分かる。そこで、別の切り口で分類し直すと、次のようになる。

㋐沖縄を賛美する歌→四首で二一・一%（『琉歌全集』二六三六、『琉歌大成』二四・二一七八・四四六六）
㋑大和を賛美する歌→四首で二一・一%（『琉歌全集』一六五一・一七〇九・二七五六、『琉歌大成』四四六七）
㋒大和に対する反感の歌→一首で五・二%（『琉歌全集』一五二四）
㋓個人の感情、もしくは航海に関する歌（大和に対する感情は歌わない）→一〇首で五二・六%（『琉歌全集』五五二一・八七六・一一八三・一二〇〇・一六三七・一六七五・二二〇四、『琉歌大成』一四五四・一六三〇・二五九五）

右の分類結果から、大和に対する反感の気持ちを歌った琉歌は㋒の一首のみであることが分かる。その数は、大和へ反感を表す五首と、大和へ競争の気持ちを表す六首の計一一首あるオモロと比べて、極めて少ない。また、琉歌では、㋐沖縄を賛美する歌と、㋑大和を賛美する歌は共に四首で同数であることが分かる。したがって、琉歌の場合は沖縄と大和をどちらも優れているように歌っており、片方を賛美するという際立った偏りが見られない。加えて、沖縄や大和に対する気持ちを表現せず、愛する妻や夫などに対する個人的な感情、または、沖縄の人々にとって関心の高い航海の安全に対して感謝や喜びの気持ちを表した㋓の歌が一〇首と多く、その数が㋐や㋑の賛美の歌数を大きく上回っている。航海の要素が歌われている点は、琉歌とオモロの共通点として挙げられ、航海というものが当時の沖縄の人々にとっていかに重要なものであったかがうかがえる。しかし、航海の描写以外に㋓の琉歌に見られる個人感情の描写は、オモロにはなく、琉歌の特徴の一つであると言えよう。

なお、「日の本」は琉歌に唯一見える表現であるが、その歌は沖縄のことを称賛しつつ、「日の本」にまでも、その評判が届くようにと願っている。そして琉歌の「日の本」と、オモロの「日本内」という表現を含んだ歌は、もっぱら沖縄を賛美し、大和に対する競争心を表している点で、共通している。

四　「大和」のイメージをオモロと琉歌で比較する

ここでは、これまでの調査結果を踏まえ、オモロと琉歌から伝わる「大和」のイメージを比較する。

最初に、沖縄を賛美するオモロと琉歌をそれぞれ一首ずつ紹介する。オモロの場合は、沖縄を賛美するものは、すべて①祝い（賛美）の歌に属している。まず、そのオモロを一首示す。

『おもろさうし』（巻一一・六〇六）

こいしのがさしふとのばらが節

一　かさすちやらは
　だりじゆ　鳴響《とよ》め
又　見《み》れば　水《みづ》　廻《まわ》て
又　真物《まもん》ちやらは
又　なごの浜《はま》に
又　なごのひちやに
　大和《やまと》ぎやめ
　だりじよ　鳴響《とよ》め

大意――かさす若按司、立派な若按司は、げにこそ鳴り轟け。穏やかななごの浜、なごの直地に、げにこそ鳴り轟け。大和までも、げにこそ鳴り轟け。若按司を見ると、水走るような美しい顔である。

このオモロは、「かさす」という沖縄の権力者（久米島の按司）を賛美する歌であるが、その評判が大和までも鳴り轟くようにと祈る場面が歌われる。「沖縄の評判は大和までも届くように」という祈願は、オモロだけではなく琉歌にも見られ、共通している。しかしオモロの場合は、沖縄の優れた人物や場所が大和と同様に優れていると、大和にたとえて歌っているのに対し、琉歌はそれだけの態度にとどまることなく、中には「沖縄は大和より優れている」と表現しているものもある。その例を一首示す。

『琉歌大成』（四四六六・新隆生）

大和あんぐわたが　　　　（ヤマトゥ　アングヮタガ）

色香よりまさて　（イルカユイ　マサティ）
島のめやらべの　（シマヌ　ミヤラビヌ）
しなりきょらさ　（シナリ　チュラサ）

現代語訳——日本の姉さん達の色香よりも、島の女の子の方がぴったり合ってきれいだよ。

琉歌には沖縄を誉める歌が四首あり、決して少なくはないだろう。中には、右のように沖縄のことを大和よりも優れていると賛美する歌もあり、大和に対する強い競争心とも言うべき気持ちが現れたものも見られる。その一方で、大和を賛美する歌も同様に四首ある。オモロと琉歌の共通点としては、賞美される大和に沖縄を重ね合わせる点が指摘できる。ところが、大和のみを賛美する琉歌が見られるのに対して、そうしたオモロは一切見られない。オモロの場合、大和と対抗・競争するという意識が強かったことがうかがえる。琉歌の場合は、沖縄の賛美と大和の賛美がそれぞれ個別になされている点で、オモロとは異なる。このような特徴を、以下のオモロと琉歌で示すことができる。

『おもろさうし』（巻一六・一一四四）
あかのこがよくもまたもが節
一　勝連《かつれん》わ　何《なお》にぎや　譬《たと》ゑる
　　大和《やまと》の　鎌倉《かまくら》に　譬《たと》ゑる
又　肝高《きむたか》わ　何《なお》にぎや

大意——勝連は、肝高は、あまりに勝れていて何にか譬えようか。それこそ、大和の鎌倉に譬えるのだ。

続いて、琉歌の例を挙げる。

『琉歌全集』（一七〇九・小禄按司朝恒）

名に立ちゆる大和　（ナニ　タチュル　ヤマトゥ）
お上りや下り　（ウヌブリヤ　クダリ）
おかれよしめしやいる　（ウカリユシ　ミシェル）
お願しやべら　（ウニゲ　シャビラ）

現代語訳――評判の高い大和にいらっしゃるときは、お上りもお下りもめでたく無事にお務めをおすましなさるようお願い致しましょう。

右に示したオモロは、沖縄の有名なグスク（城）の勝連が大和の鎌倉にたとえられて賛美されている。こうした歌い方は、大和に対する競争の気持ちを表していると読み取ることができよう。それに対し、琉歌は大和を賛美しているが、沖縄には一切言及せず、単に大和を賛美するだけであるため、大和への対抗意識は薄く、殆ど感じられない。このように琉歌には大和を個別に誉めている例が存在するので、オモロよりも琉歌のほうが大和を寛大な気持ちで認めていると考えられる。ただ、沖縄を賛美する琉歌の中には、沖縄を大和よりも優れていると歌ったものもあるため、大和に対する競争の気持ちが琉歌に一切ないとは言えない。

大和に対する琉歌の寛大さは、㋒反感の歌を見ても同様に理解できる。大和のことを歌ったオモロの中には、②反感の歌が五首もあり、二三・八%というかなり高い割合を示しているのに対し、同様の分類を行った琉歌の中で、㋒反感の歌は一首（五・三%）しか見られない。以下に、反感のオモロと琉歌を一例ずつ挙げる。

『おもろさうし』（巻二〇・一三六四）

きせのしが節
一　兼城《かねぐすく》のろの
守《まぶ》りよわる弟勝《おとまさ》り
やぐめさ
大和軍《やまといくさ》　寄《よ》せらや
又　国《くに》かねののろの

大意――兼城ののろ神女が、国かねののろ神女が守り給う勝れた弟者よ、恐れ多いことだ。大和軍が寄せたならば、弟者が退けてくれることであろう。

『琉歌全集』（一五二四・読人知らず）

沖縄秋山や　（ウチナ　アチヤマヤ）
紅に染めて　（クリナイニ　スミティ）
大和吉村の　（ヤマトゥ　ユシムラヌ）
お茶の遊び　（ウチャヌ　アスィビ）

現代語訳――沖縄は秋の山が紅葉して真っ赤になっているように、血に染まって苦しんでいるが、大和人の吉村という人はお茶の遊びをして楽しんでいる。

オモロと琉歌の反感の歌は、その用例数に差があるだけでなく、内容でも相違がある。反感のオモロでは、主に大和の軍、ひいては大和そのものに対して強い反発を表現している。それに対して、反感の琉歌は、大和そのものより大和の特定の一人の人間に対して抗議し訴えるものである。勿論、この琉歌で、風刺の対象となっている「吉村」という人物は大和の代表者として捉えることもできるので、これも大和そのものに対する不満が歌われている場面と見なすこともできよう。

オモロには、大和に対する反感および競争心という気持ちが読み取れる歌が過半数を占める一一首あるのに対し、琉歌には反感の歌が僅かに一首のみである。そして、琉歌の場合、沖縄と大和を誉め称える歌がそれぞれ四首ずつ存在する。オモロと琉歌の異なる歌い方には、以下の二つの理由があったと考えられる。

一つ目の理由は、両歌の作成時代の差である。「大和」を取り上げたオモロは全て巻三以降の巻に含まれていることがこの調査で分かった。巻三~二二が編纂された一六二三年という年は、一六〇九年に起こった薩摩藩の琉球侵入から十数年が経っており、「大和」である薩摩藩の支配の影響に伴う複雑な感情が最も強かった時代であっただろう。そのため、オモロにもその反感や競争心の気持ちが強く表れたと言える。それに対し、琉歌はおそらく一八世紀初め、オモロより一世紀ほど後の時代に盛んに作られるようになったので、その頃にはすでに大和に対する反感の気持ちが薄まっていたと推察される。したがって、オモロと違い琉歌には反感の歌が一首のみという結果になったのであろう。

二つ目の理由としては、両歌のジャンルの違いがある。オモロは基本的にフォーマルな儀式の場で歌われ、集団の発想を表しながら呪術機能も果たしていた叙事歌であるのに対し、琉歌はインフォーマルな民間の個人の間で歌われ、個人の発想を表現している抒情歌であるため、こうした違いが生まれたのであろう。

最後に、琉歌とオモロのジャンルの差が生む特徴について、以下の用例を取り上げながら、もう少し詳しく述べたいと思う。

琉歌には、個人の感情を題材にした歌が数多く含まれており、大和を歌った琉歌の中にも、航海の描写も含め感情をストレートに表現した歌が一〇首あり、五二・六%を占めている。さらに、祈りや祝いの歌の中でも相手に対する個人の期待、喜びなどが歌われている。一方、オモロには個人の感情に関する例は殆ど見られず、国王・神女に対する敬意や賛美のみが表現される。これは、神祭りの儀式の場において集団の考え方を表した歌であることから当然の帰結と言えよう。こうしたオモロと琉歌の違いは次の例からも知られる。

『おもろさうし』(巻一七・一一八五)

きみがなし節
一　源河《ぎんかな》成り思《よも》ひや
　　せぢ玉《たま》ぐすく
　　大和《やまと》の鬼《おに》る　かに　ある
又　意地気《いぢへきな》成り思《よも》いや

大意――源河成り思い様は、勝れて活気のある成り思い様は、霊力豊かな美しいぐすくを造って栄えている。大和の勝れた人のようにぞ、勝れているのだ。

「源河成り思い」は名護市源河《げんか》の神女の名であり、このオモロは、その神女を賛美し、祈るものである。沖縄の人物が賛美される中で、大和との比較を伴うのが大和を賛美するオモロの特徴である。ここで注目したいのは、このオモロは個人の感情に一切触れず、神女の賛美や敬意のみを表す点で、これは儀礼という場における歌い方であろう。一方、琉歌には個人的な感情を歌ったものが多い。以下、琉歌の例を挙げ、個人の感情を右のオモロと対比したい。

『琉歌全集』（八七六）

今帰仁の城　（ナチジンヌ　グスィク）
にやへ高さあれば　（ニャフェ　タカサアリバ）
里前まゐる大和　（サトゥメ　メル　ヤマトゥ）
見ゆらやすが　（ミユラ　ヤスィガ）

現代語訳――今帰仁城がもっと高かったら、背の君のいらっしゃる大和も見えるであろうに、見えるのは海ばかり惜しいことだ。

これは妻による愛しい夫に対する気持ちを歌う場面であり、ひたすら個人の感情を表す琉歌である。オモロも琉歌も共に大和を歌っているが、オモロの場合は神女に敬意を払うために神女を大和の優れた人物にたとえているのに対し、琉歌のほうは夫のことを思い、夫がいる遠い大和が見えるようになりたいという、個人的感情を歌っている。オモロからは、大和との競争心が多少感じられるが、琉歌のほうはその詠み手である妻が夫のいる大和をただ見たいという切ない気持ちの吐露に使われているだけである。あくまで愛しい夫を中心に詠んでおり、そこには、大和に対する競争心や反感は一切感じられない。この琉歌から読み取れる感情は、ただ切ない思慕の情だけであり、もし大和に対して何らかの反感を持ったとしても、それは個人の気持ちに過ぎず、両国家間のレベルで考えられる感情にまでは及んでいない。

五　おわりに

調査の結果、大和を取り上げたオモロと琉歌の数は、ほぼ同数であることが判明した。その殆どの歌で、「大和」という語が使われているが、オモロには「山城」と「日本内」、琉歌には「日の本」という単語も、それぞれ独自に見られた。今回、調査対象としたオモロと琉歌は、同じ「大和」という語を用いているが、そのイメージについては、違いのあることが明らかとなった。

まず、「大和」と「上て」を歌ったオモロからうかがえる「上下関係の上に位置する大和の高い評価」というイメージは、決して大和を歌うすべてのオモロに共通したものとはなっていないことが分かった。オモロの場合は、大和に対する反感や競争意識が表現されたものも多く、大和を取り上げたオモロの中で、半数以上を占めていることが判明した。反感のオモロでは大和の軍などに対し敵意が強く表現され、また、競争心を表すオモロを見ると、沖縄を誉める際に、大和と重ね合わせて歌われるパターンが目立つ。

一方、琉歌には、大和に対する反感の歌は一首しか見られず、沖縄も大和もそれぞれ個別の歌を以って賛美されており、その数も四首ずつと同数であり、沖縄にも大和にも偏っていないことが分かった。また、大和を歌う残りの一〇首の琉歌は、単に航海の安全を喜ぶ様子や個人的な感情を歌っている。個人的な感情の描写という点は、主に琉球王国の国王や按司、神女を賛美する儀礼的歌謡のオモロには見られない、琉歌の抒情歌としての特徴である。つまり、オモロは基本的にフォーマルな儀式の場で歌われ、集団の発想を表しているのに対し、琉歌はインフォーマルな民間の個人の間で歌われ、個人の発想を表現しているため、こうした結果になったのであろう。

また、歌の作成時代も考慮すれば、一六〇九年に起こった薩摩藩の琉球入りの直後の一六二三年に編纂された巻三

〜一二二のオモロには大和に対する反感の感情が表れるのは自然であろう。それに対し、一世紀ほど経った時代に作られた琉歌にはそのような気持ちはすでに薄らいでいると思われる。

結論として、オモロの中の大和のイメージは、歴史的・政治的な背景によるところが大きく、そのため反感の歌が五首も現れたと推察することができる。しかし、琉歌の場合はそれらを殆ど持ち込まなかったので、主に個人の感情や、安全な航海、無事に帰港する様子を表現した歌が一〇首あるのに対して、反感の歌は僅か一首という結果になったのであろう。

終章　本研究のまとめ

沖縄本島で生まれた琉歌（抒情歌）は、従来の研究ではオモロ（叙事歌）に由来する歌であるという説と、大和の文化、特に小唄の影響を受けながら誕生したという説の二つが出されている。現在、琉歌はオモロの影響を受け成立したという説のほうが通説となっているが、筆者は表現の観点から、琉歌の起源はオモロではなく、琉歌と同じ抒情歌である大和の和歌に由来しているという見解に達した。

そう考えるのは、琉歌発生論をオモロや小唄に求める従来説は、主として歌の形式面を重視しているが、表現の観点からは徹底的な調査がいまだなされておらず、表現比較の側面からは、これまでの考え方と異なり、琉歌は、オモロよりも和歌との共通点が多く見られることが判明したからである。本書では、沖縄の琉歌とオモロ、そして大和の和歌の表現比較研究を行い、互いの影響関係を表現の観点から明らかにすることを試みた。

具体的な作業としては、特定の表現と動詞との呼応関係に見られる共通点をまず調べた。それに加えて、琉歌とオモロ、琉歌と和歌の影響関係の程度をより正確に測定するために、徹底的な調査に基づいて、和歌の改作琉歌とオモロの改作琉歌の数を比較した。琉歌は、どの時代の和歌から主に影響を受けているのか、琉歌人は、どの歌集を学んだ可能性が高いのかについての指摘も行った。得られた結果を踏まえつつ、琉歌の発生には和歌からの影響や関与もあり得ただろうという結論に達した。また、最後に、「大和」という表現を詠み込んだ琉歌とオモロの相違点に焦点を当て、オモロとは異なる抒情歌としての琉歌の特色を明らかにした。

なお、本書は、これまでに調査の及んでいなかった広範囲の歌数を対象にし、その結果をまとめたものである。調査対象とした琉歌やオモロ、和歌は、全て序章において示した文献に拠るものである。そして、各章ごとに得られた具体的な結論を再度ここにまとめる。

まず、第一章では、「面影」を詠み込んだ琉歌や和歌、オモロを対象に調査を行った結果、琉歌、和歌共に、「面影」と最も多く結ばれる動詞は「立つ」であり、「面影→立つ」という組み合わせが最も高い割合を占めていることが判明した。この共通点は偶然とは言えず、両歌に何らかの関係性があることを示している。また、「面影→立つ」の組み合わせでは、両歌においていくつかの類似表現も見られる。第一に、和歌における七音の「面影ぞ立つ」（意味：面影が立つ）および琉歌における八音の「面影ど立ちゆる《ウムカジドゥタチュル》」（意味：面影が立つ）が挙げられる。「面影ぞ立つ」という句は、平安末期の初出で、鎌倉時代に多く見られ、藤原俊成や定家系列の当時有名であった歌人によって詠まれた表現である。そして、この表現は藤原定家の次男である藤原為家が最も多く詠み、琉球士族が学んでいたとされる『為家集』にもこの句を含んだ和歌が見られる。したがって、琉歌人も藤原定家やその系列の歌人から影響を受け、和歌におけるこの句の七音調を琉歌にふさわしい八音調に変形し、琉歌の中に八音句として取り入れた可能性がある。

しかし、琉歌における「面影ど立ちゆる」という八音句は、オモロにも「面影ど立ち居る」のように一首であるが見られる。そのため、琉歌におけるこの句は和歌の「面影ぞ立つ」という七音句の変形であるのか、或いはオモロの八音句がそのまま取り入れられているのか、はっきりしない。本書では、両方の可能性を指摘するにとどめ、今後の研究課題としたい。

「面影↓立つ」の組み合わせにおける琉歌と和歌の類似表現としては、第二に、和歌の七・七音の「見し面影の立たぬ日ぞなき」（意味：昔愛していた〔人の〕面影が立たない日はない）、および琉歌の八・八音の「馴れし面影の《ナリシウムカジヌ》立たぬ日やないさめ《タタヌフィヤネサミ》」（慣れ親しんだ〔人の〕面影が立たない日はないだろう）が指摘できる。この表現を詠み込んだ和歌も『為家集』に収められており、この和歌が琉歌へ改作された可能性が指摘できる。また、この句における和歌の「見し」および、琉歌の「馴れし」という表現は、ほぼ同じ意味を表すものである。さらに、両歌の中でそれらの語と一致して数多く結ばれる表現として、「面影」のみが挙げられることは、大きな共通点となっている。琉歌には、「見し」という表現は一切見られないことから、琉歌における「馴れし面影」という表現は、和歌の「見し面影」という表現の変形かとも考えられるが、「馴れし」という表現は和歌にも数多く見られるため、琉歌における独自表現ではなく、和歌の表現をそのまま模倣したものであろう。なお、オモロには、右の類似表現のみならず、「見し」も「馴れし」も一切見られない。

また、「面影」を歌った琉歌には、右の類似表現や為家の和歌を改作した琉歌以外に、和歌と非常に似通った歌、いわゆる和歌の改作琉歌と考えられるものも何首か指摘できた。本調査の結果、『琉歌全集』で「面影」を詠み込んだ九九首の中から、和歌を改作したと考えられる琉歌は一一首あり、一一％になる。また、それらの改作琉歌は、特定の作者によって詠まれた歌が殆どであって、改作元の和歌を初出年代で分類すると、最も多く見られるのは鎌倉時代であり、次に、江戸時代や室町時代となる。そして、最も少ないのは平安時代初出の和歌である。また、改作元の和歌の約三分の一は、勅撰和歌集や物語に見られる歌である。この結果は、琉歌人が勅撰和歌集や物語の中の歌などを積極的に学んでいたことを裏付ける。

以上のことから、琉歌は、「面影↓立つ」という組み合わせに関する特定の句について、主に平安時代や鎌倉時代初出の和歌における句から影響を受けたという可能性があるのに対し、「面影」を詠み込んだ改作琉歌に影響を与えた和歌は、鎌倉時代（特に勅撰和歌集）や江戸時代（『新明題和歌集』など）の歌が多いことが判明した。また、「面影ど立ちゆる」という琉歌の句に関しては、和歌のみならず、オモロからの影響も考えられるが、それ以外の表現や句に関しては、オモロからの影響は確認できなかった。さらに、「面影」を詠み込んだ和歌の改作琉歌は一一首指摘できたものの、オモロの改作琉歌は一切見られない。したがって、「面影」を歌った琉歌に関しては、オモロよりも和歌の表現から影響を多く受けていることが明確になった。

一方、琉歌には和歌と一致しない表現も多く見られる。例えば、和歌には見られない「面影↓すがる」や「面影↓立ちまさる」という組み合わせが挙げられる。琉歌の場合は、「面影」が「すがる」や「立ちまさる」といった動詞と呼応することで、より積極的な感情が語られるのに対し、和歌の場合には、「面影↓添ふ」という組み合わせを通じて奥ゆかしい趣や、哀れさで溢れる静かな和歌世界が感じられる。また、和歌における「面影に見ゆ」などといった視覚表現は、琉歌では、独特の表現である「目の緒さがて《ミヌヲゥサガティ》」（意味：〈面影は〉まなじりにまとわりついて）によって表される。このような例から、琉歌は和歌の表現から影響を受けたとしても、大和とは異なる環境で歌い続けられてきたため、独自の表現を生み出し、それらを今日まで保つことができた、沖縄ならではの抒情歌であると言えるだろう。

第二章では、「面影」「月影」「水面や鏡に映る影」という三つの意を表す「影」という単語に注目し、その表現を詠み込んだ琉歌と和歌を対象に調査を行った。なお、「影」という語がオモロにはないため、第二章の調査対象は、琉歌と和歌のみとなった。

本調査の結果から、第一章で指摘した「面影↓立つ」のような、「影↓立つ」という呼応関係は、『琉歌全集』の琉歌には一切見られず、『国歌大観』の和歌にその例はあるものの、非常に少ないことが分かった。調査対象となった一万首以上の和歌中、「面影」の意味で詠まれた「影」を含んだ和歌では、「立つ」という単純動詞が「影」と呼応する例は一首しか見られず、また「立つ」の複合動詞を含む例も非常に少なく、対象とした和歌一万首以上の中で二〇首を下回る。したがって、琉歌と和歌の両方に「面影→立つ」という組み合わせが非常に多く見られるにもかかわらず、逆に両歌共に「影→立つ」という組み合わせが殆ど見られない点は、大きな共通点と言えよう。さらに、「月影」という表現を含んだ歌数が、「影」を詠み込んだ琉歌と和歌で、それぞれ過半数を占めることも、両歌の関係性を示すものとして理解できよう。

また、第二章でも和歌の改作琉歌数を指摘した。「影」を詠み込んだ琉歌六〇首の中に和歌の改作琉歌が一四首見られ、二三%に及んでいることが判明した。特定の歌人によって詠じられた歌と読人知らずの歌とが、それぞれ約半数を占めている。また、「影」を詠んだ和歌の改作琉歌一四首の中でも、最も多く見られるのは「月影」を詠んだ琉歌であり、半数を占める。

琉歌の改作元の和歌の中で最も多く見られるのは、鎌倉時代初出の和歌で、続いて平安時代、そして残りは室町時代成立の歌集に初出の和歌である。また、これらの和歌のおよそ七〇%を占めるのが、藤原定家、為家の和歌、頓阿の和歌集や勅撰和歌集（『後拾遺和歌集』『続千載和歌集』）および物語（『狭衣物語』『栄花物語』）に含まれる和歌であることを指摘した。「面影」を含む改作琉歌の場合よりもその割合は高く、琉歌を詠じた士族がどの和歌集や和文学作品を学んだかについての根拠（『阿嘉直識遺言書』）をより強く裏付ける。

さらに、改作琉歌のみならず、特定の句の中でも和歌の影響を辿ることができた。「影」を取り入れた歌の場合は、とりわけ「さやかに照る月の影」「四方に照る月の影」「名に立つ月の影」がその例として挙げられる。この三つの表現についても、藤原定家や為家、その系列の歌人の影響を受けたものである可能性が大きいと考えられる。

第三章では、歌における季節語に注目した。オモロにおいては、昔から沖縄の気候になじんだ季節語「夏・冬・若夏・うりずん」のみが使用され、「春・秋」は使われないが、琉歌は季節語に関してはどのようになっているのか、オモロと和歌との比較から明らかにした。

琉歌は「夏・冬・若夏・うりずん」という沖縄の独特の季節を表す表現のみならず、和歌と同様に「春」と「秋」も詠み込まれており、さらに、琉歌も和歌も「春」と「秋」は季節語として最も高い割合を占めていることが判明した。また、季節語と動詞の組み合わせに関しても、「夏」「冬」だけではなく、沖縄の独特の表現「若夏」「うりずん」と呼応する動詞も、琉歌とオモロで一致していないことが明らかとなった。季節語と動詞／名詞との組み合わせに関しては琉歌と和歌に共通点が多く、特に「春」と「夏」にその傾向が強い。両歌共に「春」と最も多く呼応する動詞は「来る」であり、また、「夏」の場合は動詞よりも名詞との組み合わせが目立つ。しかし、和歌の中では「春」のみならず、「秋」「冬」においても「来る」が最も多く呼応する動詞であるのに対し、琉歌の場合には「来る」が最も多く結ばれるのは「春」のみである。この点は両歌で大きく異なる。

「春夏秋冬」の語を詠み込んだ琉歌と和歌の句ごとの調査も行ったが、対象となった両歌の全句の半数以上は類似していることが分かった。「春夏秋冬」を取り入れた琉歌では、和歌の改作琉歌がオモロの改作琉歌よりも遥かに多く見られ、重複歌を除けば、四一五首中に四三首あり、一〇％程度となっている。この改作琉歌の殆どはいままでの研究で指摘されていないものである。また、「夏」と「冬」を同時に取り入れたオモロの改作琉歌も二首見られ、確かに琉歌とオモロの関係性も認められるのではあるが、四三首にのぼる和歌の改作琉歌と比較すれば、オモロからの影響は、和歌からの影響に比べ極めて弱いと言えるだろう。

季節語を詠み込んだ和歌の改作琉歌の内訳は、特定の歌人によって詠じられた歌数と読人知らずの歌数がほぼ同数となっている。また、改作元の和歌の初出年代を分類をすると、平安時代初出の和歌が最も多く、二番目に多いのは鎌倉時代であることが分かった。続いては、室町時代や江戸時代である。また、それらの和歌の二〇首が勅撰和歌集に、五首が勅撰和歌集の選歌資料となっている百首に見られ、一首が物語の中に見られる。このように、改作元の和歌の過半数は、当時有名であった和歌集に含まれている歌であることが明らかになった。季節語を取り入れた琉歌の場合も、その改作元の過半数が、琉球士族が学んだ和文学の作品と一致することになった。具体的には、とりわけ『古今和歌集』『新勅撰和歌集』『新千載和歌集』『玉葉和歌集』等であり、また、『伊勢物語』『大和物語』『世継物語』等も琉歌人によって参考にされた可能性が高いと考えられるだろう。また、藤原定家、為家、為教や頓阿の和歌も見られる。

第四章では、これまでに指摘した改作琉歌に、『琉歌全集』の「節組の部」の最初の一六〇首や「吟詠の部」の最初の二〇〇首を対象にした調査で指摘できた新たな改作琉歌を加え、それら全ての改作琉歌に関する総合的なデータを表にまとめた上で、改作琉歌をめぐる問題を提起して、今後の見通しを示した。

重複歌を除けば、第一～四章で調査対象にした琉歌七四二首中には、先行研究でも指摘されているオモロの改作琉歌が三首（〇・六％）あるに対し、和歌の改作琉歌は九三首あり、一二・五％を占めている。それら九三首のおよそ半数は、特定の歌人によって詠まれた歌であり、残りのおよそ半数は読人知らずの歌である。この結果から、琉歌は最初に特定の人物によって詠まれ、時代が下ると共に大衆化したのではないか、と推察されよう。

また、改作琉歌の元となった可能性のある和歌を一〇五首指摘した。和歌の初出年代の分類を行うと、最も多いのは鎌倉時代初出の歌で、二番目に多く見られるのは、平安時代初出の和歌、続いて室町時代初出、江戸時代初出の順となっている。また、当時有名であった勅撰和歌集、その選歌資料や物語に含まれる和歌も少なくとも五一首見られ、およそ半数を占めている。中には、藤原定家（三首）、為家（六首）、頓阿（五首）の和歌も見られ、一〇五首中におよそ一三％を占める。「面影」「影」や季節語を詠み込んだ改作琉歌の場合のみならず、総合的な結果でも、琉球士族が学んでいた歌集に関する記録（『阿嘉直識遺言書』）を裏付けるものとなっている。

琉歌人が具体的に参考にした勅撰和歌集、その選歌資料、物語は、以下の通りである。まず、勅撰和歌集に関しては、平安時代の『古今和歌集』『金葉和歌集』『千載和歌集』『後撰和歌集』『後拾遺和歌集』、鎌倉時代の『玉葉和歌集』『新勅撰和歌集』『続古今和歌集』『新後撰和歌集』『新古今和歌集』、室町時代の『新千載和歌集』『新拾遺和歌集』『風雅和歌集』『新続古今和歌集』『新後拾遺和歌集』、また、勅撰和歌集の選歌資料に関しては、鎌倉時代の『宝治百首』『正治百首』『嘉元百首』、室町時代の『永享百首』『延文百首』、そして、物語では平安時代の『大和物語』『宇津保物語』『落窪物語』『狭衣物語』『伊勢物語』『栄花物語』、鎌倉時代の『世継物語』『今物語』を琉歌人は学んでいた可能性がある。

また、勅撰和歌集・選歌資料・物語に限らず、改作元の和歌の例数から考えて、琉歌人が改作琉歌を詠じた際に参考にした可能性が高い歌書は、平安時代の『古今和歌六帖』『古今和歌集』『金葉和歌集』『和漢朗詠集』、鎌倉時代の『夫木和歌抄』『定家八代抄』『玉葉和歌集』、室町時代の『明題和歌全集』『題林愚抄』『新千載和歌集』および江戸時代の『類題和歌集』などとなる。さらにその中から例数の多さでしぼれば、江戸時代の『類題和歌集』や室町時代の『明題和歌全集』『題林愚抄』が挙げられる。前述のように改作琉歌に影響を与えたと考えられるのは、第一に鎌倉時代初出の和歌、第二に平安時代初出の和歌ではあるが、琉歌人はその和歌をおそらく『明題和歌全集』や『類題和歌集』のような室町時代や江戸時代成立の歌集から学んだ可能性が高いと推定できるだろう。

また、改作元の和歌がその歌集にしか収録されていないため、琉歌人によって確実に学ばれたと推定できる歌集もいくつかある。室町時代の頓阿の歌集や江戸時代の『新明題和歌集』『鳥の迹』『浦のしほ貝』等である。

改作琉歌や共通表現の検討を踏まえると、琉歌はオモロより和歌の表現からの影響を大きく受けたと考えられる。

表現のみならず形式の面でも、定型化し、短い形式を持っている琉歌は、和歌との共通点が多いと言えるであろう。表現に関する共通点は、琉歌の成立論にも大きく関わるのではないか、と考えられる。第四章の最後では、琉歌は、和歌や和文学を意識していた首里士族がその影響をうけ、既存のウタを洗練させ、成立した可能性もあり得るのではないか、という見通しを述べた。琉球王朝は中国から来た冊封史を歓待するために、様々な芸能を披露していた。代表的なものに「組踊」や、琉歌が挙げられる。「組踊」は能、狂言、歌舞伎といった日本の芸能を元にして創作された歌劇であることが知られている。同様に、琉歌も冊封史をもてなすために、和歌を意識していた士族によって作り出され、和歌の表現を多く詠み込むようになったのではないだろうか。のちに、首里王府から地方にも浸透し、一般庶民の間に拡がるにつれて、沖縄独特の表現も多く詠み込まれるようになり、現在の琉歌にまで発展してきたという推察もできるであろう。

第五章では、琉歌とオモロの中で大和はどのようなイメージで描かれているのか、という問題の解明に取り組んだ。大和を取り上げた琉歌とオモロの歌数はほぼ同数である。殆どの歌で、「大和」という語が使われているが、琉歌の中には、「大和」の他に「日の本」という用例が一例、またオモロの中には、「山城」と「日本内」も僅かながらあった。琉歌もオモロも同じ「大和」という語を取り入れているものの、そのイメージには若干の相違が見られることが、今回の調査で判明した。

まず、オモロの中には、「大和」が「上て」と呼応する歌が三首見られ、「上下関係の中で上にある大和に対して高い評価がなされる」というイメージがうかがえる。しかし、このようなイメージは決して全てのオモロに共通するものではない。オモロの中には、大和に対する反感や競争意識の強い歌も多く、それらの歌は半数以上を占めている。このようなオモロでは、沖縄を誉める際に、その対象を大和にたとえているため、大和に対する強い競争の意識がうかがえる。

一方、琉歌には、大和に対する反感の歌は一首しか見られない。また、沖縄と大和への賛美は、それぞれ四首ずつと同数で、偏りは見られない。なお、琉歌の中で沖縄が誉められる際に、オモロと同じように大和と比較されるパターンも見られ、琉歌にも大和に対する競争意識がなかった訳ではないようである。しかし、琉歌はオモロと違って、大和のみを誉める歌があるので、大和に対して琉歌のほうが寛大な態度を示していると言えるだろう。

また、「大和」を詠んだ残りの一〇首の琉歌は、単に航海の安全を喜ぶ様子や個人的な感情を歌っている。個人的な感情を大いに歌い上げている琉歌は、主に琉球王国の国王や按司、神女を賛美する儀礼的歌謡のオモロとは異なる特徴を持つと言える。つまり、オモロは基本的にフォーマルな儀式の場で歌われ、集団の見解を表しているのに対して、琉歌はインフォーマルな民間の個人の間で歌われるため、個人的な感情の描写を含んでいる歌が多いのは当然であろう。また、オモロと琉歌が生み出された時代差も考慮すると、大和に対する琉歌とオモロの異なるイメージがより一層明らかとなるであろう。今回の調査対象となったオモロの巻三〜二二は、一六二三年に編纂されている。その時代は、島津氏の琉球入りが起こった一六〇九年の直後であるため、大和に対する反感の気持ちが強かったことは、想像に難くない。それに対し、それから一世紀ほど経った時代にさかんに歌われ、一般庶民の間で普及していたと思われる琉歌には、そのような気持ちは殆どなかったと思われる。

オモロの中に表れる大和のイメージは、当時の歴史的・政治的な背景が反映されているため、反感の歌が五首も現れたと推察することができる。一方、抒情を主に取り上げている琉歌は、大和に対するイメージはプラスのものとなり、反感の歌は僅か一首にとどまる。また、個人の感情を表現した歌が大半を占めることは、オモロには見られない、抒情歌である琉歌の特徴だと言える。

以上、本書の第一～五章の研究結果を踏まえると、琉歌は、表現や歌の内容に関しては、叙事歌であるオモロよりも、同じ抒情歌である和歌から強い影響を受けたと考えられる。「面影ど立ちゆる」「若夏」「うりずん」等のような、主に単語レベルで琉歌に影響を与えたオモロと比べて、共通表現をはじめ、改作琉歌の歌数の面からも、琉歌の成立には和歌の表現のほうが重要な役割を果たした、と結論付けられる。

参考文献

池宮正治　一九七六『琉球文学論』沖縄タイムス社

池宮正治　一九八二『近世沖縄の肖像　上・下』ひるぎ社

池宮正治　一九九二「万葉集と南島歌謡」『和歌文学講座2・万葉集Ⅰ』勉誠社、三六七―三八五頁

石川盛亀　一九九八『初心者のための「琉歌入門」』ニライ社

伊波普猷　一九七五『伊波普猷全集・第九巻』平凡社、三二三―三三四頁

岩佐美代子　一九九六『玉葉和歌集全注釈・上巻』笠間書院

植月　博　一九九六『国書読み方辞典』おうふう

上原直彦　二〇一〇『琉歌百景』ボーダーインク

小沢正夫・松田成穂　一九八三『古今和歌集・日本古典文学全集・第九巻』小学館

押川かおり　一九九七「「おもかげ」考―新古今的表現の一側面―」『日本文学史論―島津忠夫先生古稀記念論集―』世界思想社、九一―一〇七頁

小野重朗　一九七二「南島歌謡の発生と展開」『叢書　わが沖縄・第五巻―沖縄学の課題―』木耳社

嘉手苅千鶴子　一九九六「琉歌の展開」『岩波講座・日本文学史・第一五巻〔琉球文学、沖縄の文学〕』岩波書店、五七―七八頁

嘉手苅千鶴子　二〇〇三『おもろと琉歌の世界』森話社

嘉味田宗栄　一九六八『琉球文学発想論』星印刷

嘉味田宗栄　一九七七『琉球文学表現論』沖縄タイムス社

神作光一・長谷川哲夫　二〇〇六『新勅撰和歌集全釈・六』風間書房

金城朝永　一九七四『金城朝永全集・上巻』沖縄タイムス社

西郷信綱　一九六三『日本古代文学史　改稿版』岩波書店
酒井茂幸　二〇〇四『草庵集　和歌文学大系・六五』明治書院
島袋盛敏・翁長俊郎　一九九五『標音評釈　琉歌全集』（五版）武蔵野書院
鈴木一雄校注　一九八六『狭衣物語　新潮日本古典集成・第七四回・下』新潮社、三一六―三一七頁
世礼国男　一九七五「琉球音楽歌謡史論」『世礼国男全集』野村流音楽協会
武田元治　一九七四「中世歌論における「おもかげ」について」『群馬大学教育学部紀要　人文社会科学編』二四巻、一―一六頁
田島利三郎　一九八八『琉球文学研究』第一書房
中塚栄次郎　一九二八『十三代集　校註国歌大系・第五巻』国民図書株式会社
長友　武　一九九〇「琉歌の隆盛と和歌の影響」『鹿屋体育大学研究紀要』第五号、一四九―一五五頁
仲原善忠　一九五八「琉球の文学」『岩波講座日本文学史・第一六巻』岩波書店
仲原善忠　一九六九『仲原善忠選集・中巻』沖縄タイムス社
仲程昌徳　一九七九「沖縄・琉歌の発生とその現在」『短歌研究』三六巻七号、短歌研究社
比嘉春潮　一九七一『比嘉春潮全集・第四巻』沖縄タイムス社
比嘉　実　一九七五「琉歌の源流とその成立」『沖縄文化研究』二、法政大学沖縄文化研究所、九七―一四二頁
樋口芳麻呂・後藤重郎校注　一九九六『定家八代抄・上』岩波書店
外間守善　一九六五「琉球文学の展望」『文学』三三巻七号、岩波書店
外間守善・仲程昌徳　一九七四『南島抒情　琉歌百選』角川書店
外間守善　一九七六『南島文学』角川書店
外間守善　一九七九「沖縄文学の全体像」『沖縄文化研究』六、法政大学沖縄文化研究所、三三八―三六三頁
外間守善　一九九五『南島の抒情―琉歌―』中央公論社
前城淳子　二〇〇六「琉歌歌語「雨」をめぐって」『琉球大学法文学部紀要　日本東洋文化論集』第一二号、八七―一二八頁
間宮厚司　二〇〇五『おもろさうしの言語』笠間書院
間宮厚司　二〇〇八『沖縄古語の深層―おもろ語の探究―』森話社

Carter, S.D. 1997 *Unforgotten Dreams: Poems by the Zen monk Shotetsu*, New York: Columbia University Press

辞典・事典類

『王朝語辞典』秋山虔編、理想社、二〇〇〇年
『沖縄古語大辞典』沖縄古語大辞典編集委員会編、角川書店、一九九五年
『沖縄大百科事典・上巻』沖縄大百科事典刊行事務局編、沖縄タイムス社、一九八三年
『おもろさうし　辞典・総索引（第二版）』仲原善忠・外間守善、角川書店、一九七八年
『古語大辞典』中田祝夫・和田利政・北原保雄編、小学館、一九八三年
『日本国語大辞典（第二版）』日本国語大辞典第二版編集委員会・小学館国語辞典編集部編、小学館、二〇〇〇―二〇〇二年
『日本古典文学大事典』日本古典文学大辞典編集委員会編、岩波書店、一九八三―一九八五年
『琉球史辞典』中山盛茂編、琉球文教図書、一九六九年

テキスト類

『標音評釈　琉歌全集』（五版）島袋盛敏・翁長俊郎、武蔵野書院、一九九五年
『標音校注　琉歌全集総索引』清水彰編、武蔵野書院、一九八四年
『琉歌大成』（解説・索引編）清水彰編著、沖縄タイムス社、一九九四年
『増補　琉歌大観』島袋盛敏、沖縄タイムス社、一九六四年
『おもろさうし　上・下』外間守善校注、岩波文庫、二〇〇〇年
『南島歌謡大成Ⅱ　沖縄編』外間守善・比嘉実・仲程昌徳編、角川書店、一九八〇年
『新編国歌大観・第一巻―第一〇巻　歌集・索引』「新編国歌大観」編集委員会編、角川書店、一九八三―一九九二年
『新編国歌大観』ＣＤ―ＲＯＭ版 Ver. 2「新編国歌大観」編集委員会編、角川書店、一九九六年
『明題和歌全集』三村晃功編、福武書店、一九七六年
『明題和歌全集全句索引』三村晃功編、福武書店、一九七六年

『類題和歌集（付録　本文読み全句索引エクセルCD）』日下幸夫編、和泉書院、二〇一〇年

あとがき

一九九九年に母国スロバキアのコメニウス大学東アジア言語文化学科に進学し、そこで「日本語及び異文化間コミュニケーション」を専攻しました。外国語や文学、あるいは詩や歌に深い興味を持っていた私にとって、ヨーロッパでは接することの少ない日本の言語との出会いは、今まで見知らぬ新しい世界の扉が開くように感じられました。アルファベットや韻を踏む詩の文化で育ってきた私に、それと全く異なる文化に基づいた漢字や和歌の概念は、新鮮な世界観を与えてくれました。そして、二〇〇二年から一年の間、日本語日本文化研修生として沖縄の琉球大学に留学した際、沖縄口《ウチナーグチ》や琉歌、オモロなどと出会い、さらなる扉が開いて、とても刺激的な世界に足を踏み入れた気がしました。

法政大学の間宮厚司先生との出会いは、コメニウス大学での指導教授であったイヴァン・ルマーネク先生が与えてくださいました。以前から沖縄の文化や言語に魅了されておられたルマーネク先生が、在外研究で法政大学にいらした間、沖縄文化研究所に所属されている間宮先生と出会い、私のことを紹介してくださったのです。そして、当時スロバキアにいた私に法政大学への留学を勧め、背中を押してくださいました。

そのような経緯で、私は二〇〇八年四月から法政大学で研究することになりました。当初は研究生として修士課程進学をめざし、その先には博士課程がありました。遠い将来のように思えるそこまでたどりつけるかどうか、当時の私にはまだ分かりませんでした。ただただ好きな和歌や琉歌、オモロについて研究しながら、一歩一歩少しずつ努力を積み重ねていきました。そして、努力が実を結び、ようやく博士課程に進学して、さらなる研究を進めていこうと胸をふくらませていた矢先に、あの東日本大震災が起こってしまったのです。私は東京にいて幸いにも無事でしたが、震災がもたらしたショックや悲しみ、精神的な不安は、自分の将来を考える上で大きな影響を及ぼしました。私も周りの留学生と同じように、日本に残ればよいか、帰国すればよいかを懸命に考え、悩みました。しかし、指導してくださる先生方、学友、被災地の皆さんの頑張っている姿を見て、どんなに大変な状況でも私も頑張らないといけない、夢は諦めてはいけないという考えに至りました。人生は、楽しい時だけでなく、困難な時こそ、本当の価値を現わすのだと思います。被災された方々をはじめ、絶対に負けない日本の皆さんの姿は励みとなり、指導教授の間宮先生、諸先生方、先輩、その他さまざまな友達から応援を頂き、私も一緒に頑張りたいという気持になりました。震災を体験した人々を取り囲むように広がった、日本全体の「絆」をまのあたりにし、大きな感動を覚えました。そして、遠くはなれたスロバキアの地から、私をプライベートで支え続けてくれた家族や友人がいたことは、辛い時にある当時の私にとって、本当に幸せなことでした。この場を借りて、感謝の言葉を表したいと思います。

博士課程で研究を続けることになった私は、論文の執筆に没頭しました。以前から私は、人々がどんな気持ちや考えを抱き、それをどのように文学や歌の中で表現しているのかに興味があり、それゆえ抒情歌である琉歌や和歌を重点的に勉強しました。字数の限られたとても短い文章の中で、歌人が自分の気持ちや世界観をこんなに大きく、上手に表現できることに、だんだん魅了されていきました。想像力を掻きたてる表現の魅力というのは、やはり偉大なものです。

本書は、博士論文『琉歌の表現研究―和歌やオモロとの比較―』を加筆・修正したものです。「面影」「影」「春夏秋冬」「大和」という表現を詠み込んだ歌を分析し、琉歌とオモロや和歌の共通点や特徴を突き止めようと試みました。本書では、右の表現に限定して考察を進めましたが、将来的には、これら以外の表現にも範囲を拡げ、琉歌や和歌、オモロを詠んだ人々が、その表現に託した考え方を探っていきたいと思います。本書がその最初の一歩となることを期待しています。

博士論文の審査にあたっては、主査をご担当くださった指導教授の間宮厚司先生をはじめ、同じく副査をご担当くださった加藤昌嘉先生と福寛美先生に多大なご教示を頂きました。また、日頃から私の研究に関心を寄せてくださる沖縄文化協会の波照間永吉会長、沖縄文化研究所の屋嘉宗彦所長や竹内重雄先生からも、貴重なご助言を賜りました。七年間にわたって法政大学で研究を続けることができたのは、人文科学研究科日本文学専攻の諸先生方をはじめ、ゼミの先輩である山崎和子さんや阿部美菜子さんなどが常に適切なアドバイスをくださり、分からないことを優しく教えてくださったおかげです。研究を進める上での大きな励みとなりました。この場を借りて、皆様に心より御礼を申し上げます。

最後になりましたが、本書の出版が実現したのは、丁寧な編集をしてくださった森話社の西村篤さんのおかげです。このように一冊の本として、出版して頂きましたことに深く感謝申し上げます。

なお本書は、二〇一四年度法政大学大学院博士論文出版助成金制度の助成を受けて出版されております。研究者を手厚く支援する法政大学の充実した環境のなかでの七年間は、私の研究人生において幸運かつ素晴らしい時間となりました。皆様の御恩に報いるためにも、今後も精進を続けていきたいと考えております。ありがとうございました。

二〇一五年一月

ヤナ・ウルバノヴァー

初出一覧

序章　これまでの琉歌研究　　書き下ろし

第一章　「面影」をめぐって―琉歌と和歌やオモロの表現比較―
「琉歌と和歌の表現比較研究―「面影」をめぐって―」（『沖縄文化』第一一二号、二〇一二年）

第二章　「影」をめぐって―琉歌と和歌の表現比較―
「琉歌と和歌の表現比較研究―「影」をめぐって―」（『法政大学大学院紀要』第七〇号、二〇一三年）

第三章　季節語（春夏秋冬）をめぐって―琉歌と和歌やオモロの表現比較―
「琉歌の季節語（春夏秋冬）をめぐって―オモロや和歌との表現比較―」（『日本文学誌要』第八七号、二〇一三年）

第四章　『標音評釈　琉歌全集』の改作琉歌について　　書き下ろし

第五章　オモロと琉歌における「大和」のイメージ
「オモロと琉歌における「大和」のイメージ」（『国際日本学』第一一号、二〇一四年）

終章　本研究のまとめ　　書き下ろし

［著者略歴］

ヤナ・ウルバノヴァー（Jana URBANOVÁ）

1981年　スロバキア共和国生まれ
2005年　スロバキア共和国コメニウス大学文学部東アジア言語文化学科卒業
2008年　法政大学に研究生として1年間留学
2009年　法政大学人文科学研究科日本文学専攻修士課程入学
2011年　法政大学人文科学研究科日本文学専攻修士課程修了
2014年　法政大学人文科学研究科日本文学専攻博士課程修了　博士（文学）号取得

現在、法政大学HIF招聘研究員。法政大学沖縄文化研究所国内研究員。沖縄文化協会会員。

琉歌の表現研究——和歌・オモロとの比較から

発行日……………………………2015年2月20日・初版第1刷発行

著者………………………………ヤナ・ウルバノヴァー
発行者……………………………大石良則
発行所……………………………株式会社森話社
〒101-0064 東京都千代田区猿楽町1-2-3
Tel 03-3292-2636
Fax 03-3292-2638
振替 00130-2-149068
印刷………………………………株式会社厚徳社
製本………………………………榎本製本株式会社

ISBN 978-4-86405-074-6 C1092

石垣島川平の宗教儀礼——人・ことば・神

澤井真代著　石垣島の「信心深いシマ」川平で、現在も執り行われる豊穣儀礼やマユンガナシ儀礼。女性神役を中心とする川平の人々の儀礼実践から、人と神をつなぐ「ことば」の存在とその性質を明らかにする。

四六判 456 頁／本体 6800 円＋税

沖縄シャーマニズムの近代——聖なる狂気のゆくえ

塩月亮子著　滅びつつあると考えられてきたシャーマニズムが、世界各地で復活しているのはなぜか。近年その存在感を増している沖縄の民間巫者・ユタを通し、シャーマニズム復興の現在を描くエスノグラフィー。

A5 判 464 頁／本体 5800 円＋税

南島旅行見聞記

柳田国男著／酒井卯作編　大正 9 年～ 10 年にかけての沖縄旅行の手帳に、脚注・旅程表・解説等を付し初公刊。九州からはじまり、沖縄・八重山・宮古・奄美と、柳田がじかに見た琉球の姿を記録した貴重な資料で、『海南小記』の草案となった。定本・全集未収録。四六判 272 頁／本体 2900 円＋税

柳田国男と琉球——『海南小記』をよむ

酒井卯作著　人が帰るべき故郷を求めるのと同じように、柳田は日本文化の母体を琉球に求めようとした。終生柳田の心をとらえ続けた琉球の文化を、その紀行文『海南小記』から丹念によみとく。四六判 320 頁／本体 2800 円＋税

沖縄文化はどこから来たか——グスク時代という画期

高梨修・阿部美菜子・中本謙・吉成直樹著　考古遺物・オモロ・琉球方言・神話・ＤＮＡなど、多角的なアプローチで沖縄文化の出自を探り、グスク時代開始期（12 世紀頃）の日本文化南漸を提起する。四六判 312 頁／本体 3200 円＋税

近代沖縄の洋楽受容——伝統・創作・アイデンティティ

三島わかな著　廃藩置県以降の沖縄において、洋楽はどのように受容され、普及していったのか。「異文化」である洋楽の導入と、その発想法、思考法の獲得の過程をひもとくことで、近代沖縄人のアイデンティティ再編のありようを跡づける。A5 判 384 頁／本体 7500 円＋税